废柴兄弟

你和梦想必须一起活下去

有时右逝 / 著

北京联合出版公司
Beijing United Publishing Co.,Ltd.

楔子

≈

我能和尹琪老师认识，除了备感荣幸之外，整件事都纯属偶然。

前一段时间，尹琪老师正在跟爱奇艺联手，打造大型的情景喜剧《废柴兄弟》的第三季和第四季。按道理来说，这是一件好事，毕竟一个喜剧项目能走这么远可谓相当不容易。

项目的负责人呢，从第一季起就是戴戴。

戴戴一直觉得，按照平日里圈内对尹琪老师的口碑来看，这次合作一定相当顺利。

唯一不算意外的小意外，就是尹琪老师迟迟没有交上来大纲。

公司当时就很着急，戴戴就很客气地一而再、再而三地问尹琪："尹老师，大纲怎么样了？"

每次尹琪都会盯着自己电脑上的 Word 文档，很气势磅礴一副胜券在握的口气回答道："放心吧！大纲已经写一半了！"

这倒是真的，"大纲"确实写了一半。要知道，按照尹老师当今的社会身份和地位，怎么可能撒谎呢？

Word 文档里着实已经有了一个"大"字，用的是微软雅黑四号字体，充满了刚正不阿的态度。

当然了，至于“纲”字为什么迟迟没有决定是否采用相同的格式落笔，那是因为这个字关乎整个剧情的情节走向，自然就需要慎重考虑了；甚至考虑上个把月，那也完全是出于对艺术的认真与执着。

是的，尹琪老师又拖稿了。

哎呀，“又”这个字简直就是神来之笔啊。

其实吧，拖稿这件事对于每一个码字的人来说就如同吃饭睡觉一样自然，属于成为编剧之后的第二性征。

“好编剧不一定会拖稿，但是不拖稿的编剧一定不是好编剧。”尹琪当时对每一个来催稿子的人都孜孜不倦地灌输着自己这套逻辑，“这是一个充分不必要，必要不充分的悖论。有意思吧？哈哈来咱们继续聊点儿别的。”

说完就和来催稿的人谈理想、谈人生。

遗憾的是，从国情出发，影视部门的员工大部分都是文科生出身，对于逻辑问题有一种天生的弱势。这直接导致尹琪上面那句如同绕口令一样的观点所向披靡。

戴戴本身是一个脾气好的姑娘，自然是不会唱白脸的。但是这么拖下去肯定不是办法，于是她派了三个同事去找尹琪，意图当面督促他赶紧干正事。

俗话说得好，三个臭皮匠顶个诸葛亮嘛！既然单个去催稿都节节败退，那我们就让尹琪陷入人民战争的汪洋大海中！

显然戴戴小看了尹琪老师……哦，不对，尹琪大师。

三个同事顺利地到了尹琪家楼下，然后顺利上楼，然后顺利进门，然后顺利地坐在了桌子前，然后尹琪顺理成章地拿出了麻将。

这一手显然谁也没料到。

不过三个同事就地一合计，觉得不如将计就计——赢光了尹琪，让其迫于生计然后安心写稿，既寓教于乐，又可以一石二鸟，何乐而不为呢？

简直堪称完美的计划。

两小时后，这几个同事不仅没有得到今天的稿子，反而差不多各自搭进去了半个月的工资铩羽而归，跑回去跟戴戴哭诉。

戴戴觉得是自己大意了，竟然忘记了“国粹”的存在。于是第二天，她只派出了两个同事。

这一次尹琪早早地支上了麻将桌，一边抽烟一边等着送钱的——哦，不对——催稿的人来。结果两人一坐下，尹琪很委屈：“哎呀，三缺一，这可怎么办？”

“要不然，尹老师您先写稿子，写完后我们再凑一局？”同事胸有成竹地提议道，一副胜券在握的样子跃然脸上。

尹琪点头，然后像变魔术一样拿出一副扑克……

“听说过斗地主吧？”尹琪和蔼可亲地说道。

同事迟疑了片刻，机械本能般地点了点头。

兵来将挡，水来土掩，三十六计算是让尹琪玩透了。

一来二去，公司没了办法，再派人去吧，首先呢这才月中，月底才发工资，基本上大家都被尹琪赢得差不多了；其次呢，就算是熬到月底发了工资，也颇有点儿羊入虎口的意思。

说真的，被催稿的那几天估摸着尹琪老师赚得比平时多，时不时都开始看楼盘了。

这件事告诉我们，众筹这种新兴项目还是很给力的。

戴戴也觉得束手无策，硬着头皮把尹琪拉到公司来单刀赴会，表面上是给他一个舞台准备“舌战群儒”，其实暗地里是要“群儒战舌”。

鸿门宴就是这个道理。

临开会前，戴戴特意来找我，忧心忡忡地问我要不要去看一看一直活在公司传说之中的尹琪，人称编剧中的赌神周润发。

话里话外虽然听着是一股子带小朋友去动物园参观的语气，但显然是去看老虎和狮子这种吃人不吐骨头的物种。

当然了，喊我去参加会议还有另一个目的：好歹我也算是编剧，一来可以去看看前辈，顺便虚心学习一下过来人的经验；二来知己知彼百战不殆，说不定可以找到漏洞喷丫的。

“当然了，主要是要去喷他。”戴戴想了想，温柔地补充道，这也主要是为了防止我捅娄子，所以才干脆给我交了底，“别学他，会学坏的。”

我这个人很怕生，所以一开始呢，我是不打算出席会议的。但是戴戴这番话成功地打动了我，让我的好奇心格外旺盛：哟呵，这世道上还有人能教坏我呢？不行这得去看看。

其实那是一场正常得不能再正常的甲乙双方互相交流的会议。会议的气氛也是其乐融融，基本上就是一圈人围着尹琪老师软硬兼施力图达到你死我活的效果。

尹琪老师当时就很委屈，觉得这么多人围着数落他真是有点儿过分，本是同根生相煎何太急啊，有这时间干点儿什么不好？

这么多人呢，不如诈金花吧……

戴戴算是觉得，完了，彻底没招了。

但是说实在的，同样身为编剧的我，心里对于公司的决定还是颇有微词：我也是被逼过交稿子的人，深知当个编剧不易；艺术嘛，创作嘛，怎么能够通过压迫和威逼来获得成果呢，应该给予作者充分的创作空间嘛……

想到这里，抬头看看尹琪可怜巴巴的眼神，我当即觉得应该替自己的同行说句公道话："我觉得剧本一直出不来，主要责任并不在尹琪老师身上，他只是工作链中的一个环节而已，不该把整个项目的压力都转嫁到编剧一个人身上……"

公司的一群人"唰"一下子转过头来看着我，不明白局势明明大好为什么我忽然跳反；尹琪老师更是震惊地抬头和我对视，继而频频点头，眼角几乎有了感动的泪水，一副"总算有人说了句公道话"的表情溢于言表。

"就是就是，你们听听……"尹琪忍不住附和道，"天下之大，知己难求。小兄弟你一看肯定也是编剧，过来人才知道过来人的苦啊……"

"没错没错。"一时间我也有感而发，有点儿发自肺腑了，"说破大天去，剧本出不来，更主要的原因在于谁？你们不好意思说，我说了：其实主要责任，在于导演啊！都是导演他妈的闲着没事提各种要求才让剧本的进度一直跟不上节奏！而且今天明明是项目例会，导演却连出席都没有出席，这种态度才是剧本创作时最大的阻碍。这孙子不把编剧当回事，倒真把自己当回事了！我们应该把握好问题的根本才能釜底抽薪，所以……”

我还没来得及同仇敌忾拍案而起，旁边的哥们儿轻轻地拉了拉我，指了指刚才戴戴给我的项目书。

我低头看了看。

《废柴兄弟》总编剧：尹琪。

《废柴兄弟》总导演：尹琪。

值得一提的是，《废柴兄弟》的另一个导演叫姬智，名如其人非常机智，成功躲过了我的黑枪暗箭……

尹琪当时也是一脸尴尬，不好说我到底是敌是友，也不知道我葫芦里卖的什么药；明明自己是感冒发烧，突然就被好心人送去强行化疗的感觉。

是敌是友，真不好说。

我僵住了，而大家都在等着我的下半句：所以呢？

……

“所以，自作孽，不可活啊……”我生硬地吐出下半句，然后立刻重新站队表明了自己的立场，恨不能立马写几张大字报来抨击一脸无辜的尹琪。

当然了，对于我的无意冒犯，尹琪老师并没有什么失态的举动；我偷偷瞄了尹琪几眼，看到他依旧冷静的表情我不禁在内心中赞叹，果然是大风大浪里闯过来的老前辈，多么有涵养啊。

“你瞅啥？”尹琪眯着眼问我，东北口音一下子让这句打情骂俏的话显得杀机四起。

会议圆满结束之后，戴戴本着“知己知彼百战不殆”的想法，打算把同样有着丰富拖稿经验的我派去尹琪老师身边催稿，觉得这简直是针尖对麦芒，基本上我一出马就可以彻底封杀尹老师所有退路。

“但是我是个傻逼啊……”我一下子觉得任重而道远，自己肩负不起这么重的任务，“我怎么可能斗得过他……”

戴戴就为我打气，说这就是所谓的一山还有一山高；俗话说得好，愣的怕横的，横的怕不要命的，不要命的怕间歇性神经病的；尹琪如果打算跟我装疯卖傻绝对没用。

因为我是真傻。

我一想，哦，还真是。

“所以派你去最合适了。”戴戴当时给我打气，显得信心十足，“这属于智商压制。”

我一时间有点儿闹不明白这句话的主谓宾，只是觉得应该是对我的褒奖吧……

然后第二天，我如约出现在了尹琪面前。

尹琪老师当时对我非常反感，絮叨着说就算派人过来也应该派个小姑娘过来啊，这样写稿子写累了还能讲个黄段子活跃活跃气氛。当然了，讲黄段子并不是为了调戏姑娘，主要还是为了顺便活跃活跃思路……

“总之你在这里很不合适啊……多尴尬。”尹琪老师意味深长地看着我。

我赶紧说：“尹老师没问题，您是编剧界的前辈，我是抱着学习的态度来的；而且吧黄段子我也喜欢听，您尽管讲，我也算是吃过见过的人，没什么尴尬的。”

尹琪皱着眉，说：“那到时候我把你讲硬了，岂不是更加尴尬。”

说罢，我俩都很尴尬。

他尴尬的地方是，没想到这黄段子还真是张口就来啊。天啊……

我尴尬的地方是，没想到我一下子就听懂了……

“所以说，你不合适嘛！”尹琪老师最后下了结论，强行让我担负起了这场事故的责任。

然后我就像是狗皮膏药一样，硬着头皮住下了。言外之意就是，稿子写不完我就不走。

尹琪老师明显轻敌了。他本以为我最多是象征性地待两天就回去，没想到我能吃能睡，颇有点儿反客为主的意思。其实我也如坐针毡，偶尔偷偷去尹琪老师的冰箱想拿个雪糕，没想到打开冰箱后看到了尹琪老师刚刚贴上的便签：

雪债雪偿。

看啊，阶级斗争已经激烈到了偷吃他一个雪糕就要和我不共戴天的程度了！

可是我当时真的挺无聊的，除了偷吃尹琪家的零食之外基本无所事事。

偶尔有一天，尹琪老师出去接了个人，回来后两个人说了点儿什么，接着晚上喝了一整宿酒。

开始我以为是尹琪老师终于不堪其扰，雇了个打手过来要把我一针根治了，但是第二天一大早呢，那个人就走了。

我有点儿好奇地问："尹琪老师，昨天那个人是谁啊？"

"他啊？他就是《废柴兄弟》里的原型之一，那个叫张晓蛟的家伙。"尹琪老师跟我说着，忍不住笑了。

"哎呀？他们还有原型呢？"我吃惊地说道。

看得出今天尹琪老师挺开心的，让我坐在了对面，然后说："对了，我记得你之前是写书的是吧？说起来，我倒是真还没怎么跟别人念叨过这些事呢，你想听听吗？"

我想了想，他家的冰箱里已经没有雪糕了，反正闲着没事，所以我坚决地点点头："想听。"

"哈，其实是个挺简单的故事……我想想啊，当年的张晓蛟和许之一都是我学弟，两个人一脑子想弄个动画片。傻乎乎的一直……兰菲呢，竟然被看上了。多多当时喜欢给人介绍对象，好多人惨遭毒手。冯小白这孩子就乖巧多了，就是有点儿虎。艾玛当时特别老实的一个姑娘，怎么就跟张晓蛟他们混在一起了……"

我听着有点儿头大，说："等会儿，尹老师，您说得有点儿快，我跟不上，您能不能从头慢慢说……"

尹琪抬头看了看窗户外面，慢慢地说道……

这个故事，该从哪里讲起呢……

目录

014 *chapter 01*

要谈故事，当然先说张晓蛟

张晓蛟这辈子只有两个生死之交：
一个是大学时代睡在他上铺的兄弟，叫许之一；
另一个呢，就是那辆他从大学一直骑到了现在的摩托车。
其他人，顶多算是朋友。

030 *chapter 02*

提到张晓蛟，你就不得不提许之一

许之一这辈子都在抗衡着自己的名字，
希望自己不要埋没在芸芸众生之中碌碌无为，
成为毫无特色的许多人之一。

050 *chapter 03*

那么我们就来说说尹琪，尹琪老师

想要成为校园风云人物，所面对的竞争多么惨烈；
想要一直占据话题榜的首位，没有点儿真材实料肯定没门。
但是尹琪做到了。

068 *chapter 04*

是时候说说姑娘的事了，关于兰菲

其实兰菲的身世如果要用最简单的语言来概括，
那就是漂亮。

088 *chapter 05*
有时候你会觉得多多就是个拉皮条的

多多几乎每天都在勤奋地洒水施肥，
恨不得把自己周边的建筑变成桃花岛才肯罢休。

104 *chapter 06*
艾玛总能给每一个人惊喜，除了她自己

多多总觉得艾玛就是活脱脱一个望夫石的形象，
多姿多彩的大学生活很难在艾玛身上看到任何影子。

118 *chapter 07*
冯小白简直跟正常人没有两样

摄影这个勾当非常烧钱，摄影穷三代，单反毁一生，
这种过重的经济负担使得冯小白过于早熟，
意识到自己必须以战养战。

134 *chapter 08*
物以类聚，人以群分

哦，很多事情不要深究，
知道这是肉就好了。
人生嘛，难得糊涂。

152 *chapter 09*
能不能有点儿正事

冯小白的内存卡就像冯小白一样，不肯平淡地生活，
生生给了自己一个 870M 这种不伦不类的大小。

166 *chapter 10*
真有本事，就让我在以后遇到你

因为，后面的话如果说出来，那么很多东西就会变得复杂，
更多的东西就会脆弱得无以复加……

178 *chapter 11*
先走一步，你们跟上

从那一刻起，
张晓蛟和许之一的人生，就仿佛化身为他的摩托车一样，
只能向前，一直向前，没有了刹车，也没有了别的方向。

188 *chapter 12*
几年，兰菲的信

说到底，幸福这种东西，一定要用自己的手牢牢握住，
可以的话，最好是直接吞到肚子里，谁也别想抢走。

202 *chapter 13*
梦想需要吃饱喝足之后再说，并不是我变了

台风登陆的那一天，
两个人挤在出租屋窄小的窗口看着暴雨让整个城市颠倒，
广告牌碎片像大鸟一样在半空中飞舞，
道旁挺粗的树被狂风直接拦腰折断，
忍不住感叹自然的伟大和自己的渺小。

218 *chapter 14*
好消息和坏消息

他说既然跟你做了兄弟，那他得挺你。
他答应了你的事，就一定要做到。

232 *chapter 15*
咱们挺无聊的

张晓蛟巡视着桌子上还有什么东西可以让自己砸一下，
最好是那种能举起来的，能砸得稀碎的，能发出声响的……

250 *chapter 16*
“我不想干了。”

冥冥之中两人开个工作室还是受到了上天眷顾的。
万一当年张晓蛟和许之一创业的时候开的是饭店，
现在手边就满是菜刀了。

268 *chapter 17*
人生没有想象的那么长

我们不是混日子，我们这是为了梦想时刻准备着！

282 *chapter 18*
誓

看着收废品的把自己的摩托车抬上三轮时，
张晓蛟出人意料地并没有多么伤感。

294 **尾声**

chapter 01

要谈故事，当然先说张晓蛟

张晓蛟这辈子只有两个生死之交：
一个是大学时代睡在他上铺的兄弟，叫许之一；
另一个呢，就是那辆他从大学一直骑到了现在的摩托车。
其他人，顶多算是朋友。

张晓蛟是尹琪的学弟。人不错，但是朋友不多。

一个人能不能交上朋友，影响因素相当多，能起到关键性作用的一个是人品，另一个是情商。关于张晓蛟的人品和情商，不同的人有不同的看法，但谈到为什么张晓蛟没几个朋友，大家的意见就比较一致了。

归根结底呢，可能是因为张晓蛟在上大学时买了一辆摩托车。

张晓蛟每次喝醉了都会念叨，说自己这辈子只有两个生死之交：一个是大学时代睡在他上铺的兄弟，叫许之一；另一个呢，就是那辆他从大学一直骑到了现在的摩托车。其他人，顶多算是朋友。

能和摩托车拜把子，可见张晓蛟多少有点儿心理扭曲。

当然了，人无完人，有一点点小瑕疵反而更可爱嘛。

张晓蛟曾经多次在公开场合发表声明，声称那辆摩托车，还有许之一——这两者都是他生命里最重要的羁绊，而且，排名不分先后。

许之一对这事一直耿耿于怀，时不时还会去找尹琪倾诉衷肠，说自己向张晓蛟这个王八蛋交心交肺的，最终竟然沦落到和一辆摩托车平起平坐的下场，这兄弟交得真窝火。

每逢这个时候，尹琪就会安慰许之一不要过于计较个人得失要放眼大局，说哎呀兄弟之间不要跟娘们儿似的那么矫情，你想多了，怎么可能是平起平坐呢，你肯定和那辆破摩托车有区别啊……

“你看，摩托车是能骑的，你再看看你，张晓蛟又不能骑你……”尹琪想都没想就这样说道。

言外之意就是许之一其实根本比不上那辆破摩托车。

许之一就不作声了。因为尹琪不愧是自己的大哥，他说的话吧，细细琢磨一下总是有道理。

张晓蛟出身书香门第，家境相当不错，父母都是知识分子，家庭里学术氛围很浓厚。为了让张晓蛟纯洁的双眼不会被现实社会所蒙蔽，当张晓蛟还不满三岁的时候，家里已经给他制定了一个获得诺贝尔奖的倒计时日历。

望子成龙，人之常情，这个很好理解嘛。

更可喜的是，张晓蛟的父母很开明，深知教育孩子应该循序渐进，不能太强人所难，也不应该给孩子太大的压力，需要尊重孩子的天性发展，顺其自然。毕竟这是张晓蛟自己的人生，父母不便插手太深是不是？

大家讲道理嘛。

所以呢，张晓蛟的父母并没有刻意要求儿子必须得到哪一项诺贝尔奖，就是为了给儿子最大的自由，让他可以任意挑选自己感兴趣的学科，在自己最擅长的领域里如鱼得水，最终顺理成章地将诺贝尔奖收入囊中。这一举动既充分体现了民主制度在我国推进的伟大成效，又彰显了张晓蛟的父母极为先进的教育观。他们深知，张晓蛟并不是自己人生的延续，虽然张晓蛟继承了父母两人的高智商血统，但是并非一定要出人头地。只要张晓蛟快快乐乐、健健康康地顺利长大成人，然后拿个诺贝尔奖就行，别的什么要求也没有。人这一辈子毕竟平淡是真，孩子过得幸福才是最重要的。

多开明的父母啊。

当然了，张晓蛟的父母也向张晓蛟做出过很明确的表示：既然自己都这么开明了，要是张晓蛟还得不了诺贝尔奖，那就是张晓蛟不争气，那就是张晓蛟不够上心，那就是张晓蛟不够努力，那就是张晓蛟愧对张家的列祖列宗，那就应该把张晓蛟钉在历史的耻辱柱上供后人唾骂。

其实张晓蛟从很小的时候就展现出了天才的一面。要知道，所谓天才一定不是高分低能儿，也不是智商高就能够叫作天才。按物质守恒定理来说，天才一般都是有缺陷的，好比爱因斯坦有镜像视觉症，谢尔顿情商奇低，贝多芬是聋子，阿炳是瞎子。老天是公平的，给了一个人非常突出的长处，必然也会让这个人有些非常明显的短处。在读书阶段，身体健全没有什么先天缺陷的天才们，最大的表现就是：偏科。

这一点在张晓蛟身上就得到了很好的体现：他有两科学得不好。

分别是文科和理科。

无论多么乐观多么坚强的父母，都总有看清现实的一天。张晓蛟的父母一次次目睹了被张晓蛟拿回家的成绩单，终于傻了眼。想不通啊，两口子都是高学历，但是生出这么一个儿子，只能怪造化弄人，或者基因突变，或者……

感谢上苍，幸好当时一个院子里的其他孩子成绩都很好。万一有一个类似于张晓蛟这样成绩差的小孩，那张晓蛟他爸非得和张晓蛟他妈好好说道说道不可。

其实十八岁以前的张晓蛟并没有沾染什么不良嗜好，或者结交什么损友，也就是说，这几年张晓蛟身上已经有了不少不良嗜好，而且结交了不少损友——当年的他只不过是个与所有同龄人都没什么不同的普通少年，硬要说他与别人有什么不同，那就是他特别痴迷于动画片。

当时的张晓蛟觉得自己爱上了绘画，平时是非常喜欢画上几笔的。不过呢，苦于诺贝尔奖只有六项，只和科学有关，没有为艺术留下一席之地，所以他对绘画投入大量精力的举动略微偏离了当年父母帮他规划好的人生路线。当然了，就像我们已经知道的，张晓蛟的父母十分开明，当张晓蛟开门见山表示自己想学美术、动画相关的专业时，他立刻获得家人的理解、鼓励、支持……

以及来自父亲的一顿毒打。

不得不说，这顿毒打确实有用，它让张晓蛟打心眼里感受到了诺贝尔和平奖的重要性。

其实这顿毒打倒不是张晓蛟放弃绘画的根本原因。绘画、音乐、写作与数学、物理、化学完全不同，艺术往往比科学更需要天赋。

意思就是，张晓蛟基本没有艺术天赋。

张晓蛟是很有自知之明的，他很快就发现自己并不是那块料，成不了凡·高、毕加索那一类能在艺术史上留下浓墨重彩的画家，也成不了鸟山明、北条司那一类能在年轻人心中留下感动与回忆的漫画家。这几年张晓蛟尝试着染指了好几次艺术，发现自己如果真的学习绘画，简直就是对“艺术”这两个字的玷污。

高中毕业之后，张晓蛟最终没有按照父母为他规划的人生道路走下去，而是选择一所名不见经传的大学，读了一个编导专业，为自己的动画梦想做准备。虽然不能奋战在自己梦想的第一线，但是就像足球队一样，做动画也不能光是前锋和后卫守门员，也得有教练、队医、顾问这些不上场却仍然很重要的人员。

当然了，自己要当也要当教练，这样才能带出自己的队伍，做出自己想要的东西。

得知张晓蛟私自填写高考志愿的消息后，张晓蛟开明而要强的母亲气得当众大哭。但此时录取通知书已经到达张晓蛟手中，生米已经煮成熟饭。她不明白为什么张晓蛟会做出这样的选择。其实这也并不是因为张晓蛟多么狠心多么不孝顺，如果有可能的话，他又何尝不希望按照母亲的意愿，去清华北大读个物理学或者化学什么的，待个几年上个硕士博士，如果婚姻问题不太着急的话再读个博士后。

关键是，就算张晓蛟愿意去，清华北大也不愿意收。

毕竟张晓蛟的成绩嘛，还是差了那么一点点。

据张晓蛟自己说，按照他的成绩，考三年，就差不多能上清华了。

“那你为什么不复读呢？再努力一两年的话，说不定就可以改变自己的命运了。”尹琪曾经这样问过张晓蛟。

“我是说，连考三年，三年的总分加起来差不多够我上清华的。”张晓蛟耸耸肩。

等张晓蛟和大家熟起来了，大家进一步了解他之后才发现，张晓蛟这句话其实是一句玩笑，含有不少夸张和自嘲的成分。

依照张晓蛟的真实成绩，乐观来看，他至少需要考四年。

算了不说成绩这么伤心的事了，我们来说说他的摩托车吧……

就像之前说过的，张晓蛟人确实不错，大家都这么念叨，但是他的朋友却不多。究其原因，可能就是因为那辆被他看成宝贝一样的三无大摩托车。

大家都一直猜测着张晓蛟那辆骑了快十年的摩托车应该差不多和我们一个年纪，同为 80 后产物。每逢张晓蛟身边的朋友用这个论调去挖苦张晓蛟时，他都会不屑地骂两句脏话，大概意思就是嫌弃这些人没有眼光。

“这车可是我的兄弟，你们别瞎咧咧。”张晓蛟每次都义正词严地抖出来这么一句。

后来别人才知道自己被张晓蛟占了便宜，因为这辆车真实的岁数足够让张晓蛟身边的每个人喊一声“叔叔”，而张晓蛟又是这个叔叔的兄弟。所以其他人都只能眼睁睁看着张晓蛟得意地骑着叔叔来去自如，吃着哑巴亏实在插不上嘴。

张晓蛟当年找朋友吃饭的时候，隔着一公里所有人就知道他快到了。光听那动静的话，与一辆坦克缓缓逼近时的音效完全一致。等到张晓蛟真的进入肉眼可见的范围时，大家才会觉得刚才的比喻完全是儿戏：坦克那点儿排量、那点儿震动、那点儿噪声算得了什么，怎么可能跟张晓蛟的大摩托车同日而语啊，完全是相形见绌！

据身为张晓蛟和许之一的大哥尹琪透露，这辆神奇的摩托车是张晓蛟从大学里一个江湖人称二师兄的师哥手里买来的——尹琪还一再强调，这个师哥真不是自己；毕竟骗张晓蛟这种级别的傻子有点儿太伤天害理了，压根儿没什么技术含量，自己肯定下不去手——至于张晓蛟为什么非得需要一辆摩托车，而为什么偏偏就是这一辆，尹琪认为，冥冥之中自有天数，该相遇的迟早都会相遇，天雷若不能勾动地火，天地之间又哪来这么多不朽的传奇？那辆摩托车就在那命中注定的一天出现在张晓蛟面前，车把上挂着“老生毕业，挥泪出售”的牌子，车座上靠着好似要卖身葬父一般表情痛苦的车主师哥。张晓蛟走过人生中至关重要的一个拐角，看见路边这辆摩托车时眼前突然一亮，命运的齿轮就这样开始转动了。

做交易的时候，二师兄一脸痛心疾首，手法细腻地抚摸着摩托车的每一个部件，念念有词地说着关于它的故事：“我跟你说，虽然车旧是旧了点儿，但绝对是辆好车……四年间，它带着我上天入地无所不能。要不是我要毕业了，带不走这老伙计，打死我也不会卖的，这辆车满满的都是回忆啊！你看这里，这是我大一的时候摔倒后留下的划痕；你再看这儿，这个车灯是大三那年斗殴的时候被外院的人砸碎的；还有这里……”

二师兄是个实在人，似乎并没打算坑张晓蛟，而是像一个真正的老朋友那样，对张晓蛟推心置腹地说着摩托车每一个有待处理的问题。张晓蛟对这车一见如故，不能自拔，当即特意喊来了许之一和冯小白过来帮腔。冯小白在旁边认真地记着笔记，打算作为一会儿帮着张晓蛟砍价的依据，毕竟要物有所值嘛。

师哥断断续续地念叨着，言辞之间几乎涉及了摩托车的每一个零件，让人忍不住会误以为师哥读的是汽修专业。而且师哥还不时引用着罗伯特·M.波西格《禅与摩托车维修艺术》中的经典段落来强调一辆摩托车的价值就在于它曾经经历过什么。仿佛这辆摩托车就是年少游侠儿野心的化身，就是西部硬汉们对远方的执着，就是旅行本身的意义。半小时后，师哥才依依不舍地做了一个总结陈词："确实吧，有一些小损坏，但是完全不影响使用啊！"

张晓蛟听完后，就假装很专业地围着摩托车转了两圈，顺便抬脚踹了踹轮胎，仿佛是在挑西瓜。

事实是，张晓蛟确实是在按照挑西瓜的套路验车。

然后张晓蛟还是发现了一些细节上的问题，他指着油箱上一个刚才师哥未曾提起的小洞，一边示意冯小白做一下记录，一边试探性地问道："这儿，你看，这儿不会漏油吧？"

师哥哈哈大笑，说："这个洞打从我买车那天就有啦，属于原装的！听说是'二战'时期留下的弹孔。放心吧，而且你看我是一路骑过来的，而且这么新的车怎么可能漏油呢？"

张晓蛟仔细想了想，觉得简直有理有据，而且自己完全抓不到师哥言语上的逻辑漏洞，于是就不再追究，很爽快地付了钱，买下了自己人生之中的第一辆机动车。

"这六十块钱是我这辈子花的最值的一笔钱了。"张晓蛟买了车之后，第一时间给大哥打了电话，炫耀了一番，全然不顾冯小白和许之一惊诧的表情。他俩完全被张晓蛟的行为震撼了，以至于忘记了自己到底是来干什么的。

尹琪当时听着自己的小弟这么念叨着，还觉得六十块钱买辆车，怎么算都不会亏，也就放心了。等到真的见到张晓蛟骑着摩托车在学校里驰骋纵横的时候，大哥才痛心疾首地拍自己大腿：“哎我操，亏大了！”

说真的，这辆摩托车没有枉费“机动车”这三个字，起码它确实让张晓蛟整个人都挺激动的。买车之后的一个星期里，除了吃饭睡觉，张晓蛟几乎整天都在学校里练习怎么骑摩托车。

一段时间后，张晓蛟更加切身地感受到，这六十块钱绝对是他这辈子花的最值的一笔钱了。这辆车除了两个小问题以外，完全没有大碍。

第一个问题是，这辆摩托车经常打不着火。当然了，所谓功夫不负有心人，打不着火的话继续打，打到它着了不就行了。年轻人嘛，反正自己有的是时间，不妨碍使用的。

第二个问题就更不值一提了，那就是这辆摩托车基本刹不住车。这对张晓蛟来说就更无所谓了，年轻人嘛，追求的就是速度，谁按刹车谁孙子，不妨碍使用的。

既然这两个小问题都不妨碍使用，那么这辆摩托车就是一辆好车。总之张晓蛟一直觉得自己和这辆摩托车挺有缘的，简直就像是为自己量身打造的一样。所以张晓蛟下定了决心，要骑这辆车骑一辈子，骑到天荒地老，骑到海枯石烂，骑到死。

张晓蛟身边的人当时都打心眼里觉得张晓蛟这个愿望一定会实现，而且说不定明天后天就能突然实现。只不过实现的方式可能和他的具体计划有一点点小小的出入而已，这个愿望俗称暴毙。

尹琪特意找过一次张晓蛟，想要劝说他把车退了。如果退不了的话，实在不行，这六十块钱自己给张晓蛟补上算了，何苦为了这么点儿钱玩命呢……

就像之前说过的一样，张晓蛟人不错，所以大家都劝他千万不要骑着这么一辆车上街。关键是，张晓蛟还对朋友特别热情。朋友们需要出个门去个车站什么的，张晓蛟就会匆忙从床上跳起来，一边穿裤子一边去摸车钥匙：“我送你去啊！我有车我有车！等我拿钥匙！”

朋友们听到这句话之后往往都会吓一跳：就那破车，还用锁呢？

当然了，正常人都是爱惜生命的，所以一般朋友们都会非常客气地婉拒张晓蛟的好意：“少侠，您他妈就放我一条生路吧……”

这直接导致很长一段时间内，张晓蛟宿舍的一群人都不敢出门了。因为只要有人一旦有出门的趋势，张晓蛟就去拿车钥匙。

就连宿舍的人打算上个厕所也不例外。

受挫的张晓蛟很郁闷，也没个人可以说个知心话，只能再去找尹琪：“大哥，我咋觉得吧，为啥他们跟我远了呢？”

尹琪当时觉得这事挺为难，毕竟是自己的小弟。自己要是真的一五一十把话说开了，要么会伤害到自己小兄弟的感情，要么会伤害到自己小兄弟的面子，总之自己肯定里外不是人。所以尹琪只能拍拍张晓蛟的肩膀，说：“你啊，在无车阶级的队伍里太张扬了，是自绝于人民自绝于党。炫富这种事属于政治立场问题。”

听得张晓蛟一愣一愣的。

于是呢，很长一段时间内，都没有人敢坐张晓蛟的后座。但是张晓蛟并不在乎，因为当时张晓蛟是有女朋友的。电影里面，男主角的摩托车后座可是女主角的指定席。每次电影里仓库爆炸火光冲天时，女主角一定会在摩托车后座上温柔无比地搂着男主角的腰，而男主角眼神坚毅，直视前方，猛踩油门，两人一骑绝尘，潇洒离去，留给观众无限遐想。这也是张晓蛟所憧憬的爱情。

于是在一个月黑风高的夜晚，张晓蛟特别浪漫地买了束花，骑着神奇的大摩托车去找自己当时的女朋友。

他大张旗鼓地站在宿舍楼下喊着姑娘的名字。值得一提的是，为了能够让心爱的姑娘听到自己的呼唤，张晓蛟还特意熄了火。因为大摩托车的气门声实在是太大了，就算不给油门，在以大摩托车为圆心，半径五百米的范围之内，人们都会感受到大地在颤抖、在低鸣，地下蛰伏着的蛇鼠虫蚁都会陷入一片混乱。可是吧，众所周知张晓蛟的摩托车很难打着火，所以这股火对于张晓蛟来说基本等同于奥运圣火，有着绝对不能熄灭的意义。

熄火的话，除非是晚上睡觉，或者是为了姑娘，或者是为了晚上和姑娘睡觉。

于是张晓蛟关了摩托车，清清喉咙，大声喊了姑娘的名字。

当时女生宿舍楼下一下子就聚集起来一大票人，大家都以为有表白可以看了。因为这里毕竟是大学嘛，课余时间大家都无所事事闲得无聊，表白这种事简直相当于无预告的现场直播庆典。女主角一口答应当然皆大欢喜，万一女主角拒绝了男主角，顺便一桶洗脚水从天而降，群众更加喜闻乐见。张晓蛟见自己已经成功地吸引了周围观众的眼球，便驾轻就熟地靠在大摩托车上，做出潇洒的姿势，双眼直视着姑娘的阳台。

结果没想到姑娘半天都没响应，过了好半天才在宿舍的阳台上探出头来，往楼下看了一眼。

“走啊！一起兜风去啊！”张晓蛟立刻看见了佳人倩影，开心地喊道。

那姑娘停了半晌，再也没露头，只在阳台的阴影中小心翼翼地说道：“对不起……我不该骗你……”

“啊？”张晓蛟愣住了片刻，没懂姑娘的意思，“你说什么呢？”

“我，我，我对不起你！”姑娘带着哭腔，大声喊道。

当时姑娘认定张晓蛟一定是已经抓住了什么真凭实据，所以这才大晚上骑着摩托车视死如归来带自己去殉情。不可否认，敢骑这么一辆摩托车去兜风的人，十有八九是不打算看到明天的太阳了。面对此情此景，姑娘只能一边哭一边一五一十地开始交代自己劈腿的事实，声泪俱下地恳求张晓蛟能够原谅自己年幼无知少不更事，方便的话顺便再大人大量放自己一条生路……楼下的围观群众在无预告现场直播庆典上竟看到了出乎意料的剧情，人们的表情无疑都变得更投入了。还有一些路过的同学刚刚加入围观队列，为了不破坏气氛，都小声探问着身边的人，顿时人群中出现了四五个版本的前情提要。

当时张晓蛟还挺乐观的，觉得自己读编剧专业的女朋友可能是陡然看见这拉风的大摩托车，一时心理上还不能接受，而她这么一个低调的姑娘，也不想在同学们面前太出风头，才轻车熟路、学以致用地编造了这么一个如此离奇的、催人泪下的、代入感极强的故事。于是张晓蛟善解人意地说道：“别哭了，我们好好过，不兜风就不兜风吧。”

姑娘最终还是哭着说……

“孩子不是你的！”

不明真相的围观群众顿时陷入一片尴尬的沉寂，然而这沉寂只持续了三到五秒，随后嘈杂的议论声荡漾开来。张晓蛟收起了微笑，终于意识到玉树临风的自己是真的被绿了，而且是当着半个学校的人现场被绿的，颇有点前无古人后无来者的意思。张晓蛟就算脑子再绕不过来，也愤怒了。他做了每一个男人都会做的事情：“那个浑蛋是谁？我要去弄死他！”

说着张晓蛟推开了看热闹的人群，跨上了神奇的大摩托车，狠狠踩了一脚油门。张晓蛟打算只留下一声轰鸣，甩给众人一个潇洒的背影，然后像个男人一样，为了夺回爱情，去拼个血雨腥风、去拼个刀光剑影、去拼个你死我活、去拼个惊天动地。

更重要的是，张晓蛟觉得自己的眼泪快要流下来了。他真的不想自己这副傻逼的样子被人看到。现在的张晓蛟，只想和自己的摩托车一起远走高飞，逃离这个现实，走得越远越好。

遗憾的是，就像之前说的，张晓蛟的摩托车有一个小毛病，那就是偶尔会打不着火。在踩了三四次打火器都没有反应后，周围的人开始围着张晓蛟起哄。而张晓蛟扔掉了手里的鲜花，慢慢点上了一支烟。

他现在知道，自己不会流眼泪了。一是因为张晓蛟本来也没打算哭，二是哭的时机已经很尴尬地被自己错过去了。张晓蛟趁着抽烟的工夫盘算着，为了挽回自己的面子……或者说是发泄出这股怒火，自己该和周围哪一个看热闹的孙子动手。透过淡蓝色的烟雾，他的视线掠过众人的面孔，心里不禁有一丝宽慰——还好这里没有几个自己认识的人，丢人丢在了外面。

宿舍楼左边有个黄头发的家伙，笑得前仰后合，指着张晓蛟对自己身边的人尖着嗓子笑得上气不接下气：“这傻逼！哈哈！真是！哈哈哈哈……”

张晓蛟耸耸肩，下了摩托车，把车停好，然后慢条斯理地从车座下面拿出来一个锁头，笔直地朝着那个黄毛走了过去。

就他吧。其实，谁都无所谓的。

说起来这把锁倒是一次都还没用过，因为毕竟张晓蛟的摩托车要么打不着火，要么打着了火整个学校的人都能听见，相当于自带防盗系统，要偷这车得有比张晓蛟更大的耐心和更强大的神经，所以压根儿没人偷他的车。

今天也算是物尽其用，可以开光见血了。

周围的人看着拎着锁头一步一步逼近人群的张晓蛟，一个接着一个收起了笑容。只有黄毛还非常入戏，浑然不觉张晓蛟的目标就是自己。

“你他妈骂谁……”张晓蛟走到了黄毛面前，扯开了嗓子举起了锁头。

只是，张晓蛟刚说出半句话，黄毛的笑声倏然停止，表情的变化暧昧不明，整个人向前冲了两步，像是朝张晓蛟的怀里扑去。千钧一发之际，张晓蛟回想起了自己的直男身份，下意识地朝左边一闪，黄毛脸朝下倒伏在地。

他是被人从背后飞起一脚踹倒的。

“你他妈骂谁呢？”踹倒人的瘦子从天而降，伴随着一声熟悉的怒吼。当然了，即便台词再杀气腾腾，语气上还是显得略微温文尔雅。

张晓蛟仔细瞅了瞅。

哦，是许之一啊。

那天张晓蛟伙同偶然路过的许之一二打一，就凭人多欺负人少，丝毫没有顾及什么江湖道义。当然了，被打的黄毛也是以彼之道还施彼身，迅速纠集了七八个人反过来人多欺负人少。由于张晓蛟来到女宿楼下时已经接近熄灯时间，战斗很快就结束了，人群一哄而散。打完一架，张晓蛟忽然觉得自己也没那么爱那姑娘了，被戴绿帽子好像也就那么回事了。他先从地上爬起来，擦擦鼻血，踢了踢地上躺着的许之一。

类似于“刚才那事，敢跟别人说，就弄死你”“放心吧我不告诉别人”这样的对话，并没有发生在张晓蛟和许之一之间。至于许之一为什么会在那个时间出现在那个地点，张晓蛟也并不想知道。

两个人推着摩托车跑了小两百米，终于把车发动起来了。

然后张晓蛟心安理得地带着许之一骑着摩托车，去找冯小白他们吃饭了。

张晓蛟和尹琪说过，这辆摩托车他差不多骑了十年。

但是他没说过：之所以这么喜欢这辆摩托车，是因为后座上坐着的是自己最好的兄弟许之一。

chapter 02

提到张晓蛟，你就不得不提许之一

许之一这辈子都在抗衡着自己的名字，
希望自己不要埋没在芸芸众生之中碌碌无为，
成为毫无特色的许多人之一。

尹琪感叹说，认识许之一的人，都觉得他这个名字取得很好，属于非常具有画面感的类型。

简单来说呢，许之一这辈子都在抗衡着自己的名字，希望自己不要埋没在芸芸众生之中碌碌无为，成为毫无特色的许多人之一。

按照这个逻辑，这个名字听起来就有种古龙式的腥风血雨，三个字中充满了一股和命运抗争的史诗感。

“这个名字的背后一定有一个很大的故事吧？”熟识之后，尹琪猜测着问过他，觉得能给儿子起这么一个名字，当老爹的一定看透了整个世界的沧桑。

许之一想了想，说，是啊，有个故事。

尹琪点点头，等着许之一开始描述父辈那一代的江湖传奇。

“当年我妈很漂亮，我爸是我妈许许多多的追求者之一。”许之一说。

“嗯。”尹琪进入听故事状态，点头附和着。

“所以就给我取了这个名字。”

“嗯……就完了？”尹琪有点儿蒙。

完了。

可能父辈那一代的江湖传奇就是这样言简意赅。许之一这个人吧，看起来非常老实，属于扮猪吃老虎的宗师级人物。幼儿园时许之一和同学闹别扭，打了起来，老师把双方叫在一起，喝问到底是谁在欺负人。每每这个时候，许之一就会目光空灵地盯着天花板，嘴角微微张开，流下一道象征着纯洁和天真的哈喇子，清澈到能透过这条口水看到彩虹。

于是老师一下子就心里有数了，立马把另外的小朋友狠狠骂一顿。

“多老实的孩子，谁也不许欺负许之一！”老师是这么给许之一定性的。

沉默是金。许之一从小就明白了这个道理。所以在许之一之后的人生中，他很少说话，除了和张晓蛟有说不完的话之外，对别人，许之一一直是个闷葫芦，即使对尹琪，他也不会说得太多。

许之一属于我身边比较有故事的一类人：父亲是个警察，为公民的生命财产安全鞠躬尽瘁，人到中年才有许之一这么一个儿子。父亲自然是大喜过望，连亲子鉴定都没做，就开始亲自带孩子了。一个大男人独自带孩子肯定有些照顾不到的地方，但是许之一他爹的教育方针算是立足现实，扬长避短，压根儿就是把许之一当狼养。因为毕竟是男孩子嘛，狠一点儿就对了。加上自己这边家境一般，更不能让孩子输在起跑线上。

到了六岁的时候，别的孩子要么是上学前班，要么来个兴趣班培养一项特长，钢琴啊，围棋啊，舞蹈啊，歌唱啊，有了级别证书或者国家级比赛的名次，以后高考还能加分儿。小时候的许之一也算是浓眉大眼，一副很有灵性的样子。他爹就琢磨着，让孩子学点儿什么才能快人一步在社会竞争中取得优势呢……

当时的社会观念，通往大好前程有两个方向。

一个就是我们熟知的学好数理化，走遍天下都不怕。知识就是力量，知识改变命运。

但是孩子还这么小，就让他去学数理化，那也学不会啊。六岁小孩接触的还不是数学，那叫算数。物理化学更别提，还得做实验，危险性很大。别说六岁的许之一了，就连四十岁的许之一他爸，除了熟知海洛因的化学表达式之外，都对这三门功课极度头疼。

另一个呢，就是当时的奥运冠军潮，很多家长都想让自己的孩子进个少儿运动队，学一项体育项目，说不定哪天就可以站在冉冉升起的五星红旗下泪流满面感谢国家了。但是，想当奥运冠军哪有那么容易，除了从小练起，还得扛得住高强度训练。

“从我六岁起，我爸已经开始偷偷带着我去巡街了，就是想看看有没有机会遇到个抗拒从严的犯罪分子，执迷不悟非要鱼死网破，可以顺手让我练练实弹射击。”许之一每每说到这里，都是一脸懊恼，“因为我视力好。”

我们就纷纷感叹，说知子莫若父，虎父无犬子，就是这个道理。

说真的，当时许之一他爸对许之一的期待极高，特别希望许之一能够学有所成，以后拿个奥运冠军什么的，所以才想教点自己擅长的。许之一也算争气，不负众望，在父亲的耳提面命之下，打靶的技术日益提高，你摆个酒瓶子放在二十米开外，许之一可以说是弹无虚发。这水平绝对算得上是出类拔萃，看来许之一代表国家征战奥运赛场指日可待了。

只是许之一他爸当时对奥运会的了解还不是太深入，误以为奥运会项目包罗万象，千算万算没有想到：绷弓子打弹子至今还没有成为奥运会项目。这明显是奥林匹克组委会针对我国强势项目的一种封锁。

嗯，是的，除了冬天打打麻雀之外，许之一这个学有所长算是白练了。

剩下的时间，许之一经常被父亲带到少年宫去学画画。倒不是为了陶冶情操，而是许之一的父亲觉得，以后许之一是要当警察的，就算身体瘦弱干不了一线刑警，那么帮忙画个拼图当个二线民警也不足为过。

哦，这也恰恰解释了为什么后来张晓蛟会和许之一混在一起。毕竟许之一会画画嘛。

许之一第一次意识到了竟然还有这种只要坐在屋子里就能让父亲开心的项目，自然是格外珍惜画画的机会。另一方面呢，许之一也很争气，展露出了自己画画方面的才能，屡次得奖，还上了报纸。

当时还有记者屁颠屁颠来采访许之一，问："小朋友，你为什么画得这么好啊？"

许之一想了想，说："因为我视力好啊。"

记者点点头，回去差点拿《智障少年勇闯艺术路》作为报道的标题。

确实，许之一打小就有点儿轴，脑子似乎比别人慢半拍，显得反射弧颇长。

对于这一点，许之一坦言这是来自父母的遗传和自己儿时坚持不懈的锻炼，才形成了现在这样的神经系统。

锻炼内容也不复杂：许之一他爸在许之一读小学时，一直骑着一辆二八自行车接送许之一上学放学，而许之一就乖乖地坐在后座上。每次到了目的地，许之一他爸就会双手支车把，就地来一个右腿侧横扫加后摆腿，同时顺便一脚把许之一踹下车。毕竟是人民警察，平时举手投足都带着一股正气，抬腿就是虎虎生风，踹一个小小的许之一根本用不着第二脚。

前几次被强制下车的许之一坐在地上哇哇哭，哭得他爹也心疼。后几次他爹烦了，开始和许之一讲道理："男孩子哭什么哭！而且，你看，不能怪你爹啊，你为什么不躲呢？"

一语惊醒梦中人，从此许之一坐自行车的时候小心翼翼，每每看到自己老爹一抬腿，许之一就眼疾手快一个鹞子翻身，噔的一下扭身猛坠下车如水银泻地般避开老爹的横扫——

然后落地之后被旁边始料不及路过的三轮撞个人仰马翻。

周围的邻居都说，完了，许之一怕是要被摔傻了。

谢天谢地的是，托了这些训练的福，许之一打小就体质扎实，很少生病。虽然个头比张晓蛟这种瘦高杆儿矮了半头，而且一眼看去格外瘦弱，但是一直都很健康，最为突出的优点就是抗击打能力极强。

所以，许之一从小就扛揍。生存不易，他不得不让自己变得扛揍，能活到这么大完全是小概率事件。

按道理来说，无论许之一有多么皮糙肉厚，骨子里还是属于老实孩子的类型，平时话不多，也没多大脾气，很难有什么大出息，也不会出什么大乱子，平平淡淡的这辈子六七十年也就过去了。只不过俗话说得好：走好人生路，关键就几步。有些时候，人只要走错了一步，就会掉进万劫不复的深渊，再难脱身了。

何况在许之一的人生中何止走错了一步。

他这辈子，已经犯下了两个致命的原则性错误。

错误一，就是千不该万不该认识一个叫张晓蛟的人。

错误二，那就是千不该万不该成为张晓蛟的兄弟。

许之一在进大学的第一天就认识了一个人。这个人的名字，就是张晓蛟。

按照尹琪的说法，当年他俩其实特别不对眼，从刚上大学开始就有了摩擦。但是没想到吧，摩擦着摩擦着，就擦出火花来了。其实如果不是第一次两人见面时发生了点儿小误会，他俩早就比翼双飞了。

“你的意思是，他俩是 gay？”听完尹琪的叙述后，大家一定会小心地询问道，觉得尹琪作为两人的大哥，话里有话。

尹琪很为难地搔搔头，说：“那倒不是。而且背后议论人不太好，咱们虽然可以怀疑张晓蛟的性取向，但是不应该怀疑张晓蛟的品位。”

当然了，即便两个人再清白，也不能否认许之一和张晓蛟的初次见面非常暧昧。

还是从头说起吧。开学第一天，张晓蛟搬进了宿舍，和同屋已经住进来的几个舍友打了声招呼，决定去水房冲个凉，因为来学校的路上张晓蛟可谓风尘仆仆热得不行。简单冲洗之后，张晓蛟赤裸着身子像少爷遛鸟一样得意扬扬地从每一个宿舍门口走过。其实呢这么做，张晓蛟有着自己的考虑：这是一种示好的表现，张晓蛟想迅速打开自己的交际面，言外之意表达了自己是一个坦荡之人，不介意和大家赤诚相见。

这么招摇的效果并没有张晓蛟预计中的那么好，顶多达到了一半的目的。

好的方面是，张晓蛟确实一下子打开了自己的交际面，学校里十个人有九个都知道了有这么个人。

坏的方面是，在学校里提“张晓蛟”这三个字可能很多人都丈二和尚摸不着头脑，但是只要一提“暴露狂”，大家都如同当头棒喝一般豁然开朗：“哦！那个变态啊！知道知道，见过见过，认识认识。”

然后每个人都能说几个关于张晓蛟的黄段子。大学新生说白了身体是成人，心灵还是小孩，头脑灵活，好奇心重，编黄段子最拿手，传播起来也很快。张晓蛟用血泪的教训演绎了一句古话：一失足成千古恨。

哦，当然了，这种结果毕竟是因为张晓蛟刚进大学，年纪还小，心智还不太成熟。在日后的四年里，张晓蛟无时无刻不在尽力弥补自己当初的失态，身体力行地去模仿一个正常人的行为举止。只要功夫深，铁杵磨成针，等到四年之后毕业时，张晓蛟终于如愿以偿成功地挽回了自己的名誉，摘掉了变态这顶名不副实的帽子。

取而代之的是：变态色魔。

不往远说了，还是接着说那天的事。

新生入校的时候，有很多学长学姐都会挨个敲开新生宿舍的门，向还未站稳脚跟、摸不清情况的新生推销一些报纸或者日常用品。新生们刚刚脱离家庭庇护，对集体生活还不熟悉，又获得了经济的部分独立，正是学长学姐们巧取豪夺的最佳猎物。毕竟学长学姐们也曾经是新生，也曾经被他们的学长学姐坑过，这也算是学校的传统，不足为奇。麻烦就麻烦在，张晓蛟冲完凉，巡视完宿舍楼，回到了自己屋里正在擦拭，就听到有人敲门。已经天人合一的张晓蛟丝毫不介意自己赤身裸体，热情地开了门，准备迎接下一个要和自己共度四年大学时光的兄弟。

外面站着的是一个化着淡妆的漂亮姑娘，白皙的皮肤在灰暗的男生宿舍过道里几乎可以自体发光，显得格外璀璨。她的美貌毋庸置疑，不但有着如同隔壁家的大姐姐一样可亲的笑容，而且带着几分类似于社会人士恰到好处的自信，仿佛坚信不会有任何学弟能够拒绝自己的推销。

认真说，这个姑娘确实漂亮。她叫兰菲，比张晓蛟他们高一届。早在兰菲还是大一新生时，就成了那一届的校花。当她刚入学，在宿舍里被师兄师姐们敲了几次门推销了几次东西后，立刻敏感地意识到这是个不错的商机。于是兰菲打定主意，等明年新生来了，自己成了学姐，也要试一试展开推销事业。

此时此刻，面对着这群刚进大学的毛头小子，兰菲的心态是十分平和安详的。她只要轻描淡写给一个微笑，就能看到他们有点儿把持不住、面红耳赤的样子，接着再学弟学弟喊几声，伪装成经验丰富的学姐，那些个从初中开始英语考试就没及过格的雄性动物就会订下四年的英语辅导报。都是小伎俩，没什么技术含量，虽略有出卖色相之嫌，但反正愿打愿挨，谁也没有强迫谁。

可惜这些毛头小子当中，还有一个人名叫张晓蛟。

挨个敲开了四个宿舍门之后，兰菲还未尝败绩。小男生们应对美貌学姐的唯一方法就是好好好行行行买买买，直到她敲到第五间宿舍，张晓蛟打开门，露出热情洋溢的笑容，看见兰菲的脸，张晓蛟当时就傻了。

毕竟两个月前的他还只是一个坐井观天的高中生而已，还完全没有这方面的心理准备。当然了，爱美之心人皆有之，窈窕淑女君子好逑，男生宿舍门口来了一个大美妞，这就是大学生活的福利吧？

就这么短短一瞬间，张晓蛟彻底完成了心灵上的一个高中生向大学生迈进的华丽蜕变。

“同学，要不要订报纸呢？”兰菲当时视线较为固定，加上这会儿还是夏天，男生赤膊很常见，所以她以为张晓蛟傻掉是因为自己太沉鱼落雁，也就没多想。

张晓蛟说：“啊……”

“订英语报纸很有好处噢，比如……”兰菲还没说完，才注意到了张晓蛟看似是赤膊半裸，其实是买一送一。这要是个漫画，画面的很多地方就都得打上黑条了，因为就在大家都不知道该说什么来接学姐这停在半空中的话茬儿时，张晓蛟，张晓蛟同宿舍的兄弟们，以及张晓蛟自己的兄弟，都纷纷通过润物细无声的生理变化，对兰菲的颜值给予了极高的评价。

兰菲心里一咯噔，视线摇摆了一下。

张晓蛟身体的一部分明确地感受到了兰菲的目光，电光石火间他脑子里闪过一个念头。

——完了，自己被这漂亮姑娘占便宜了。

“臭流氓！”兰菲羞红了脸，甩手给了张晓蛟一个嘴巴，转头跑掉了。

张晓蛟捂着脸愣了一会儿，犹豫着要不要赤身裸体追出去解释一下这是一场美丽的误会。当然了，整个事件之中，学姐负责了美丽，张晓蛟负责了误会。

总之自己算是真的赔了夫人又折兵。

但这毕竟还是一个误会嘛，说开了就没事了。而且张晓蛟这人其实相当有责任感，觉得既然已经生米煮成熟饭了，是不是应该有所担当？张晓蛟自认是帅到没同类的，而且刚才那个学姐也挺漂亮。这么看来虽然自己会吃点儿亏，但是不如干脆娶人家姑娘过门算了……

男子汉大丈夫顶天立地，何必计较细节上的得失呢？

就在张晓蛟打定主意，准备打算冲出去的时候，一个瘦子背着大包小包走了进来，和刚跑掉的兰菲擦肩而过。瘦子一直扭着头盯着跑走的学姐，一方面觉得好漂亮的女孩子啊，这辈子我也忘不了她了；另一方面，瘦子直接撞到了同样站在门口的张晓蛟。

虽然学姐已经消失在楼道拐角，瘦子仍然歪头注视被她裙摆带起的飞舞灰尘。他并没回头正视对方，只是礼节性地伸手跟站在门口的张晓蛟握手，说道："哎！真漂亮啊……你好，一个宿舍的啊！我叫许之我操！"

许之一那行云流水般的自我介绍到此戛然而止，因为他的右手很明显是握住了什么，而右手传达给大脑一个不太科学的信息：这形状不大对啊，好像自己只握住了对方的大拇指。而且，这根大拇指粗得有点不符合人类的客观进化规律啊，哎，我操这是什么……霎时间刚才那张自己本以为一辈子都不会忘记的漂亮脸蛋一下子模糊了，取而代之烙印进脑海的，是张晓蛟惊讶到要飞起来的脸。

这个时候，许之一第一次明白了，自己确实命犯“许之一”这个名字，今天就莫名其妙成了“一”。

最可怜的其实是张晓蛟，距离刚才心灵上的成熟仅仅过了又一个短短的瞬间，张晓蛟就彻底完成了一个高中生向大学生肉体上的华丽蜕变。

意思是，张晓蛟十八年的清白一下子归“零”了。

《大话西游》就是这么个道理：上天注定的最大，上天让你成双配对，你就得成双配对，你再大也大不过上天的安排。

以上就是许之一在见张晓蛟的第一面时就试图手动掰弯张晓蛟的故事。许之一的名字一下子威震整个宿舍楼：他妈的，以前一直听说直男会被人掰弯，百闻不如一见，原来是真的要用手掰啊！掰弯的过程是这么具体和形象！

于是张晓蛟破了学校谈恋爱速度的纪录，他属于新生报到之后连宿舍都没出就解决了单身问题的人。

哦，值得一提的是，之前这项纪录的保持者，就是尹琪。哦，当然了，这件事我们稍后再说……

张晓蛟住下铺，许之一住上铺。每天至少有八小时的时间，两个人之间的距离不超过两米。但整整一个星期，张晓蛟都没和许之一说话。偶尔提起这个举手之劳取了自己上中下三路贞操的男人时，张晓蛟也是恶狠狠地说：“妈的，许之我操，光听着名字就不是个好东西。”

直到某天中午，有人来砸宿舍的门，才让张晓蛟和许之一的关系有所缓和。

当时来砸门的是个大二学长，他听说这个宿舍里有个新生，对自己专业的一个单身漂亮女同学耍流氓——退一万步讲，其实这件事可大可小，如果被耍流氓的是自己的同学，其实没什么的；如果被耍流氓的是单身的女同学，那也没什么；甚至如果被耍流氓的是漂亮的女同学，也没什么事，大家睁一只眼闭一只眼也就算了。关键是吧——竟然有新生对自己专业的单身的、漂亮的、女、同学耍流氓，那这件事就不能不了了之了。

如果大二的人再不吭气，岂不是让大一新生觉得自己是欺负了个寡妇，大二的男人都死绝了嘛！

于是学长纠集一帮子人，打算给还没做好准备就想走向社会的学弟补补课。

毕竟是大学，无聊的人很多，因为单身的人都很无聊。有了这种能以姑娘为借口出头的事，大家自然是你追我赶身先士卒，每个人的内心戏都是英雄救美，准备一番血战之后抱得美人归。

男人在没长大的时候，都会自然而然地觉得，喜欢的女孩子就要靠拳头争回来。其实这个观点并没有错，只是不全面：女孩子选择对象时，在看拳头硬不硬之前，一般都要先看看脸丑不丑。

这个学长的长相平心而论，就属于基本不太容易找到对象的类型，所以他才会热血沸腾地牵头打这场架。你想想啊，兰菲多漂亮啊，能为兰菲抛头颅洒热血，简直死得其所死不足惜啊。万一兰菲再为自己哭瞎了眼索性以身相许，岂不是童话般的结局。

所以这架一定要打，而且理所当然应该声势浩大。

“妈的，别想跑啊。”学长生怕自己没有表达清楚，所以开门见山地说，“晚上六点到后操场来，随便你带多少人，也随便你带什么家伙。”

张晓蛟当时也很客气，争取了一个好态度：“行，他妈的，晚上看谁弄死谁！”

说真的，其实张晓蛟平时脾气挺好的。但是那几天张晓蛟刚刚被夺走了贞操，还被迫与夺走自己贞操的人同居一室，谁还能在这个时间段内保持理智？

说罢张晓蛟狠狠摔上了门，惊醒了上铺的罪魁祸首许之一。

“怎么了？”许之一问道。

张晓蛟没搭理许之一，只是走到边上其他同宿的人面前，说了晚上的事。

“咱们都一个专业的，晚上帮我去撑场面。”张晓蛟递过去一支烟说道。

同宿的哥们儿推了推，说：“不会抽。”

张晓蛟很无所谓，自己点上：“那晚上说定了啊。”

同宿的哥们儿点头，说：“行，晚上没事就去。”

张晓蛟得意扬扬，觉得虽然自己开学的第一天马失前蹄了，但是这个星期自己一直在打开自己的交际面，而且大家都对张晓蛟印象不错。既然这是自己重新做人的第一步，那么索性扛旗算了；然后张晓蛟就叼着烟，信心十足地在楼道里串门过巷，继续扩充自己的队伍。

平心而论，由于张晓蛟这人生性热情，因此基本上所有人都很给张晓蛟面子；没有人拒绝张晓蛟的求助，大家都很仗义：“行！晚上没事就去！”

张晓蛟就这么从中午十二点一直转到了下午两点，回到宿舍之后连自己都害怕自己：我勒个去啊，眨眨眼一下子快一百人的队伍！自己的号召力要是放在封建社会，那绝对不是开国皇帝，就是灭世魔头啊！

当然了，张晓蛟其实人不坏，并不打算恃强凌弱。晚上在食堂吃饭的时候，张晓蛟花了一点儿时间，设计好了自己的台词。一定要等到双方剑拔弩张之际，自己好整以暇，上前一步大声喊道：“住手！”然后成功吸引所有人的注意力。这个时候再侃侃而谈一番“冤家宜解不宜结”的道理，双方握手言和；自己呢，既洗脱了变态的污名，又显得颇有大将风度，岂不美哉？这一战必然会在学校里传为佳话，今后自己可得注意点儿个人形象了。

酒足饭饱，张晓蛟踏上征途。从五点五十分开始，张晓蛟喊来的人陆陆续续到了后操场。

五点五十分，张晓蛟抵达指定地点。

五点五十一分，许之一抵达指定地点，与张晓蛟胜利会师。

然后呢，张晓蛟方面军算是陆陆续续集结完毕，等待着大战来临。

是的。

许之一和张晓蛟两个人陆陆续续到了现场之后，就再也没有其他人来了。

许之一看看表，有点儿犹豫自己是不是听错了：“是六点吧？我来早了？”

张晓蛟看看表，说道：“我操……”

然后张晓蛟压根儿没管身边的许之一，急忙拿出手机，开始一个一个打电话：“这都几点了？哥们儿你人呢？”

大家纷纷表示，哦，正好有点儿事，就不去了。

张晓蛟就很惊讶：“嘛事啊？”

这就不得不说，张晓蛟交的朋友里，除了许之一以外，基本都是非常积极向上的有志青年。你看啊，明明今天没有晚自习，大家却不约而同去了图书馆温习功课，目的当然是不断充实自己，准备为实现祖国的四个现代化建设添砖加瓦，以坚决不让美帝称霸世界的野心得逞为己任。

挂了电话后，张晓蛟也感叹通过这件事可见学校里学风盛行，学生们德智体美劳得到了全面发展。真可谓……

“操蛋啊……”张晓蛟仰天长叹，觉得晚上群架挨揍是小，关键是，这面子丢得也太大了……喊的人一个都没来，唯一来的，是自己的仇人，还是夺走了自己贞操的仇人。张晓蛟当时觉得吧，还是得问清楚，别回头许之一是打算来殉情的。

许之一倒是一副无所谓的样子，拎着一瓶百事可乐正在仰脖咕嘟咕嘟喝。

“你来干吗？”张晓蛟怕对方只是准备去图书馆而路过后操场，开口问道。

许之一停下，一边比画了一下喝光的可乐瓶，一边信誓旦旦地说：“来帮你啊。”

“就咱俩，对方起码得有十几个呢！”张晓蛟忍不住发了脾气，觉得许之一是在挖苦自己，“这点儿人怎么干？还他妈干个屁啊。难不成你是高手？”

许之一皱着眉毛，迟疑了一下有点儿害羞地说：“我不会打架……但是我扛揍，属于可以分散火力的稀缺型人才。”

张晓蛟用手捂住了自己的脸：“完蛋……这次死定了。”

许之一说：“哎呀，其实也没什么事。实在不行，好汉不吃眼前亏，你就跟对方认个㞞，又不是什么深仇大恨，说不定就算了……”

张晓蛟一下子就火了，嚷嚷道：“㞞？老子从小学打到初中，从初中打到高中，从高中打到大学，打过多少场连自己都不记得了，老子什么大场面没见过？”

许之一歪了歪脑袋，有点儿半信半疑，说：“哦。”

张晓蛟就更上火了：“我操，你可知道老子当年玩得多凶吗？”

说着，张晓蛟拉开了自己的T恤，一转身冲许之一露出了后腰上的一道疤痕。这伤疤既长且阔，还有缝针痕迹，看着应该是刀伤。他转回身来看着目瞪口呆的许之一，不无得意地问道：“哼哼哼，知道这口子是怎么来的吗？”

这个伤口其实是张晓蛟上初中的时候骑自行车摔的，但这可谓是张晓蛟的撒手锏。每每亮出这道疤之后，只要张晓蛟此处无声胜有声，不需要再添加任何描述，别人就会觉得张晓蛟的过去一定是刀光剑影。

当然了，几年后当iPhone流行起来这招就不好使了。大家都会看看张晓蛟手里的手机，再看看张晓蛟的腰，忍不住摇头叹息：“这么年轻，何苦呢。”

不过在那几年，这道刀疤还是很有威慑力的。许之一看了看这道腰间大概在肾位置的伤疤，一下子觉得张晓蛟一定是个敢玩命的类型。

当然了，张晓蛟并非吹牛，早些年的他仗着自己发育得早，人高马大，确实经常和人有些拳脚往来，也算是过来人，自诩经历过大风大浪。所以虽然现在有点儿腿抖，但是张晓蛟坚持认为是秋风微凉而没穿秋裤的关系。

算了算了，来都来了，那就硬着头皮死撑吧。张晓蛟盘算着对方估计也就十来个人，算起来自己和许之一只要一打五六七就行，也不是完全没有希望。而且万一自己一战成名，岂不是威震全校？

想到这里不得不说张晓蛟的心理素质极佳，总是有一股没来由的自信。

小意思，还有什么是自己没见过的？亮出来看看啊！

不过等到学长那边的人来了，张晓蛟才发现确实人外有人天外有天，自己只不过是井底之蛙罢了：哦，原来有些场面自己是没有见过的。

这也不能怪张晓蛟，毕竟这次确实是真正的大场面。

怎么说呢……

第一，这次的场面确实大，单是对方就来了黑压压一片人，略微估算一下，规模绝对在百人以上。这场面，放在电影里都极有气势，人一辈子能有几次见这种场面的机会？那可不是想见就能见的！

第二，是张晓蛟这边只有两人。

两个人打一百来人，场面更可谓是前无古人后无来者。

许之一看了看，显然也出乎了自己的意料，估算了一下之后说："敌众我寡啊，怎么办？"

张晓蛟想了想，硬拼估计不可能了，双方兵力太悬殊；既然不能强攻，只能智取。这个时候就要运用一下上下五千年文明的结晶——《孙子兵法》。

于是张晓蛟说："你在这儿等着，先想办法挑衅他们，吸引注意力，帮我争取时间，我去绕后。"

许之一点头表示赞同："然后呢？"

"趁他们不备，包围他们！"张晓蛟目光坚定，固执地认为让对方腹背受敌是唯一的取胜机会。当然了，整场群殴取胜的核心因素，取决于许之一能坚持多久。

许之一想了想，说道："好主意。但是偷袭胜之不武啊，要不咱跑吧。"

张晓蛟觉得吧，跑得了和尚跑不了庙，大家住的就隔着几个宿舍楼，迟早要遇上。而且对方既然都指名道姓要和自己真刀真枪拼一下了，就这么溜掉，以后的四年还有什么颜面在学校里混呢？

对于男人这种生物来说，大多数时候吧，面子比命还重要。

起码在张晓蛟二十五岁之前一直这么觉得，没什么东西能比自己的名声更重要。

"我觉得吧……"张晓蛟用墓志铭的语气轻声和许之一念叨着，算是给自己交代遗嘱，"今天估计是死定了……你还有什么事是没做完的吗？"

许之一想了想，说：“大学没读完。”

“你怎么这么俗啊……”张晓蛟无奈地看了看许之一，“我就觉得，我还没碰过姑娘，就这么走了，不孝有三啊……”

“哦，如果是这的话……”许之一终于明白了张晓蛟的意思，“我想做个动画片。”

张晓蛟第一次认真地转头看着许之一，说：“真的吗？其实我也……”

谈话到此为止，许之一没来得及听完张晓蛟的话，就无组织无纪律地擅自喊叫着冲了上去。

张晓蛟被其他人拳打脚踢之前一刹那还琢磨着，要是今天自己能活下来，一定得和这个许之一好好说说。毕竟自己来这里读大学的梦想，也和许之一一样，是……

“哎哟，好疼！”

说起来的话，张晓蛟和许之一能够欢蹦乱跳活到今天，一定要感谢一个人。当这场架刚刚进行了不到三十秒时，倒在地上的张晓蛟和许之一都清楚地听到了这群人的叫喊：“哎？那不是尹琪吗？旁边的姑娘是谁？”

“是兰菲！”

“哎呀妈呀！尹琪敢出轨！！”

“弟兄们跟我来！”

大队人马呼呼啦啦就走了。

就像尹琪说的一样，有些事情，是天注定的。

chapter 03

那么我们就来说说

尹琪，

尹琪老师

想要成为校园风云人物，所面对的竞争多么惨烈；
想要一直占据话题榜的首位，没有点儿真材实料肯定没门。
但是尹琪做到了。

尹琪比张晓蛟他们高两届，比兰菲高一届。

无论是在学校里，还是走上社会之后，每次和别人提到尹琪时，张晓蛟和许之一除了要絮叨半天关于尹琪这些年的各种传说以外，一定会在最后用特别敬重的语气吼一嗓子：“那是我们大哥！”

这句发自肺腑、掏心窝子的赞美，每次被尹琪听到了，都会觉得由衷地胃疼。

为什么呢……因为张晓蛟和许之一，实在是太能惹事了。既然被人家喊了一句大哥，自然是需要护着点儿犊子吧？自然是要罩着点儿小弟吧？自然是要彰显一下大哥的风范吧？自然是要帮着自己的小兄弟擦一下屁股吧？

当大哥的嘛……为你们吃点儿亏、受点儿苦、遭点儿罪都是理所当然的。但是，你们当小弟的也不能太过分是不是？张晓蛟和许之一简直就是……

算了，以后再说他俩多坑爹吧。先说尹琪。

尹琪当时在学校里已经很出名了。

确切地说，尹琪在学校里一直很出名。

要知道，能在任何一所大学里保持一个非常高的知名度都实属不易，因为每个人的身边都可以说是藏龙卧虎，时不时就能整出点儿爆炸性新闻来。比如就经常能听说某个还没毕业的学长出去跟人打架差点儿闹出了人命判了三年，或者某个学姐考研准备得异常艰难灵机一动打算找个民工走一走保研的路，又或者是某个很开放的姑娘怀孕了导致一整个年级的男生都惶惶不安，甚至包括判了三年的那个学长也在牢里开始惦记自己是不是要当爹了……

剧情一直跌宕起伏，冥冥之中还能融会贯通。

由此可见，想要成为校园风云人物，所面对的竞争多么惨烈；想要一直占据话题榜的首位，没有点儿真材实料肯定没门。

但是尹琪做到了。

尹琪每每提到自己的大学时代，都会忍不住苦笑。

“大哥就是那种特别容易创造传说的体质。”兰菲是这么形容尹琪的。

尹琪就会继续苦笑，然后忍痛点头，说：“还他妈真是。”

其实这种体质并不是什么好事。

怎么说呢……

尹琪在刚进大学的时候，和现在完全是两个形象：长发飘飘，每天都会背着一把吉他，然后脸上一定是配着一副墨镜，又颓废又忧郁。走在大街上，行人们肯定侧目而视，但是在艺术类院校，这完全属于正常打扮，全校像尹琪这种范儿的学生得有上百个，尹琪并不突出。

当时的尹琪，也不想突出。他只想做一个普通人，安安静静地过完大学生活。

真正让尹琪走上人生巅峰的事件有两个。

第一个，是尹琪在大一刚入学的时候，就把当时很不受爱戴的学生会主席逼下了台。

第二个，就是跟姑娘有关的了。

花开两朵各表一枝。我们一件一件说，先说第一件事。

当时的大一新生刚进学校时都会收到一份兴趣调查表，让你填一下兴趣爱好，然后再写上自己想进的学生活动社团，或者学生会的有关部门什么的。毫无例外，尹琪当时也收到了这份表格。

和广大极度渴望大学生活，也就是完全不受任何人、事、物所束缚的彻头彻尾的自由生活的人一样，尹琪其实是不打算加入任何社团的。因为尹琪从小向往的社团只有洪兴，即便上了大学也没有改变他的信仰。

但是呢，这份调查报名表又是强制要求填写，不写的话，就视为确定服从学校的任意安排，被瞎划拉进一些根本看不懂的社团。去年也有人随手丢掉报名表，后来被学校安排加入了鼓号队。

对，就是那个鼓号队。

鼓号队在正常人眼里，应该是只存在于小学阶段的历史性产物，一提到鼓号队，你的耳边一定会响起一段熟悉的旋律。尽管你长大以后知道了铜管乐、打击乐也是高雅的艺术，但一旦想起“鼓号队”这三个字，你能联想到的只可能是那一段无名的却又根深蒂固的旋律。

不晓得校领导抽了什么风，一定要在大学里也弄一个这种招人恨的玩意儿。排练的时候呢，老师觉得吵，同学们觉得吵，就连鼓号队队员自己都觉得吵。而且这种吵不是一般类型的噪声，一般类型的噪声最多是声音比较大比较烦人而已，而鼓号队式的噪声带有精神攻击加成。鼓号队噪声等级还跟队员们的音乐修养成正比，尤其是小号这种东西，没点儿技巧根本是吹不响的，而一旦你摸着窍门，能运起一口真气，吹出第一个音符，你就成了一个鲜活滚烫的噪声污染源。当然了，毫无意外的是，来鼓号队的人都是被学校强制安插的，唯一有点儿音乐基础的人也就是会吹个口哨。所以鼓号队一旦排练起来，可以说是如同一把锐利的水果刀在黑板上尽情地摩擦，摩擦。那不单单是残忍的破坏，还带有一种世间最深的恶意，撕心裂肺都不足以形容那种噪声的威力。

尹琪刚来学校的时候，就在新生欢迎仪式上见识到了学校的鼓号队。

“就像一双手撕开你的耳朵，顺便撕开你的灵魂，然后不断地向你的脑子里呕吐的感觉。”尹琪描述了一下当时的感受，然后忍不住不寒而栗。

简简单单四个字概括鼓号队的话，那就是：民不聊生。

所以呢，尹琪还真不敢随随便便处理自己的表格。

后来尹琪灵光一现，想出了一条绝世妙计。既然不能弃权，那索性就直接去找一个根本不可能实现的目标：学生会主席嘛！用脚丫子想也知道这个职位肯定竞争激烈，自己形式上去竞选一下，淘汰之后就可以在学校安心地度过四年了。

决定之后，尹琪当时就随便百度了一篇个人简历，抄到报名表上交了上去。当时写报名表的时候，几个同样为报名表发愁的哥们儿看到了尹琪的选择，纷纷表示迷茫与不解。尹琪并没藏私，就把自己计划的来龙去脉一说，几个哥们儿觉得：“哎哟我操，有道理！真是听君一席话胜读十年书！哥们儿你他妈有一套！”

尹琪说：“嘿，常在河边走，就得露一手。”

然后这几个哥们儿恭维了几句，就顺利地拿到了尹琪的报名表，改了改名字原封不动地抄了一份递上去。

所谓星星之火可以燎原。

就像尹琪计划的一样，这个职位果然竞争异常激烈；因为相当多的人都听说了尹琪的办法，纷纷叹服其为妙计。然后呢，大家又都觉得“学生会主席”这个职位肯定不会选到自己，所以新生里有一大半都报名竞争这个职位。其实在这个时候，学校里的学生会基本上已经沦落成了一个野生部门，不仅在学生中没有威信，教职员工也丝毫没有留意过这个组织。唯一能够引人入胜的，也就是每年学校批给学生会的一笔活动经费。别小看了这几千块钱，足够让不少人拼得头破血流了。

一来二去，学生会里做事的人越来越少。校领导们也想过很多办法来扭转学生会的风气，但都是无功而返，索性基本放弃了。

直到去年成立了鼓号队，这才误打误撞，围魏救赵。

校领导也没想到这一届的新生会对学生会工作如此着迷，窃喜的同时也开始犯难：按道理来说吧，大一新生是肯定不能做学生会主席这么高级别的职务的。毕竟大学就是社会的预备役，应该趁现在就教育学生——有能力、有理想的人，也需要熬年头才能上位。

社会可不是童话世界。

但是现在要是拒绝新生们的请求，恐怕会打击到这些青年的积极性；要他们从基层干起，这些个大学生一定都会认为自己是天之骄子，眼高手低不肯屈就，说不定索性就不来了。

怎么办呢？

面对此情此景，校领导班子急忙召开了领导会议，由校长牵头商讨解决方案。

校长听完汇报后非常惊讶，然后给出了整个会议最重要的一个发言：“啊？咱们学校还有学生会呢？学生会不是早就解散了吗？”

在得知学生会其实一直存活，只不过是转入地下活动后，校长才说：“既然大家有兴趣，我们就批准！记住，一切为了学生，为了学生一切，为了一切学生！一定要让每一个学生都满意！一定要让每一个学生都在这次竞选中有所收获！毕竟学费也不便宜是不是……”

校长简直就是服务性行业冉冉升起的爱岗敬业之星，完全没有一点儿教育行业为人师表的架子。

其他几个校领导犯了难，校长说得容易，真让每一个参赛者都有所收获，可就不是动动嘴皮子那么简单了。最直接的解决办法呢，那就只能是给每一个人颁发一个安慰奖。但是众所周知的是，安慰奖这个最名不副实的奖项几乎贯穿了我们每一个人的人生，基本上得到这个奖项的人从来不会觉得自己被安慰了，反而有一种精神上慰安了别人的感觉。因为奖项具体来说基本上分为两种：

一是跟个屁似的。

二是连个屁都不如。

后来还是学校里某个副校长灵机一动，现身说法给出了解决办法：“虽然规定中明确要求新生不能当学生会主席，但是没说过新生不能当副主席呀！你看咱们学校，副校长也很多嘛！”

校长一听，当场拍板：“就这么办！”

于是，那一年，学校里忽然间如雨后春笋一般冒出九百多个学生会副主席。为了安抚对学生会主席一职狂热的新生们，校方可谓煞费苦心，但还是百密一疏，偏偏就没有考虑到在现届学生会分支部门工作的那些大二、大三的学生。他们平白无故一下子多了九百多个领导，小屁孩刚进大学没几天，头衔就比苦挨两三年的师兄师姐们还要高，这让谁能服气？那段时间，学生会的领导班子简直臃肿得罄竹难书，你要不是个副主席，走在街上都不好意思跟别人打招呼。

面对此情此景，第一个跳出来反抗的就是当时的学生会主席。主席姓朱，大家都喊他二师兄——没错就是那个二师兄。从神奇的大摩托车就可以知道，二师兄也是一位奇人。他可是熬了三年才坐到现在的位置，正打算着今年的经费入手之后，随便对付几个活动，然后就可以胡吃海塞了，没想到一下子遭遇了人生中最大的一场泡沫，身份贬值得令人发指，简直一夜之间从美元跌成了越南盾。

二师兄急啊。

而且居安思危来看，形势更是不容乐观。哦，今天九百多人一起请愿，于是一下子大家都是副主席了；按照这个燎原之势，那明年大家再一起加把劲，岂不是要冒出来九百多个主席？

到时候自己连越南盾都不是，只能算得上冥币了……

所以，二师兄真的很急啊。

但是呢，自己又不能把这种反抗情绪表现得太露骨，不然仿佛是自己想要霸占这个位置而刻意打压新人一样。现在最好的出路，就是去找校长表达一下自己对于学生会整体工作的重要性，客观地强调一下自己的作用绝对不是可有可无，以此来唤醒校方被民意蒙蔽的双眼。

想到这里，为了维护自己的既得利益，二师兄意气风发地跑到校长办公室，非常委婉、话里有话地跟校长摊牌：“校长，我一直都觉得学生会主席这项工作非常具有挑战性，毕竟学生会一直缺乏业务骨干；这次新生招募，很感谢学校方面帮学生会聚拢了大批的新鲜血液。是的，学生会工作确实烦琐，平日里只要我稍微一放松，整个学生会就乱成了一锅粥。您知道的，我和您一样，喜欢事无巨细亲力亲为。但是我觉得目前可能我没有时间去带新人。让我给予他们信任，放权于新人，让他们各自为战，在工作中成长的话，我能力又不足以统率这么庞大的队伍，所以，您觉得呢？”

说罢二师兄颇为得意，觉得这番话说得尤为得体，既表达了自己为学校鞠躬尽瘁的事实，又委婉地说出了“要是这样老子他妈的不干了，没了我你看看学生会得乱成什么样”的观点。

于情于理，简直如同教科书般完美。

校长当时才意识到问题的严重性，几乎顿足捶胸，表示自己智者千虑必有一失，没有看到学生会工作上的细节，一再强调学校一直很看重二师兄。二师兄就很满意，等待着校长的挽留。当然了，校长是真的非常重视这件事，立刻打电话给教务主任，要求即刻开始下一届学生会主席的选举工作。

“确实啊，没考虑过你，抱歉抱歉。”校长当时还特意起立与目瞪口呆的主席握手，“确实，能力越大，责任越大；反过来说，责任越大，能力也应该越大。把这么大的担子压在你身上确实是强人所难，是我们工作上的失误！我们应该把目光放在每一个学生身上，不能只顾大局。宏观的局势再好，也不如踏实地做好基层工作。了解学生，深入学生，这才是我们应该做的呀！”

二师兄当时就有点儿蒙，说：“不是，我不是这个意思……我是说，我在这个岗位上其实也干了蛮久，现在一下子让贤……”

校长想了想，频频点头，觉得很有道理：“没错，你也曾为学校抛头颅洒热血，就这么悄无声息退下去确实不好……”

二师兄终于长出一口气，觉得校长会收回成命了。

第二天，果然，校长没有让二师兄黯然离去；校长可是特意安排了鼓号队吹吹打打鼓乐齐鸣招摇过市欢送二师兄，让他热热闹闹地从第一线退了下去。

以上就是尹琪如何兵不血刃逼退了当时不可一世的学生会主席的故事。

二师兄当时心里那个恨啊，发誓要报仇，要把这个幕后黑手揪出来。于是二师兄跑到新生里面略一打听，大家都给出了同一个名字：尹琪。

这个把自己弄得狼狈不堪的大一新生已经让二师兄非常愤怒了，不巧的是，尹琪当时还有一个外号，也冲撞了二师兄。

尹琪当时的外号，是大师兄。

这让二师兄一口咬定，尹琪这小子绝对是有备而来，完全就是针对自己的。

天地良心，尹琪当时真的什么都不知道。大师兄这个外号的来源更是可笑：有一次自己上厕所，几个兄弟在旁边一起小便闲聊，忽然间其中一个人无意间那么一瞥，然后盯着尹琪的下半部分不动了，良久，说："我操！"

几个人顺着目光望去，也纷纷说："我操！"

第二天，大师兄这个外号就开始流传起来了，而且越传越邪乎。怎么说呢，就是按照一般"鼻子越大，那个东西越大，两者的尺寸成正比"的理论来说，小道消息都说尹琪的鼻子至少得有一米。

当然了，最神秘的人都是神龙见首不见尾的。当时围绕着尹琪展开的传说比比皆是，而且其中一条传说是：前任学生会主席刻意来新生里打听尹琪，双方本来是结了仇打算带人干一架，见面之后主席却被尹琪感化，化干戈为玉帛，与尹琪八拜为交；这还不算，主席还不顾自己年纪略长，甘愿尊尹琪为大师兄，自己屈居于二师兄的位置也毫无怨言。

要知道在学校里谁把谁打趴下了，那都不是个事。打打杀杀的有什么意思？能打的人就有威信吗？口服心不服的胜利有意义吗？

所以大家都觉得，到了尹琪这个等级的人物，已经可以不战而屈人之兵。这是什么境界？

这叫以德服人。

一来二去，大家纷纷感叹，都觉得尹琪不简单，不仅他的屌很屌，而且尹琪这个人也很屌。

一时间，喊尹琪大哥的人比比皆是。

其中最悲剧的人物，当属二师兄……二师兄当时完全没有罢手的意思，只不过纠集人马花了点儿时间。等到二师兄带着十几个人直奔尹琪宿舍，想要当着一群人的面挫挫他的锐气时，尹琪的队伍已经有点儿规模了。

规模大概有多大呢……

二师兄站在新生宿舍楼下面喊道："他妈的，谁叫尹琪，给爸爸出来！"

尹琪当时并没有在宿舍，他出去勾搭姑娘了。

五分钟后，楼下站了小二百人，手里都拎着点儿东西，想看看是谁来招惹自己的大哥。

其实二师兄刚开始的时候是有点儿慌的，但是很快他发现，哦，这群人可能只是来看热闹的。毕竟双方人数差距甚大，但是对方依旧没敢动手。

哼，大一的小崽子就是小崽子，人多又怎么样，全是站着充数的。

二师兄很乐观。

其实当时大一的新生没动手的原因很简单，因为有人认出了二师兄："哎？那不是大哥的结拜兄弟吗？叫二师兄的那个……"

大家仔细一看，好像还真是，于是交头接耳议论纷纷。

"哎！好像还真是……"

"怎么办？"

"能怎么办？也不能自家人打起来啊……"

"就是的，大哥的结拜兄弟，咱们不便插手啊……"

索性大家就都没动。

于是二师兄在楼下骂得更起劲了，觉得今天一定要把面子挣回来，顺便那些个子虚乌有的谣言就不攻自破，自己又可以重新树立威信了。

等到尹琪回到宿舍时，二师兄都叫了快十分钟。尹琪当时的想法是，哎哟我去，大场面啊，这是堵谁呢？

然后大家看到尹琪，纷纷围了过来。

二师兄口干舌燥，吞了口口水，觉得今天虽然没堵到人，但是也算把对方缩头乌龟的本色揭露出来了，可谓敲山震虎。他想想喊了挺长时间，差不多也该收场了。

于是二师兄最后亮了一个高腔："尹琪！你……"

"啊？找我的？"尹琪在旁边愣了一下。

二师兄吓了一跳，转头看着他。说实话二师兄根本没见过活的尹琪，只听过别人的描述。但是别人描述的尹琪，具体特征需要脱了裤子才能辨认，所以一时间二师兄也不敢确定面前这个长发的家伙是不是目标人物。

"你就是尹琪？"二师兄问道。

尹琪很奇怪，说："是啊，你是谁？"

二师兄冷笑："呵呵。小子，今天打的就是你！哥几个上！"

几个人就冲了过来。

尹琪当时确实一慌，匆忙弯腰先放下了自己口袋里的手机才准备迎战——因为这可是刚买的。但是所谓的兵贵神速，尹琪就吃亏在这一弯腰的工夫——

周围的人一听，得出了结论：哦，是我们认错了，这个人不是大哥的那个叫二师兄的结拜兄弟，不然怎么可能两个人不认识呢？

那就应该是来挑事的了。

等到尹琪弯腰放下手机，直起身子，还没来得及说话呢，二师兄的人已经陷入了人民战争的海洋。而且这个海洋挺有点儿汪洋大海的意思，深得里三层外三层。

尹琪想冲上去都冲不上去，想了半天，回身捡起手机，打电话叫了救护车。又过了一会儿，学校来了人，问是怎么回事。

尹琪当时觉得吧，虽然自己也不知道具体是怎么回事，也不知道自己到底得罪了什么人，但是起码这事应该是因自己而起，思来想去，也不能连累身边的朋友和兄弟，不如自己挡下来，要处分的话处分自己就行，犯不着弄得大家都背黑锅。既然如此，尹琪索性跟着校方的人走了："都是我一个人干的。走吧。"

校方当然不是傻瓜，处分是肯定要给的，但是也不能随便给；说破大天去，一个人也不可能打倒这么多人啊！于是勒令尹琪交代出和自己一起参加群殴的同党。

尹琪坚称是自己一人所为，绝对没有别人。

第二天，新的传说滚烫地诞生了：尹琪的结拜兄弟咄咄逼人，尹琪碍于兄弟情面硬是忍了半个小时，对方却率先撕破脸皮刀剑相向。之后，尹琪一个人解决了对方十几个手里有家伙的同党……

而且尹琪毫发无伤。

更为惊人的是，尹琪的拳很快，快到没有任何人看到他出手，电光石火之间，十几个人已经倒在地上呻吟了。当然，其间也确实有一些热心的围观群众帮着补了几拳几脚，但是印象里都是对方已经倒地后的所作所为，属于助人为乐式的场外击杀，无伤大雅。

校方走访完了所有知情人后,估摸着尹琪肯定是成龙的师弟没跑了。

这身手，难道还有别的答案？

从此，尹琪就在学校里莫名其妙地独步江湖，这一独步就独步了四年。尹琪倒也是一直平安无事，后来谈了个对象，表面上平平静静地过了三年。

等到尹琪读到了大三的那一年，正是张晓蛟和许之一他们进入学校的那一年。

眼瞅着这个校园风云人物就要毕业了，校领导派人专程来问尹琪是否考虑过毕业之后留校工作，如果真有这个打算的话，现在就可以加入学生会锻炼一下；正好学生会主席的位置还空着，这可是尹琪从大一的时候就一直觊觎的皇位（虽然并不是）。

学校一再强调并不是想把学生会的烂摊子甩给尹琪，只是单纯地欢迎尹琪留校工作，表示有一个很适合尹琪的位置一直虚席以待呢。当然了，这份工作不仅可谓位高权重，而且也充分考虑了尹琪的能力和特长。

“学校的保安队长，不错吧？还有五险一金呢！”

校领导觉得尹琪一定会挥洒热泪，奔跑着歌颂学校的慧眼识珠，毕竟当年关于尹琪一打二十的传说依旧历历在目。

当时尹琪说……

“一个学生会倒不算什么，毕竟当了这么多年的共产主义接班人。

但是我都快毕业了……”尹琪当时很为难，就打算随便找个理由推辞掉。当时的尹琪已经有了一个稳定的女朋友，而且是学校的全民女神。一方面呢，自己肯定是不甘心在学校里混日子，很渴望去社会上磨炼一番，闯出一片天地。另一方面呢，就像之前说的那样，尹琪的女朋友是当年的全民女神，如此可见自己昔日的情敌有多少。

留在学校，凶多吉少。

但是这句推辞在校领导眼里完全是另一个意思，觉得尹琪的言外之意是告诉校方，毕业后自己也该准备准备接班的事情了，学校只是他迈向政坛的一块踏脚石而已。

校领导一下子惊为天人，觉得这些年来竟还是小看了尹琪，开会商讨了好几天，觉得让尹琪当学生会主席实在是有点儿暴殄天物大材小用，索性算了。

所谓群龙不可一日无首，新任主席肯定还是要选一个出来的，但是选谁呢……

尹琪当时想了想，说：“这样吧，我知道有一个人挺合适的，值得推荐。她叫兰菲，大二了，能力不错，而且号召力很高。如果合适的话，我去找她聊聊。”

校领导说：“可以啊，去吧。”

当天晚上，尹琪蹦蹦跳跳去找兰菲谈工作了。

尹琪碍于自己已经有了对象，所以平时根本没什么机会和女孩子说话，突然有个正当理由可以和漂亮姑娘唠两句，也怪不得尹琪不够矜持。倒不是尹琪女朋友管得严，而是昔日情敌们太鸡贼，每天都替尹琪的女朋友盯着他，跟谁说个话、聊个天，甚至抛个莫须有的媚眼，都会有无数匿名电话打给尹琪的女朋友。

话里话外都是一个主题：“他出轨啦！真禽兽！分手吧，我一直在等你！”

弄得尹琪草木皆兵。

当然了，群众的想法很简单：占着茅坑不拉屎固然可恨，但是更可恨的是占着两个茅坑。照这样发展下去，大师兄还不把厕所给承包了？

好了不说那些恶心的了，说点儿开心的……

当天晚上尹琪终于有了一个正当理由把漂亮的兰菲喊了出来，两人在操场边上溜达着，借着温柔的月色说着学生会主席职位交接的事情。哦，晚上来操场，完全是出于想要避人耳目的原因。

毕竟都这个点了，谁吃饱了撑的闲着没事来操场闲逛啊。就算真有，也是小猫小狗两三只，随便打发打发得了。

尹琪千算万算都没有料到，那天操场上会站着吃饱了撑的闲着没事的一百来人。

当然了，本来那一百来人是打算教育一下张晓蛟和许之一的。但是教育才刚刚开始，就有人看到了操场边上的尹琪。

还有尹琪身边的兰菲。

一下子群众愤怒了，觉得自己正在冲冠一怒为红颜，哦，你尹琪倒好，直接去和红颜做伴活得潇潇洒洒，策马奔腾共享人世繁华了？！

我们在这里竞折腰，你直接去捡现成的？！

而且，更过分的是，你他妈不是有女朋友吗？

衡量了一下轻重缓急，群众的意见顷刻间达成一致，果断觉得对张晓蛟和许之一刚刚开展的教育工作已经算是圆满落下了帷幕，剩下的他俩只要积极地开展自学就好。

眼下更需要教育的，另有其人。

尹琪于是眼瞅着一百来人是如何从百无聊赖一下子升华到了杀气腾腾，然后……

“这年头，”尹琪一边逃命一边忍不住想哭，“抓奸都开始组团了吗？”

剩下了一个头两个大的兰菲，徒劳地向一百来人拼命解释自己真的是在和大师兄谈工作，是关于学生会主席竞选的事。

但是大家都不信。月色这么柔美，秋风这么凉爽，学生会主席竞选？跟你说你能信？

为了自证清白，兰菲决定去参选算了。

然后呢……

兰菲当选了……

chapter 04

是时候说说姑娘的事了，关于兰菲

其实兰菲的身世如果要用最简单的语言来概括，
那就是漂亮。

其实兰菲的身世如果要用最简单的语言来概括，那就是漂亮。

就是这份漂亮让许之一念念不忘，之后多少年里，他动画里出现的每一个女孩，都多多少少能看到兰菲的影子。

其实兰菲挺简单的，坚强、要强，除了和张晓蛟闹出了一点儿新闻外，基本上就是一个三好学生。

不过群众自然是不能满足的，因为按道理来说，漂亮的姑娘吧，故事应该都有很多才对。

所以呢，兰菲应该也不例外。

说起来，兰菲是学校里第一个在大二就当上学生会主席的姑娘。

除了兰菲自己非常抵触学校的安排之外，学校里其他人似乎都没有任何意见。倒不是大家见色忘义，而是很多人压根儿都不知道学校还有学生会这种组织存在。

学生会主席是谁对群众生活的影响程度，还不如委内瑞拉总统是谁对群众的影响程度大。起码后者可能出现在时事政治的考试题里。

张晓蛟直到毕业之前都觉得这件事实在是好笑。虽然这个主席让谁当都无所谓，但是学校方面决定得也确实太草率了一些。

群龙无首的状态固然不好，不过呢，依照江湖规矩来看，这种事讲究一个宁缺毋滥。现在“首”是有了，但是当选的“首”是个脑残，说出去了多不好。

兰菲听完张晓蛟这么说之后非常生气，但是一时间又想不到什么反驳的话。

毕竟这件事上张晓蛟说的有理有据。

兰菲其实很不想当这个主席的，她有自己的追求。当了主席就意味着自己要对学生会负责任，很可能会分散自己的一大部分精力。而且兰菲一再强调，自己的经验和能力都不够，希望大家理智考虑主席的人选。所以呢，兰菲打算退选，看能不能找别人替自己。

遗憾的是，没等到兰菲退选，选举已经结束，并且她在投票时高票当选，就算不亲自上朝，也得垂帘听政。归根结底，在选举中起到推波助澜作用的就是冯小白。

因为当时冯小白替兰菲拍了一张照片，当作竞选人资料。

认识兰菲的人一看："嚯，这不是兰菲吗？是不是要选校花了？那于公道、于人情都自然得投兰菲一票啊……"

不认识兰菲的人一看："嚯，这姑娘好看啊！是不是要选校花了？那平心而论自然得投这个姑娘一票啊……"

兰菲真心觉得，完了，自己算是跳进黄河也洗不清了。

等到真的当了学生会主席，兰菲上任之后做的第一件事，就是去找张晓蛟和许之一了解情况。因为她已经听说了这两个新生被大二的高年级同学围殴的事情。

兰菲当时心里很愧疚，因为冷静下来想想，这件事确实不能全怪张晓蛟，进了男生宿舍的自己也有错。只是当时兰菲完全不知道事情会有这样的后续发展，害得两个人被揍了一顿。

兰菲很愧疚，固执地认定如果自己在现场的话，一定会阻止这场暴力的发生！

其实兰菲想多了，那天她确实在现场……只是她本人并不知道罢了。人在江湖，身不由己啊。不能怪兰菲。

兰菲是想去找张晓蛟他们道歉的。其实这种事，过去也就过去了，两个大一新生，不理睬他们也没有任何问题。但漂亮姑娘的内心难免有点儿矫情，兰菲还是觉得自己应该道歉。

但是张晓蛟当时坚决不肯见兰菲。一来是当时的张晓蛟忙着和刚刚结拜的许之一张罗着做动画片的事，想要赶紧拿出个大作品一鸣惊人，以便顺势在学校的舆论界重新站住脚。这种事可比摆个高姿态去跟一个小姑娘和好重要太多了。

二来呢……

用张晓蛟的话来说，当时的自己“讨厌兰菲的程度就像讨厌尹琪一样，水火不容”。

哦，当时的张晓蛟，还不认识尹琪；确切地说，虽然回来后身边的人都说他和许之一是被尹琪救了，但是张晓蛟依旧对这个恩人非常看不惯。

为什么呢？

张晓蛟和许之一在来学校后的头几周就屡屡被“大师兄”尹琪的各种传说疲劳轰炸，他一直对这些传说不屑一顾。因为张晓蛟骨子里觉得一山不容二虎，自己迟早都是校园传说的主角。而且，听了那些个传说，张晓蛟觉得能把牛逼吹到这个程度，这个人肯定不是什么好鸟。

许之一还说：“张晓蛟啊，要不咱们去谢一下那个学长吧，毕竟，人家劝走了那么多人。”

张晓蛟说：“切，人家说什么你都信？怎么可能一个人弄走那么多人，肯定是吹牛，不见也罢！”

许之一就将信将疑。

直到某一次张晓蛟在厕所里抽烟，无意中听到有人喊“大师兄来啦”，然后断定了那个如众星捧月一般被众人簇拥着走进厕所的长发飘逸的男子正是尹琪。尹琪像首长视察似的和别人点头招呼，仿佛很难得亲自上厕所。

真装逼啊，这人简直他妈的……

张晓蛟正在琢磨着，然后不经意看了看，嘴里的烟就这么无声无息地跌落，忍不住自言自语说：“我操。”

连传说之中最不可信的部分都这么栩栩如生这么具有强劲的说服力，依此推断的话，根据逻辑学来看，那些个月黑风高的传说只会是真的！

那么那天自己被尹琪所救的事情，看来也是真的了！哎呀哎呀……没想到救人一命胜造七级浮屠的事，尹琪提也不提，自己还小肚鸡肠了这么久……张晓蛟在厕所一角望着尹琪光辉伟岸的背影，一瞬间也感受到了那一股让人不由自主为另一个人所倾倒的觉悟。

——张晓蛟啊张晓蛟，将心比心，你简直就是衣冠禽兽啊！

从此以后，张晓蛟和许之一跑过去向尹琪拜了码头不算，张晓蛟还擅自成为尹琪传说的官方发言人之一，开始四处传唱自己大哥的各种丰功伟绩。

说起来，关于尹琪第二个最大的传说，还是兰菲一五一十告诉张晓蛟的。

哦，这个传说是这样的。

尹琪的女朋友，是他同一届的校花。兰菲一直感叹，说如果自己和嫂子比一比，基本上就不会被人注意到了。这个说法曾经遭到了尹琪本人的强烈反对，他一再表示说：“没有没有，兰菲你这是谦虚。你也很漂亮。我也很喜欢你。”

这句话彰显了尹琪老师那不分你我的博爱胸怀，一视同仁的宽广胸襟，不以物喜、不以己悲的人文色彩和心怀天下的远大抱负。

这种优秀品质被后人用了十个字概括，就是：吃着碗里的，看着锅里的。

当然了，尹琪和与他同一届的校花也算是学校里的模范情侣，这么可歌可泣的浪漫爱情故事，也被后人用了十个字概括：一朵鲜花插在牛粪上，唉。

就像我们说的，当时的校花，还不是兰菲，而是学生会的文艺部部长。一个白得像雪花一样的姑娘，梳着漂亮的马尾，两只眼睛眨巴眨巴就足够让一群男人走进竞技场互搏生死。

当时文艺部部长几乎迷住了全校的男生，不过这姑娘着实心高气傲，似乎谁也看不上。一时间，男生们都憋着一股劲不肯谈恋爱。因为吧，既然文艺部部长谁也看不上，那就代表着她还没看上谁，万一选到自己呢？对不对？可能性再低也是有的吧？

而且照目前的科学发展趋势来看，人类在三十年内还不能通过有丝分裂来完成后代的繁殖，所以嘛，文艺部部长肯定是要找对象的。

是的，早点儿找晚点儿找早晚要找！

反正大家也不着急，干脆等等呗！

就在大家虚席以待的时候，转折点悄无声息地就来了：校领导紧急通知文艺部，说下下周有上级领导要来学校参观视察，要求文艺部筹办一场文艺表演，以便彰显学校内积极向上的精神面貌。

学校内的第一场文艺汇报演出就在文艺部部长的张罗下展开了。要知道，校文艺部还是一个不成熟的部门，这次临危受命要在接待上级领导的时候开展一场才艺汇报表演，展现出当代大学生的风采。

上过大学的人都应该知道，所谓的文艺晚会也不是什么难事，只要找几个人，准备几个节目不就行了。

嗯，这倒是。只是有一个小问题困扰着我们漂亮的文艺部部长。

当时的情况是，文艺部不仅没人，也没节目。

在雄性激素的旺盛分泌下，男生们自发地开始筹备节目帮助文艺部部长共渡难关。到后来，说相声的说相声，变魔术的变魔术，什么都不会的五大三粗们也聚集在一起整了几个诸如胸口碎大石、蒙眼射飞镖的传统表演来撑节目时长。大家觉得吧，光是向上级领导展示当代大学生风采完全不够看，一定要展示一下当代大学生血染的风采才算走心。

毫不夸张地说，整个学校的男同胞们拧成一股绳，化成了一把文艺演出界的利剑，誓要达到让领导看完虽然简陋但是精彩的演出后眼前一亮的效果而奋不顾身地排练着。

其实吧，这件事一开始和尹琪毫无关系。是的，一点儿关系都没有。

尹琪是少数几个没有去参加文艺部动员会议的男生之一，所以并没有什么动力去准备这件事。

直到演出当天，万人空巷，尹琪一个人在宿舍里实在没劲，才决定去看演出。

当天晚上的演出在文艺部部长的精心安排下非常顺利，只是出现了一个小小的插曲：胸口碎大石的演员在下午预演时出了一点儿小小的意外，受了伤。当然了，伤势不算太严重，毕竟下面挨锤子的哥们儿身高一米九，体重逼近一百公斤，相当健硕。当时一锤子下去，不小心打偏了，直接砸到这个哥们儿的肉身上。

这哥们儿绝对练过，挨了一锤子后只是嘴角轻轻不屑地哼了一声，面不改色、气不长出，别说呻吟和惨叫了，连个汗珠都没见到。

看着跟活着的时候一模一样。

于是这哥们儿赶紧被送到医务室去了，唯一的问题是：节目少了一个。

文艺部部长很着急。当时有人看到了正在进场的尹琪，提议说："大哥会弹吉他，要不来个吉他弹唱充充数？"

虽然文艺部部长很不放心，觉得尹琪没有参加过彩排，但是这个时候只能死马当活马医了。

尹琪就这么被人拉进了后台，然后他的节目排在第六个。这个节目位置其实相当不好，可谓前有狼后有虎：前面的节目绝对可以达到压轴的精彩程度，蒙眼射飞镖；后面的节目更是具有相当大的竞争力，电锯活人。

和临时上马的尹琪不同，这两个节目都是前期准备异常充分，每个节目组的感谢名单都有二三十人，用以表彰之前还没摸清节目的细节和技巧就勇于尝试而牺牲在追逐艺术之路上的伟大先驱。

不得不说这次的文艺晚会能够顺利举办是全校师生共同努力的伟大奇迹。如果不是一个月前义务献血时大家踊跃报名，那现在医院里躺着的兄弟们说不定就撑不到这一天了。

羊毛出在羊身上，取之于民用之于民嘛。

尹琪就在后台被人递过去一把破电吉他，看着着实有些年头了，随便拨弄一下连音都不准。没办法，尹琪就开始调弦，匆匆忙忙弹了两遍后就听到外面的主持人报了自己的名字："下面这位同学，可以说是我们学校的风云人物，想必大家对他的名字不会陌生了。下面就让我们欣赏一曲吉他弹唱！表演者，来自大二的大哥大师兄，尹琪！"

说罢主持人看着自己的报幕表发愣。这些个名头都是尹琪身边的人帮忙写的，觉得一定要这么写才能彰显尹琪的身份。

台下的领导当时觉得，嚯，连吉他弹唱都有群口的，三个人一起唱，有点儿意思。

然后尹琪一个人拎着电吉他、拖着长长的电源线上来了。

很多人是第一次见到活的尹琪。开场的时候平淡无奇，无非是民谣而已，和坐在马路边卖唱的没什么不同。听到一半，甚至有人开始质疑：这就是一直活在传说里的尹琪？不过如此嘛……

事情的转折就在一瞬间，尹琪忽然眉头一皱一声怒吼，跳起来摔了吉他，在台上愣了几秒，然后直接走了。

台下的上级领导和校领导同时愣了，面面相觑了一会儿后都丈二和尚摸不着头脑，不知道怎么了。

观众席沉默了大概两秒，雷鸣般的掌声淹没了整个舞台。一群人发疯一样喊道：“牛逼！”

这个时候上级领导才一脸释然，然后露出一副早就看透一切的笑容礼节性地鼓掌：“行为艺术。我早就看出来了。这个节目不错，有意思，相当不错。”

上级领导说的是实话。看了这么半天的文艺晚会，尹琪这还真是第一个没见血的节目了。

真的，如果不是尹琪来了这么一出，那天晚上的 MVP 就该落到还是大一新生的兰菲身上了。这个漂亮姑娘的独唱确实也非常好听，但是当时基本已经没人注意了。而且对比尹琪的节目来看，兰菲的独唱缺少一股感染力。

很多人听完这段故事后一直很好奇，因为靠这种旁门左道来出风头实在不像是尹琪老师的性格。

“当时吧……”事情都已经过去了好多年，尹琪老师和别人念叨这件事的时候还是一脸心惊胆战，“那把吉他漏电了……”

听完这个故事的人就会说：“哦。”

总之，这一砸不仅让尹琪作为先锋艺术家风靡全场，同时也暗暗虏获了某个姑娘的芳心。

文艺部部长在汇报演出过了一个星期之后，悄悄问了尹琪的电话，找他出去吃饭，美其名曰谈工作。

说真的，如果是别的男生面对这种事情，心早就野了，肯定开始琢磨着吃完饭之后那些个不堪入目的事情。但是，尹琪就丝毫没有这方面的龌龊思想。

尹琪想的是，我操是不是学校让我赔吉他啊……我赔不起啊怎么办怎么办……

对于文艺部部长来说，这还是第一次有男人在和自己吃饭的时候心不在焉顾左右而言他。对于这种让自己把握不定的男人，女人有一种天生的着迷。

吃完饭之后，尹琪去买了单，一点儿流氓都没耍就匆匆忙忙回了宿舍，也丝毫没有打算留文艺部部长过夜的意思。

雷厉风行得简直就是当代的柳下惠。

当然了，也主要是因为当天晚上有曼联的球赛。

再然后，过了几天……

第二个传说就这么成了。

当时学校里哭声一片，仿佛每个男人都失恋了。不过爱情嘛，伤心总是难免的，你又何苦一往情深。有些事情你永远不必问，有些人你永远不必等。

反正你也等不到不是？早点儿死心多好。

一来二去，校园里多了不少新的情侣，学校附近濒临倒闭的日租房总算是迎来了自己事业上的春天。

等到张晓蛟和许之一入学的时候，尹琪已经成了学校里的情感大师。所谓造化弄人，要是尹琪早几年毕业的话，说不定现在《非诚勿扰》上的秃头就是尹琪了。那样的话，说不定张晓蛟和许之一的婚姻问题早就迎刃而解，也不会像今天一样这么……

哦，跑题了。

总之呢，当张晓蛟和许之一还是新生的那一届，兰菲已经是学校的新任校花了。毕竟前任校花已经被人拐跑了，大家需要一个新的大众女神对不对？

然后不少人突然想起来了：“就是的，那次文艺晚会上，最后唱歌的那个女孩很漂亮啊！她是谁来着？”

兰菲就一直都很无奈，觉得自己从当校花，到当学生会主席，到后来大学毕业，去当记者，为什么好像根本没有人在意她的感受，都是这么随随便便就定下来了。而且进一步发展到，为什么自己的人生也开始变得这么随随便便？

而且关键是，兰菲很清楚自己并不是一个随便的人啊！

张晓蛟每次听到兰菲抱怨这句话，都会点头附和：“我懂的。我本来也不是风流的人，但是我却这么无法抑制地风流着。唉，造化弄人。”

哦，我们继续说兰菲他们的事情吧……

兰菲前几次想找张晓蛟解释一下，张晓蛟不都拒绝了吗？而且拒绝的态度非常强硬。大家都说，张晓蛟不愧是被一百来人打过的男子汉，果然不一般。

但是这个时候呢，有人坐不住了。

是许之一。

张晓蛟和许之一私下里结拜之后，张晓蛟一直有点儿愧疚，觉得自己连累许之一挨了顿揍，十分想做点儿什么来表示自己对兄弟的一片赤诚。

“说吧，你有啥想办的事，只要我办得到……咱俩可是兄弟，你别客气，而且结拜的时候不是说了嘛我是兄你是弟。”张晓蛟当时拍着胸脯表态，一副替家里的弟弟做主的神态。

说起来结拜的时候张晓蛟也很草率，问了问许之一的月份，直接就说自己是一月的，所以是哥哥。天地良心，其实许之一比张晓蛟大一年呢……

不过无所谓了。

许之一想了半天，说：“我好像喜欢上那天的那个女孩了。”

“哪个女孩啊？兰菲？”张晓蛟惊讶地问道，“害咱俩挨打的那个？”

“是。”许之一点头，“我觉得吧，这应该是我的初恋……”

张晓蛟顿时心里像是打翻了五味瓶，酸甜苦辣咸几种滋味一起涌上了心头。

甜的部分很好理解，那就是许之一终于第一次表态说自己喜欢的是姑娘，以后张晓蛟终于可以趴着睡觉了。那个时代还没有捡肥皂这一说，整个宿舍的哥们儿睡觉时都是保持着军姿立正的姿势在床板上挺尸，生怕自己睡得太随意，让许之一误会什么。虽然辛苦是辛苦了点儿，但是兄弟情很重要，清白之躯也很重要。

毕竟与人方便自己方便嘛。

其他部分就更好理解了。张晓蛟详细分析了一下许之一的外表，别说许之一这样的，就算自己亲自上阵也只有七八分把握拿下那个女子。而且这又不是去市场买菜，许之一没带钱，张晓蛟能替他付钱，顺便帮他送回家。

现在说的可是一个活生生的漂亮姑娘啊……

可以明显预估到许之一想要追到兰菲，需要面临的是一场地狱模式的挑战，其难度基本等同于张晓蛟考上清华。

如果光是这样也就算了，问题是许之一是个很有远见很有担当的男子汉。别人面临初恋的幻想顶多就是停留在拉拉手亲亲嘴，而许之一已经把这段恋爱关系规划到“将来生了小孩应该在哪里读小学”的地步了。

这种未雨绸缪让许之一的初恋阻碍进一步加大，难度系数基本等同于让张晓蛟拿下诺贝尔奖。

这么看来，好像也不是不可能……张晓蛟成功说服了自己，觉得世上无难事。

更重要的是，这场初恋在张晓蛟看来颇有点儿不成功便成仁的危机感。万一人生第一次异性恋许之一就惨败而归，说不定会留下什么对异性的心理阴影，顺理成章许之一就蹦跶着走上人生的弯路了。

而且现在张晓蛟已经对许之一的倔脾气有了初步了解，深知一旦许之一弯了，那就不是一般的弯，得是“这里的山路十八弯”那么弯，弯到海枯石烂，弯到山穷水尽，弯到天人合一，弯到同归于尽。

那么，依照许之一这种大门不出二门不迈的性格，如果他打算搞基的话，会找谁下手呢？

想到这里，张晓蛟和张晓蛟的前列腺同时打了个哆嗦。

所以，张晓蛟思来想去，主动带着许之一去找兰菲，打算和解。毕竟兰菲以后可能是自己的弟妹，没必要和自己家里人较真。

兰菲之前吃了几次闭门羹，这次被约出来自然是喜出望外。张晓蛟见了兰菲后推了推许之一，意思是让许之一直接说出心里话。

但是许之一这种闷骚的类型，在喜欢的姑娘面前完全丧失了语言能力，只能发出一些“嗯、嗯、啊、啊、哦、哦”的声音。

单听声音还以为许之一和兰菲进展奇快呢。

张晓蛟就在一边皇上不急太监急，心想许之一你是要磨叽死啊，有什么说什么不就得了……而且兰菲也真是的，你不是想道歉嘛，直接以身相许不就得了，多简单的事啊。

“来来来，我替许之一说。他是这个意思……”张晓蛟终于忍受不了站在两个人身边隔岸观火了，直接一把火点燃了整个冬天，“学姐，许之一想……”

兰菲目瞪口呆地听完了张晓蛟对许之一感情世界的描述。当然了，张晓蛟的描述之中带了一些个人主观上对许之一的臆断，所以显得许之一的爱似乎有一点点偏激。

偏激的程度不算太高，基本上是可以判十年到二十年的程度，最多死缓。

当然了，虽然常说爱是无罪的，但是也不能与我国现行法律有所抵触啊对不对？

所以兰菲身为学生会主席，义务帮张晓蛟普了一下法，给了张晓蛟一个嘴巴，重复了两人见面时的那句经典台词“臭流氓”后转身离开。

兰菲离开后，张晓蛟一愣一愣的。同时一愣一愣的还有当事人许之一，惴惴不安小鹿乱撞地问：“怎么样？她是什么意思呢？”

张晓蛟说：“她的意思是，你是个流氓。”

回去之后，张晓蛟丝毫不觉得是自己的表达方式有误，只是更加固执地觉得，最大的问题出在了许之一自己身上。

含蓄点儿来说，就是许之一太癞蛤蟆想吃天鹅肉了……可是看到许之一这么一直单相思，也不是办法啊……

那么，自己身边到底有没有这种男女之间颜值差距极大，却又能够幸福美满成为情侣的成功案例呢？

这个时候，张晓蛟想起来了一个癞蛤蟆，哦不对，想起来一个人。

尹琪。

尹琪是事后才知道为什么张晓蛟和许之一一定要来拜自己当大哥的。用张晓蛟的话来说，就是“嫂子走在你身边，我就觉得你特有钱啊大哥”。

其实在尹琪和文艺部部长牵手之后，尹琪就摒弃了自己所谓大哥的身份。因为吧，第一，这个外号有点儿名不副实，以后大家还叫大师兄就行了，显得亲近。

第二呢，更简单了。既然都有女朋友了，谁还顾得上和一群大老爷们儿称兄道弟啊？

尤其是自己家的女朋友还这么漂亮。

不过呢，冥冥之中尹琪觉得，自己跟张晓蛟和许之一这两个惹事精很有缘，毕竟是因为他俩，自己才在学校里被一百多人现场捉奸在操场。

孽缘也是缘啊，对不对……

所以，张晓蛟和许之一成了尹琪最后的关门小弟。

认真地说，学校里混日子的人不少，但是像张晓蛟和许之一这样有理想有追求的人就不多了。一般人进了大学就开始吃喝玩乐，难得两个学弟进了大学后还一直琢磨着整出来一部动画片。

有梦想的人，总是容易吸引别人。

所以当张晓蛟和许之一说要来找尹琪时，尹琪特意推了别的事情在宿舍里等着他俩过来。当时尹琪已经有一些影视作品拿到学校外面，所以尹琪断定这两个学弟是要来和自己说他们动画的事情。虽然自己并不了解动画行业，但是万变不离其宗，应该和做真人剧差不多吧？所以尹琪好好做了一番准备，包括导演啊配音啊什么的相关信息也去了解了不少。

之后，尹琪稳坐钓鱼台，准备为两个朝着梦想奔跑的学弟答疑解惑。

张晓蛟当时开门见山的一句话彻底打动了尹琪：“大哥，你当年怎么追的姑娘？我们该怎么追姑娘？”

说罢，张晓蛟和许之一的眼神都开始拼命闪烁。

尹琪张开嘴，之前好不容易准备的一大段人生经验瞬间被通知下岗了。后来想了想，也罢，跟他们念叨念叨呗。

坦白讲，两人的脾气性格深得尹琪喜欢，没啥心眼。而且吧，尹琪当年搞定了文艺部部长，明里虽然没人表态，但是实际上基本上是和全学校的男生结仇了。这就好比是大家一起辛辛苦苦照看的一棵好白菜被某只猪拱了，自然大家都念叨着年底杀猪吃饺子。

自然界的规律嘛。

自己的伟大胜利竟然没有人去传唱，这让一直生活在传说里的尹琪很有点儿不习惯。

而且实话实说，尹琪虽然对于自己能找到这么好看的女朋友相当得意，但是又备感失落和空虚。

为什么呢？

因为这场恋爱吧，对方有点儿太主动了，弄得尹琪一身上天赋予的泡妞本事没处发挥。这就好比自己勤学苦练了二十年的武林秘籍，出山之后历经千辛万苦找到了杀父仇人，结果正准备报仇，要与对方决斗时，仇人突然被旁边路过的一辆公交车给撞死了。

很不过瘾，对不对？

以前没找到对象的时候自己是鸡痒难耐，现在找到了对象，尹琪反而有点儿技痒难耐。

所以呢，尹琪也很想把自己这一身浪漫的本领传授下去，普度众生，让广大男同胞都可以尽早找到对象，顺便就可以解决一下每天都弥漫在男生宿舍里一股子撸完不洗手的味道。

哎，自己随便露几手，教教张晓蛟和许之一吧。只要稍微有点儿情商的人，学完之后异性缘怎么着也不会太差的……

张晓蛟当时心里门儿清，知道尹琪能够搞定文艺部部长肯定有着自己的特殊手段。至于这个所谓的“特殊手段”究竟是什么，张晓蛟当时也猜了个八九不离十。毕竟根据尹琪和嫂子之间的样貌差距，真相简直就是呼之欲出。

“麻醉剂、蒙汗药什么的，对吧？”张晓蛟很有把握地说出了自己预估的答案，“我就知道大哥你路子野。”

说罢许之一和张晓蛟同时啧啧称奇，觉得自己跟对了大哥，以后追姑娘简直是手到擒来。如果能够顺利逃脱公安机关的恢恢法网，那就更完美了。

尹琪嘴角抽搐了一下，继而不动声色地点点头，然后拼命勒令大脑调用了这辈子所有的理性来克制自己：千万不要捡起身边的棍子去砸张晓蛟那张充满着崇拜的脸。

不知者无罪，不知者无罪，不知者无罪，不知者无罪……不要和大一的小孩一般见识，不要和大一的小孩一般见识，不要和大一的小孩一般见识……

张晓蛟看到尹琪双眼微闭喃喃自语，误以为是自己马屁拍得到位，赶紧快马加鞭想要构建一条通向尹琪的友谊大路：“大哥一看就是泡妞高手，你看大哥这一脸精尽人亡的洒脱，简直就是……就是……鞠躬茎瘁死而后已。”

许之一虽然没听明白，但是张晓蛟用胳膊肘碰了碰他。许之一立马心领神会，附和道：“洒脱。”

尹琪点点头，说：“算了，你俩的情商也就止步于此了。”

“你们以后要是想了解做动画的事情再找我吧……虽然我是个影视编导，市场还是懂点儿的。真要找女朋友的话，我给你们介绍一个专家吧……”尹琪说，“你们认识你们这届的多多吗？”

chapter 05

有时候你会觉得

多多

就是个拉皮条的

≈

多多几乎每天都在勤奋地洒水施肥，
恨不得把自己周边的建筑变成桃花岛才肯罢休。

≈

说起来，多多毕业之后去干了婚介所并不是无迹可寻的。从她刚上大一的时候，熟悉她的人都可以看出这端倪。

多多有两个特点。

第一就是特别热情，非常喜欢给别人介绍对象。刚从高考地狱中解放出来的年轻人，踏进大学校园终于与“早恋”二字撇清了干系，大好时光不用来谈一段轰轰烈烈的恋爱，怎么对得起自己的青春？对于多多来说，生活最大的乐趣就在于，把自己身边的姑娘介绍给自己身边的爷们儿，把自己身边的爷们儿介绍给自己身边的姑娘，然后看着他们爱的种子生根发芽茁壮成长。

多多本以为这辈子自己不会再有其他乐趣了，直到尹琪把张晓蛟和许之一这对活宝引荐给了多多或者说是处理给了多多，她才发现无意间有人替自己打开了新世界的大门。

原来还可以把自己身边的爷们儿介绍给自己身边的爷们儿啊，好神奇……

从此，多多就成了中国网络界的第一批腐女，并且一直乐此不疲。

当然了，那都是后话。

本来这样的一个姑娘是不会跟尹琪有什么交集的。那么，到底是什么事情让多多认识了叱咤风云的尹琪呢？

啊，让你们失望了，其实这里面并没有什么腥风血雨、爱恨情仇的故事可以告诉大家。

尹琪老师一再强调自己为人一生但求一个问心无愧，认识多多完全是出于偶然，并不是因为多多的胸大才刻意去认识这个姑娘的。真的不是，绝对不是，不是不是就不是。

哦，多多的第二个特点，就是胸很大。

嗯，究竟多多的胸有多大呢……如果详细描写的话，不仅会造成一个作者故意在拖字数的嫌疑，而且很有可能会触犯到出版方面的相关法律法规。

这么说吧，多多的胸大到了让尹琪老师认识了她。

是不是一下子就很有画面感，描述得细致入微了呢？

这也导致了从此以后张晓蛟让许之一设计的女性动画角色里，都有多多的影子。

多多和兰菲不太一样，缺乏了一种天生的女神范儿。女神是什么意思？那是让人有一股子高不可攀的气场环绕于四周，抵挡着泛滥的滥桃花。

多多的性格正好相反，几乎每天都在勤奋地洒水施肥，恨不得把自己周边的建筑变成桃花岛才肯罢休。当然了，这些桃花并不是为自己准备的，这片花海也只是为了自己身边的姐们儿方便找对象而筹备的后花园。多多一直把身边的所有人都当哥们儿看，因为她一直认为自己的春天还没来呢。能够和自己一起出双入对的白马王子，最起码也应该是莱昂纳多。

是的，当年的全民男神还不是现在的吴彦祖，而是刚刚淹死在泰坦尼克号上的杰克。

本来多多把这件事想得挺简单的，但是所谓花有百样红，人与狗不同。多多本以为自己建立起来的是一片桃花林，没想到最后身边逐渐变成了一片原始森林，里面各种飞禽走兽。

于是多多就在抵挡滥桃花之中开始积累自己的战斗经验，为日后成为出色的媒婆打下了坚实的实战基础。

有个高两届的、自称浪荡小王子的学长为了追多多，每天都送花给她。他的计划很好，总觉得送到一百朵之后多多自然就会娇羞地扑倒在自己怀里娇喘连连。哦，至于鲜花的话，其实没多少钱，这都是去年情人节自己批发来的，结果没想到情人节当天几乎所有人都批发了鲜花，所以生意惨淡得令人发指，最后全部砸在了手里。现在既然可以用这些库存去追姑娘，简直就是变废为宝，一举两得。

浪荡小王子得意扬扬，都准备坐享其成了。没想到恰逢食堂去年也尝试探索多元化经营，批发了鲜花想要在情人节弄一个浪漫晚宴套餐活动。结果情人节当天别说订套餐的人了，连普通来吃饭的学生都没有几个，一下子亏损惨重。后来食堂觉得，这些花实在是没地方放，索性搞活动，买碗粥就送一朵花，弄得鲜花和爱情一起贬值得厉害。

而每天神秘兮兮出现之后放下一朵花的浪荡小王子，最终也被群众定性为食堂的促销员。多多觉得每天都收下人家的鲜花实在是受之有愧，毅然决然发挥了自己的特长，把食堂一个刚刚离异的洗菜大妈说给了浪荡小王子。

虽然两个人的岁数上略有差异，但是俗话说得好：女大三，抱金砖。这么看来的话，浪荡王子起码收获了六七块金砖，下辈子也算是衣食无忧了。

遗憾的是，浪荡小王子赶紧找到多多，坦言自己现阶段并不打算为了追求物质而放弃幸福，打算依靠自己的双手勤劳致富。食堂的大妈虽然各方面都非常好，甚至提出了每个月给自己一百块钱这种龌龊的金钱交易，但是自己并不想傍富婆。

多多打心眼里觉得，唉，真可惜啊，多合适的一对啊："要不，你再考虑考虑？"

还没等浪荡小王子再次拒绝多多的好意，食堂大妈已经加价到了二百块钱一个月。已经身无分文的浪荡小王子终于向现实低头，感叹一分钱难倒英雄汉，去了食堂大妈手底下打工。

以上就是多多促成的第一对亡命鸳鸯。

另外还有一个号称感性小王子的诗歌社小哥，也瞄上了看起来傻乎乎的多多。你想啊，正常人谁会加入诗歌社这种社团啊……但是这种人一旦动情，一般都是要闹到天崩地裂才算开场。感性小王子多次很直白地向别人坦言，自己钟情于多多胸前的一对铅球，看来是动了真情。多多一直不明白这种诗人的比喻到底是什么，但是这不妨碍感性小王子那股子创作的激情。

果不其然，感性小王子一出手就威震了整个女生宿舍楼。

当时是一个浪漫的冬夜，感性小王子组织了全体社员，在多多的楼下集合，然后伴随着悠扬的步伐翩翩起舞，集体朗诵了一首他亲自谱写的后现代诗，颇有意境。

"啊。

多么好的夜晚。

多么好的月色。

啊。

我们相遇了时光，

好在这场生命的交易没有辜负你我。

喜怒哀乐又何曾出现过？

欢庆吧，在这个无眠的夜晚！

你穿着即将敞开的睡衣，

你伸出了手。

明天的早晨太阳会照常升起。

白天的月亮会像金钱一样流逝。

吗？”

诗歌加上舞蹈，任凭女孩子多么铁石心肠，此时此刻也应该是高呼着“非你不嫁”下楼来和自己拥抱了。

不得不说，身为诗歌社社长的感性小王子确实用心，且不说这首诗冥冥之中听起来还算是押韵，整个方阵的舞步也是经过了秘密排练，整齐划一，仿佛有生命一般款款舞动。从楼上望下去，这列队伍一会儿排成S形，一会儿排成B形，变化莫测，主题突出。

而且针对诗歌的内容，为了防止多多的才疏学浅以及对诗歌涉猎不深，所以感性小王子特意做成了一首藏头诗以便照顾一般俗人的智商。核心思想很简单：“啊多多啊我好喜欢你你明白吗？”

但是整个宿舍楼的女生没有一个能听明白其中含义的。普遍的女孩都表示，这听起来很像是楼下有人之前嫖娼的一段经过。当然了，能把自己去外面找小姐的事都说得这么含蓄，不愧是感性小王子。

多多自然也不明白，还以为感性小王子吃错了药，结果传染了整个诗歌社跟着一起变异了。这么看来，其实感性小王子身边还挺缺一个人去知冷知热的。在联想到了之前感性小王子在学校里四处放的那些话……

第二天，学校女子铅球队的主将被多多牵绳拉线，介绍给了感性小王子。可惜的是两人生不逢时，感性小王子见了多多带来的姑娘后直言自己现在醉心于诗歌，完全没有要解决个人问题的打算。

无论如何，他很感谢多多的好意，并且一再强调，自己绝对不会再给多多惹麻烦了。

多多打心眼里觉得，唉，真可惜啊，多合适的一对啊：“要不，你再考虑考虑？”

铅球队的主将非常爽朗，哈哈一笑一把搂住了感性小王子的肩膀，说：“还考虑什么？他就是害羞！谈恋爱这种事，无非你主动一步或者我主动一步。既然幸福在眼前，我就不错过了。对吧亲爱的？”

感性小王子没说话，因为被主将的胳膊勒得有点儿喘不上气。强扭的瓜表面上不甜，但是好歹也是瓜啊。

然后两个人就强买强卖在一起了，成了校园内妻管严的情侣模范。感性小王子多年后一直抱怨，说早知醉心于诗歌会沦落到失身外加失尊严这么惨，还不如醉心于师哥。

这个故事告诉我们，姑娘想要追求真爱的话，要么长得漂亮，要么就要有一技之长，才容易控制住男人那渴望四处漂泊的心。

于是多多又促成了第二对亡命鸳鸯。

一时间多多声名鹊起，民间广为流传着找不到对象的话就去拜托多多，不日即可摆脱单身诅咒，比很多不孕不育的三脚猫医院还灵。当然了，虽然结果有些看不懂，但是福兮祸所伏祸兮福所倚，塞翁失马焉知非福，谈恋爱本来就跟买彩票一样刺激。

可见追求爱情的道路上总是危机四伏，更让我们这种普通人深感幸福的来之不易。

当尹琪领着张晓蛟和许之一来到多多面前的时候，多多已经轻车熟路猜到了面前三人的来意，并且还认出了张晓蛟：哎呀？这不就是那个逢人便说自己手头有个动画项目的张晓蛟吗？但为了表示对尹琪的尊重，她没有抢着说话。

“他喜欢兰菲。”尹琪指了指许之一，许之一一脸少女怀春的表情低下了头，示意大哥不用管，继续说下去就好。尹琪耸耸肩，继续说道，“多多你能想想办法吗？”

既然大哥都开口了，多多是非常想一拍胸脯表示这件事本公主包了。一般保媒拉纤成功之后，当事人都会热情地请多多吃顿饭当作报酬。当然了，大家都心知肚明，感情实现的难度越大，请吃的饭也是水涨船高越上档次，从学校的食堂到市区的三星级饭店不等。

然而当多多细细看了看尹琪带来的许之一，再想了想现任学生会主席兰菲的模样，多多觉得这件事要成了，起码要把人民大会堂宴会厅包下来，让自己去吃一个月的流水席。

但是世事无绝对，这两人既然是尹琪亲自带来的小弟，想必一定有两把刷子，多多仔细一想，说不定真的有戏。

于是多多说：“行啊，交给我吧。”

尹琪放心地点点头，交代了几句，匆忙赶回宿舍去看曼联的球赛了。

剩下了多多和张晓蛟、许之一，三个人准备战前会议。

但是说到底吧，张晓蛟瞅着面前的多多，总觉得有点儿不靠谱。

“你行吗？”张晓蛟忍不住流露出了一丝怀疑，毕竟多多各方面都很符合胸大无脑的传统概念，“许之一可是我手底下重要的原画师，你可别让他感情受挫，回头还耽误我的项目。”

多多就说：“怎么不行？你也不出去打听打听，本公主撮合多少人了，跨专业跨年级凑成对的比比皆是。下一步就是跨种族跨性别，简直就是丘比特中的罗宾汉呀，箭法那叫一个犀利。”

张晓蛟还是有点儿不放心，毕竟这可是自己帮许之一办的第一件大事，现在全权交给一个还不太熟的姑娘去操办，且不说事情没办成，显得自己玩砸了非常丢人；而且就算办成了，功劳也都是多多和尹琪的，自己也没办法对许之一交代呀。

当年的张晓蛟还是非常小心谨慎的一个人。虽然在张晓蛟之后的人生里，许之一基本上三天两头就会被他玩砸个一两次，其实也根本不差这一次了。作为被害人的许之一，被张晓蛟坑爹坑多了，自然也就适应了这种自然规律。

做兄弟嘛，不是你坑我就是我坑你咯，与其你坑我还不如我坑你咯。

总之呢，每次张晓蛟想帮许之一一把的时候，许之一就有机会向着人生九九八十一难的大圆满境界迈进一步。

那么，在这场恋爱之中，张晓蛟扪心自问，自己到底能帮许之一做什么呢？

答案很快就浮出水面：既然大家还不相信多多的能力，那干脆，自己牺牲一下，当一次小白鼠吧！

“你要是能把我推销出去，我就让你接手许之一的事，怎么样？”张晓蛟神色凝重地对多多摊牌，自己一脸为组织牺牲色相在所不惜的坚决。

多多当时睁大了眼睛：这情况不对吧，尹琪是让我帮许之一啊，你这买一送一的概念太离谱了吧？别人买个套餐送个饮料也就算了，你张晓蛟倒好，出门买点儿醋让人家送螃蟹啊？

但是……多多仔细想了想，这么做也未尝不可。虽然多多之前并没有见过许之一和张晓蛟，但是已经听过两个人的各种传闻，知道这两个家伙每天都形影不离。要知道，这样对自己的当事人确实不好。虽然张晓蛟和许之一的颜值都在平均线以下，但是只要两个人并肩这么一站……

张晓蛟长得跟吴彦祖似的。

早点儿让张晓蛟去找个姑娘，顺便拆散了他俩，胜算还能高一些。

想到这里，多多当时就拍着胸脯表了态：“行啊张晓蛟，本公主就让你见识一下。这事你放心，我给你办得妥妥的。我准备准备，你也准备准备，咱们一蹴而就。”

张晓蛟觉得，哟，看这架势，有戏。

多多还是有信心的。她的自信与张晓蛟的自信完全是两个概念，二者虽然都是毫无来由的，但多多的信心来自冥冥之中她对自己天赋的隐约感受。她深知有什么东西一直在她的灵魂深处等待着，一旦封印解除，她将成为一个崭新的神话。这个世界上所有的云彩都将在多多的金手指下化作粉红色的心形，这个世界上的所有单身男女都将在多多显现的神迹中找到归宿。

这么说可能的确有点儿夸张，但不能否认的是，多多在保媒拉纤牵线搭桥这种事上的确天赋异禀，而且这一年多多也还和张晓蛟一样，只是个大一新生。

按道理来说，一般人在大学表白的时候无外乎有老三样准备：鲜花、蜡烛和烟火。只要准备好了上述的几大神器，外加表白的当事人不是太丑，基本上告白就能有个八成把握。而且吧告白这种事，只要一开始能聚集起一定数量的围观者，进行到下一步时再调动起围观者的情绪，引导他们跟着起哄，被表白的姑娘一来顾及自己的面子，二来也会对拒绝后可能遭受的打击报复有所忌惮，十有八九会当场同意，只要这一关过了，以后的日子凑合着总能过得去的。

因为大家总有这种模糊的印象——我并不是要在大学里找到一生的挚爱、终身的伴侣，我只是想谈场恋爱，不辜负人生中最好的年华。告白被接受的同时，仿佛也就听见分手时自嘲的冷笑声。当然了，当局者迷，年轻人总觉得自己的每段恋爱都是刻骨铭心死去活来的，但是这些都只是青春期尾声的正常生理反应。多年之后大家肯定能想明白了，可惜这个时候人也都老得蹦跶不动了。

远的先不提，之前多多也不是没有帮过自己的哥们儿搞过这种事。而且搞了几次这种表白仪式都成了。毕竟多多对于自己被表白的场景幻想过无数次，实现起来自然能狠抓重点。

况且，张晓蛟也不是那么难看对吧？

于是某天晚上，多多给张晓蛟打了电话，说："我这边准备好了，你准备好了随时来就行。"

张晓蛟一看时间才过去不到一星期，这效率简直超越了传统婚介的速度，基本上都赶上拉皮条的运营周期了。百闻不如一见，张晓蛟心想自己现在还用准备个屁啊，赶紧喊上还在犯单相思的许之一去了现场。

多多早就安排人在女生宿舍楼下密密麻麻点了一圈蜡烛，还去食堂买了一束花，扎弄得很好看，准备让张晓蛟捧在手里。烟花在这个节骨眼上没有买到，但是批发到了一批劣质二踢脚。虽然点了之后不一定能上天，但是也不会随便就爆炸。

这样的表白条件其实挺好的。这个时候的多多还不知道自己懵懂中探索出的野路子，已经基本实现了低成本、高回报的最佳性价比。若干年后，数家专业公司通过数不清的图表和数据论证了多多提出的都市男女"脱光"计划的有效性，而这个计划最初的模型，正是在大学女生宿舍楼下缓缓形成的。

许之一和张晓蛟看到这紧锣密鼓的一切，顿时说："哇，厉害。"

"这才哪儿到哪儿啊，没见过世面。"多多笑着，拍了拍许之一的肩膀，"放心吧，等到你上场，不是演习的时候，我保证帮你弄得比现在盛大一百倍。哎，对了，张晓蛟……”

张晓蛟现在终于见识了多多的运筹帷幄决胜千里之外的大将之风，对多多彻底服得五体投地，一听多多叫他的名字，立马军姿挺拔立正，嘴里一个字正腔圆的“到”，等待首长的检阅和下一步指示。

“你准备好了吗？”多多问道。

张晓蛟点头，说：“时刻准备着！”

多多说：“很好，那就上！”

张晓蛟一路小跑，站到了蜡烛的中央。

此情此景，多多觉得，稳了，今天又能成一对。

但是，每次当人生波澜不惊时，就代表着有意外在酝酿。

那天一共出了两个小意外。

第一个意外，就是多多选的是一个暖冬。表白当天天气热得出奇，都快十二月了上午大家还习惯穿个短袖。用文绉绉的话来描述，就是那个冬天“热情似火”。唯一的好处就是一点儿风都没有，枉费多多还找了几个朋友去帮忙，防止蜡烛会被吹灭。

张晓蛟站在蜡烛圈里不到一分钟就开始汗如雨下，一时间不少人都在猜测这哥们儿过来是要表白，还是要自焚。

当然了，出点儿汗无伤大雅。为了爱情，这点儿小考验算什么呢？

另外一个小意外就更不值得一提了。

那就是，张晓蛟还没想好，到底自己要对谁表白。

多多已经开始让自己的哥们儿围着张晓蛟助阵了，眼看着一场声势浩大的起哄就要揭开序幕，而张晓蛟自己站在火光中间捧着一束娇艳欲滴的玫瑰花，陡然觉得自己很有点儿《烛光里的微笑》的意思。

当然了，看过《烛光里的微笑》这部电影的人应该都印象深刻：和现在一样，都是一个悲剧。

然后张晓蛟就一直不说话，因为他实在不知道该喊谁的名字。楼下已经围了不少人，周围的人都以为张晓蛟是害羞，时不时发出两声善意的起哄，催促张晓蛟抓紧时间速战速决，因为如果再拖下去宿舍就快锁门了，就算是姑娘答应了，也去不了日租房了。

张晓蛟当时在蜡烛圈里面站了大概三十分钟。就像之前说过的一样，那天天公作美，风平浪静，蜡烛燃烧得格外灿烂，丝毫没有被吹灭的危险。从楼上望下去的话，张晓蛟如同站在液化气灶的中心一样光彩照人。本来大家见张晓蛟迟迟没有动作打算离开，但是一股子烤羊肉的味道从张晓蛟身上慢慢挥发，巧妙地从潜意识里留下了众人。坦白讲，当时要有人撒把孜然，瞬时就能让周围看热闹的人流下一地口水。

这么让人感动的阵仗，一般只会出现在美军如何虐囚的纪录片里。那是拷问间谍时用的一种极刑，其间犯人各种挣扎和惨叫，简直惨无人道。

与围观群众日益高涨的热情不同，张晓蛟尴尬得不行，只能用眼神向着多多求助。

多多也着急了："张晓蛟，你等谁呢？你心里想的是谁你就大声喊出那个人的名字不就得了！"

张晓蛟觉得，这个建议可万万使不得。

因为当时张晓蛟心里想的只有一句话，这句话在他脑海里不断重播：许之一啊，快来救我。

哦，谢天谢地的是，终于来了一个运气不好的姑娘。那个姑娘正好是下自习回宿舍，被楼下的人群或者说是被人群中的一股淡淡的肉香味儿所吸引，鬼使神差地走了过去。姑娘挤过人群，一不小心脚下一个踉跄，跌进了张晓蛟的怀抱。等到姑娘吓了一跳抬起头来时，张晓蛟已经抱住了姑娘。周围的人欢呼起来，多多也被现场气氛感染了，几乎替和自己并没什么感情的张晓蛟流下开心的泪水，感叹自己又撮合了一对情侣……

哦不对，流眼泪好像是因为眼睛太涩了……毕竟在火堆外面烤了这么久，温度和大夏天差不了多少，流泪很正常。

再然后就更浪漫了，张晓蛟抱住姑娘后还没来得及跟这位素未谋面的终身伴侣海誓山盟，就被抬上救护车送医院急救了。听说是脱水，小事。张晓蛟躺了一个星期就重出江湖了。

其实当时张晓蛟只是晕倒了，才顺势抱住了那个迎面而来的女雷锋。事后张晓蛟也尝试着和这个姑娘认真交往，但是每每面对姑娘，总觉得对方是自己的救命恩人，见面之后不仅不想滚床单，反而特别想跪下磕三个响头。当然了，这个姑娘就是一年后给张晓蛟戴了绿帽子的当事人。从两人感情的发展路线来看，这个结局在表白当日就是板上钉钉的事。

但是多多不在乎，成了就是成了。

艾玛每次说起这件事都会噘嘴："你说说你当年把张晓蛟折腾

成什么样了，人家那么老实的一个男孩，落在你手里，差点儿命都没了……”

多多就会很不屑：“哎呀，有你这种闺密嘛，有了男人就胳膊肘往外拐，重色轻友！再说了，张晓蛟有什么好的啊，你要是真缺男人，给姐姐我说啊，我给你找！”

艾玛每次说到这里就会脸一红，低声喝道：“胡说，谁说我喜欢张晓蛟了。”

chapter 06

艾玛总能给每一个人惊喜，除了她自己

多多总觉得艾玛就是活脱脱一个望夫石的形象，多姿多彩的大学生活很难在艾玛身上看到任何影子。

艾玛不仅仅是多多的闺密，而且是一个经常让别人眼前一亮的女孩。

艾玛能跟多多熟起来有很多渊源，最重要的是，艾玛其实还充当着多多情感防弹衣的角色。

每次如果有追求者穷追不舍非要约自己出去吃饭时，多多就会带艾玛出场，去替自己顶雷。用艾玛的话说，自己其实就是一个灯泡，还是险滩之中，高塔之上，能照破浓浓海雾，守护船只安全那种级别的灯泡。

“所以经常让人感觉眼前一亮。”艾玛无奈地解释道。

艾玛是到了大二之后，才和张晓蛟、许之一、冯小白他们混在一起的。大一的时候，艾玛还非常矜持，觉得自己姑娘家家的，跟张晓蛟这种不三不四的人可千万别扯上关系，不然自己说不清楚，别人会认为自己是坏女孩。

多多就会跟艾玛说：“哎呀你想多了，放心吧，他们人不坏。再说了，就他们那个智商，坏能坏到哪里去？”

艾玛就说：“多多呀你呀毕竟是个女孩，多长点儿心，不然容易吃亏，吃大亏。”

其实艾玛一直过得挺简单的，白天上课，晚上窝在宿舍里，有一个异地恋的男朋友，是从高中开始交往的，平时除了跟男朋友打打电话之外，自己大门不出二门不迈。多多总觉得艾玛就是活脱脱一个望夫石的形象，多姿多彩的大学生活很难在艾玛身上看到任何影子。偶尔张晓蛟他们过来找多多出去喝酒，多多就会劝艾玛一起出去散散心。

艾玛是坚决不会去的。

“怕男朋友误会。”艾玛解释道，“晚上还要和男朋友打电话呢，万一被他听到我在宿舍外面，还和男孩子在一起，那多不好。”

“怕什么啊……再说了，有什么好误会的。”多多听到这样的理由后就会气不打一处来，“他要真不放心，怕你跟别人跑了，倒是来和你一起上大学啊！哦，放你一个人来这边读书，还不能和男同学出去吃饭了？这也太封建了。”

艾玛就会说：“他倒是没有什么不放心的，毕竟我这么乖。就是怕出去学坏了。”

多多一听就赶紧身先士卒，以身作则：“你看，我每天出去玩，也没学坏啊。”

艾玛就脸红，说：“不是这个意思……你不懂的，我是正经的女孩。”

多多说：“哦……那你的意思是……”

“艾玛！”多多忍不住要动手打人了。

对于艾玛来说，多多就像是自己通往世界的一扇窗户。每天晚上多多回来后都会跟坐在床上看书的艾玛念叨着学校里好玩的人、好玩的事，都能把艾玛逗得哈哈大笑。幸好有多多这个话痨在身边，不然艾玛的大学生活简直和高考冲刺时的高三生活没有区别。

不过，自从多多认识了那两个叫张晓蛟和许之一的家伙后，回宿舍的话题渐渐就只剩下他俩了。

那段时间，多多一直在尝试着帮助许之一勾搭上兰菲，甚至动用了自己所有的人脉关系网。最初的计划是想办法安排许之一混进学生会，起码每个星期的例会上都能和兰菲打个照面，一来二去说不定就能让兰菲发现许之一不为人知的迷人的一面了。

计划进行得非常顺利，弱不禁风的许之一成功以自己不到130斤的体重混进了校足球队。要知道，当时的足球队正在市区踢比赛，成绩一直不错，加入足球队本身就是一种身份的象征。在第一场练习赛的时候，多多想办法请兰菲来到了操场为即将远征的球队呐喊助威。

按道理来说，许之一身为刚入足球队的替补，是没有资格上场的。好在是练习赛，多多去找队长撒了个娇，队长就对许之一喊道："来哥们儿，这场你替我，让我看看你的实力。"

这是许之一第一次踢球，但是一点儿慌张的情绪都没有。因为来之前许之一已经专门去尹琪那里看了好几场曼联比赛的录像，觉得自己已经掌握了这门运动的诀窍。

足球运动员和古惑仔这种职业还是有所差别的。不仅仅是狭路相逢勇者胜，还讲究一个策略性。

于是许之一穿着自己刚管张晓蛟借来的球鞋就上场了，问了问身边的队员哪个是对方球门之后，许之一觉得自己已经蓄势待发。

果不其然，开场仅仅三分钟，身为后卫的许之一在一次拼抢中被对方的主力前锋横着撞飞，通过田忌赛马的计谋，以自己的肉身换来了对方主力的一张红牌。而许之一更是不骄不躁，在完成了自己的使命之后，吐着白沫被人抬下场，深藏功与名。

多多没想到会是这个结果，赶紧托人去问兰菲是不是留意到了今天的足球队有什么不同。

兰菲说："啊，原来咱们学校有足球队啊。不错不错。"

只是略微有一点儿遗憾，兰菲完全没有注意到那是许之一。毕竟全场有二十二个人在足球场上飞来跑去，而许之一唯一吸引人的时刻自身还在半空中一边吐着白沫一边不断地旋转，看起来很像神舟六号起飞时的现场。

多多这下明白了，足球这种事，很多女孩子都是绝缘的。

回来之后，张晓蛟就挺不高兴的，觉得许之一被足球队的人欺负了，自己应该替许之一出头讨回公道。等到得知了足球队那群人的平均身高、体重之后，张晓蛟迅速恢复了理智，重新思考了一下问题的来龙去脉，终于发现之前是自己太幼稚太冲动。

许之一受伤这件事完全和足球队无关嘛。

该负责任的人，明显应该是将许之一投入危险境地的多多。

不过自己好男不跟女斗，而且许之一现在除了再也不肯陪着自己在宿舍里看足球以外，也没什么后遗症，就算了。

张晓蛟可以就这么算了，但是多多不能放弃。真正的智将永远都有 Plan B。

说到多多的 Plan B，就不得不说到艾玛了。

当时艾玛在图书馆里见过几次兰菲，彼此略微认识了对方，之后见面也会点点头。后来艾玛无意中发现，兰菲借的书都是英语方面的。

“想出国吗？”有一次，艾玛抬头问了问坐在自己对面看书的兰菲，指了指那本英语辅导书。

兰菲歪着脑袋想了想：“不一定，但是英语一直是我的弱项……我还想大学的时候拿下 CET-6 的资格证呢。”

回来后，艾玛就跟多多感慨，说今天遇到学生会主席了，确实是个模范学姐，正在填补自己的弱项英语力求完美。

说者无意，听者有心，多多一下子意识到，许之一的机会来了。

当天晚上，许之一就被多多喊了出来。

多多开门见山地问："许之一，你英语怎么样？"

许之一迟疑了一下，上次被多多塞进足球队的事让他长了个心眼，反问道："你先说怎么了？"

多多就把艾玛在图书馆看到的事情添油加醋说了一遍，描述了个大概。

"也就是说，兰菲现在急需一个英语老师。"多多总结了一下，"你就说吧，你英语怎么样？"

许之一一下子就振奋了起来，大手一挥："不吹牛啊，英语一直是我的强项。"

"那就好办了，等我张罗。"多多觉得这次算是走对了路。果然，学霸对于读书的女孩还是有一股子天然的吸引力啊……

很快兰菲就被多多约到了图书馆，有的没的说了半天，最后的意思就是多多今天打算给兰菲介绍一个英语奇才，帮兰菲补习英语。

兰菲说："哎呀，那多不好意思……怪麻烦别人的。"

多多得意地笑了，说："没事，不麻烦！许之一，进来吧！"

许之一就抱着一摞书进来了。

兰菲当时很吃惊，没想到多多请来的所谓的老师就是许之一。两个人简单聊了几句，许之一立马有了结论：兰菲的英语水平看来远超自己，彼之弱项较己之强项反而更强啊！想当老师，自己真是心有余而力不足，当即打了退堂鼓。

多多就很生气地揪住了许之一，问道："你前几天不是还吹牛说英语是你的强项吗？"

实际情况是，英语确实是许之一的强项，这点还真不是吹牛。

因为每次考试，许之一只有英语能得到七十多分，其他的都在及格线上下浮动。个人数据横向对比来看，英语还真是许之一的强项。

但是如果要和别人比那就另当别论了。

当天晚上回去，多多几乎是跳着脚跟艾玛说了许之一的这件糗事。艾玛听完之后笑得直不起腰。

第二天，艾玛又在图书馆遇上了兰菲。这一次，两个人之间的话题多了不少。

"听说多多帮你找了个补习老师……"艾玛试探性地问兰菲。

兰菲叹气，说："是啊，但是水平差太多了。"

艾玛就偷偷笑。

兰菲抬头问道："说起来，多多是怎么知道我想补习英语的呢？"

艾玛一下子愣住，支吾了一会儿。

兰菲看到这一幕，自然是心里有了个大概，点点头，断定了到底是谁出卖了自己："肯定是张晓蛟，他还真是无处不在啊……我躲他都躲到图书馆来了，没想到他连图书馆都敢来！"

说着兰菲站起身，四下张望着，想找出说不定钻在哪张桌子下面的张晓蛟。

艾玛松了一口气，但是又有点儿弄不明白："我听多多说过，不是许之一想追你吗？你怎么反而躲着张晓蛟啊……"

"你不懂……看问题要看本质。"兰菲一下子觉得自己的这个学妹实在是太单纯了，"许之一其实人不坏，我觉得把话说开了我们肯定能当朋友。但是张晓蛟那个变态就不同了，天天闲着没正事就知道跟人说自己要做动画要做动画。他做了吗？眼高手低！其他的，还总耍流氓。你知道吗，他刚入学的那天就……"

兰菲开口刚要提到自己和张晓蛟第一次见面的事，才发现自己一冲动失言了。想起那天的那一幕，虽然过去了快一年，但是兰菲还是羞红了脸："算了不说了，在别人背后说人坏话不太好。"

"没事，多多也说张晓蛟是个变态。"艾玛宽慰兰菲不必过于自责，况且说张晓蛟是个变态也不算是说人坏话……

"毕竟这是一个难以磨灭的事实嘛。"

兰菲忍不住笑了。

从这一天起，兰菲和艾玛一个星期里总能在图书馆遇上几次。两个姑娘从一开始的点头之交，迅速发展成了聚在一起叽叽喳喳的闺密小分队。

蒙在鼓里的，只剩下了多多、张晓蛟，还有许之一。

多多每次大张旗鼓地计划了什么事，艾玛总会悄悄告诉兰菲。兰菲呢，也就兵来将挡水来土掩，弄得多多很挫败。不过多多也不是傻瓜，经历了几次精心准备却遭遇滑铁卢的恋爱作战后，多多察觉到了身边的空气味道不对劲。

"我们当中存在着一个叛徒。"多多有一天忽然没头没脑地对艾玛说道。

艾玛心虚地一抖，问：“哦？为什么？”

“最近每次兰菲都仿佛是有备而来。不是偶尔，是每一次！”多多气得直跺脚，“我让许之一去给兰菲送饮料吧，兰菲桌子上就会多一个平时不用的水壶；我让许之一去帮兰菲下几部新电影吧，兰菲一部不落，全都去电影院看了；我让许之一头天晚上去帮兰菲修自行车吧，结果发现，兰菲的自行车竟然给丢了！”

艾玛听完之后觉得，最后一件事肯定不是自己的责任。因为今天上午兰菲还和自己抱怨，说自己骑了两年的自行车不翼而飞，还以为是许之一的什么新花招呢。

但是多多自然不会这么想。

“那么说起来，身边最可疑的人是谁呢……”说着，多多扫了一眼艾玛。

艾玛吞了一口口水。

多多点点头，给出了自己反复分析之后的结论：“果然，最可疑的人，还是张晓蛟。非觉得自己有两把刷子，天天成事不足败事有余。你说你把许之一交给我，你自己好好当你的变态就算了，非得添乱……不行，这口气我可咽不下去，我现在就去找张晓蛟吵一架！”

说着多多摔门出去了。

艾玛出了一口气，但怕多多怀疑自己，便赶紧到阳台给男朋友打电话。电话没通，艾玛索性吹着晚风，趴在阳台上，看着下面被多多叫过来的张晓蛟抱头鼠窜。

“冤枉啊！我他妈是清白的啊！大姐你调查清楚好不好啊！”

“你清白？你个变态还有脸说自己清白……”多多的语速语气语调明显占了上风。这也是之后几个人在一起的共识：千万别和多多吵架。

艾玛终于第一次看清了张晓蛟：哎？这不就是不久之前在楼下自焚的那个人吗？其实长得还挺帅的啦。

当然了，还是比不过自己的男朋友就是了。

看他们，多热闹啊……反观自己，每天不是在教室就是图书馆，要么回了宿舍也是孑然一身，太孤家寡人了。

想到这里，艾玛拿出手机，再一次拨打了男朋友的电话。

这个晚上，艾玛一直没有办法打通自己远在他乡的男朋友的电话。

第二天，艾玛特意早早去了图书馆。今天是周四，按道理来说兰菲每个周四都会来这里的。

果不其然，没过一会儿，兰菲出现在了平时的座位上。

今天，艾玛特别想跟兰菲聊聊：“我昨天终于见到那个张晓蛟了！”

兰菲抬头，眨眨眼：“不是吧？你以前压根儿没见过张晓蛟吗？”

“可能打过几次照面，但是完全没有印象，也不知道那就是张晓蛟……”艾玛吐吐舌头，“主要是你们都一直说他是个变态，我还以为得有多么面目可憎呢。真人看起来比我想象中正常多了。”

“海水不可斗量，禽兽不可貌相。”兰菲叹口气。

“说起来……”艾玛抬头看了看漂亮的兰菲，问出了一个自己一直不明白的问题，“如果你真的不想接受许之一，为什么不找个男朋友呢？”

兰菲抬头，似乎是在仔细思考。

“可别说你找不到……”为了防止兰菲敷衍自己，艾玛率先堵住了这种开玩笑的借口。

兰菲笑了笑。

但是这个漂亮的笑容似乎又和平时不一样，像是苦笑。

艾玛察觉到了这种不同，这是只有女人才能体会到的女人的一丝敏感。

“主要是，我喜欢的人……算了算了，太麻烦了。”兰菲说道。

难道……

艾玛忍不住说道：“你不会是喜欢张晓蛟吧？”

兰菲手里的书掉在了地上，一脸通红。但是当她俯身把书捡起来之后，已经恢复了常态：“谁喜欢那种变态啊？真是的，你别吓唬我。我就是说，我喜欢的人比较麻烦，又没说我喜欢变态。”

艾玛盯着兰菲的眼睛，希望能够确认兰菲是不是在撒谎。

虽然当时没有发觉，但是几年之后艾玛再回想起这一幕时才明白过来，在大学时英语很差的张晓蛟为什么会使用英文版的动画软件。第一呢，是因为免费版的只有英文版；第二呢，是因为这个软件里的所有单词，都被人用卡片备注了汉语翻译。张晓蛟坚称这份手写的汉化材料是冯小白的手笔，但是那娟秀的字体，完全逃不过艾玛的眼睛。

当时的兰菲只是拢了拢头发，毫无破绽低低地说道：“男人，没一个好东西。所以我不找。”

说罢兰菲低着头没再说话，一副认真读书的表情。

艾玛点点头，知道自己不能再说下去了。

不过这也算是一个小小的重大发现吧！女人天生爱八卦的心理让

艾玛十分想找人说一说自己的猜测。身边的多多是万万不能讨论这个话题的，不然以自己闺密的性格，明天全校都会坐实这件事了。

那么剩下的人，就只有与这件事八竿子打不着的自己的男朋友了。

艾玛晚上回了宿舍，小心翼翼地确定了一下多多并不在，然后赶紧跑到阳台，拨通了男朋友的电话，激动得心如鹿撞。

原来主动说八卦是这么刺激的一件事啊，怪不得多多每天都以此为乐呢。

但是自己的男朋友会对这个话题感兴趣吗？

哎呀无所谓啦，实在不行的话自己说男朋友听就好，又没必要一定要进行什么深刻的讨论。平时连陪都不陪自己，现在让他听几分钟自己的分析，不过分吧？

说不定男朋友还会称赞自己是柯南呢。

想到这里，艾玛不禁笑了出来。

电话始终在嘟——嘟——嘟——

但是一直都没有人接听。

怎么回事啊，这都两天了，忙也应该和自己打声招呼啊……艾玛有点儿生气，但是更多的是担心。男朋友从来没有像这样过，连续两天了都不接电话。

会不会是出什么意外了……艾玛实在不想往这个方向猜测。

宿舍门哐当一声被多多推开了，吓了躲在阳台上的艾玛一跳。多多风风火火地进来，扔下课本，收拾着什么东西，看来并没打算久留。

艾玛刚要跟多多打招呼，一条短信冲进了手机。艾玛低头看了看，长出一口气，是男朋友发来的。看来手头的事应该是刚刚忙完。真是的，总让我担心……

艾玛一边抱怨自己刚才的胡思乱想，一边打开了短信。

短信很短，短到不需要再看第二遍。

多多正在宿舍里忙前忙后，阳台的门突然推开吓了多多一跳，转头看到艾玛摇摇晃晃地走了进来。

“吓死我了亲爱的……我还以为宿舍没人呢……”多多拍着自己的胸脯，呼吸比刚才急促多了。

然后多多注意到艾玛似乎有点儿不对劲，走过来抬手摸了摸艾玛的额头：“怎么了？阳台吹风着凉了？”

“没有啊……”艾玛抬头笑了笑。

多多有点儿半信半疑。

“对了，你晚上有什么安排啊，多多？”艾玛破天荒第一次问道。

多多说：“嘿，别提了。出了点儿事，你知道在咱们后面修电脑的那个冯小白吗？张晓蛟和许之一一会儿要去找人家打架。不行，这事必须我跟着去。你想啊，张晓蛟和许之一他俩嘴多笨啊，他俩自己去，万一打不起来，那多没意思啊……”

艾玛一边听着多多有一搭没一搭地描述，一边去衣柜里拿出自己的外套。

多多抬头，惊讶地问道：“你干吗？”

“我晚上也没事，跟着你去看看热闹呗。”艾玛一边穿着外套一边说道。

多多彻底傻住了。

“怎么着，你男朋友是死了还是移情别恋了？今天不怕他老人家查岗啊？”多多忍不住吐槽了几句。毕竟平时自己怎么拉艾玛出去玩，艾玛都没有心动过。今天倒好，主动要跟着自己去看男生打架……

“什么查岗不查岗的，哪里有那么封建。”艾玛笑了，觉得平时的自己确实有些丢人。

“行吧，反正你也不是外人，那咱们现在就下楼吧。”多多觉得事不宜迟，生怕打算迈向新生活的艾玛过一会儿会变卦，赶紧穿上外套拉着艾玛走出了宿舍，“路上顺便给你补习一下关于看他们打架的注意事项。首先呢就是要找一个好位置，方便用手机录像的地方……”

“啊？需要带手机吗？”

“对啊！不然去干吗？我跟你说，他们男生打架可好玩了，跟两个老王八摔跤似的……”

“我手机丢了……”

“啊，没事没事，我就那么一说。那么继续给你补习……”

两个人的声音渐行渐远。

阳台上，艾玛的手机闪烁着即将没电的信号，屏幕上的几个字已经被泪水打湿。

“分手吧，我喜欢上别人了。”

嗯，在某些事情上，艾玛一直挺佩服兰菲的。

兰菲说得对。

男人，没一个好东西。

chapter 07

冯小白

简直跟正常人

没有两样

*摄影这个勾当非常烧钱，摄影穷三代，单反毁一生，
这种过重的经济负担使得冯小白过于早熟，
意识到自己必须以战养战。*

冯小白是最后一个加入张晓蛟他们圈子里的人。兰菲后来就一直特别自责，说："小白啊，是我害了你啊，让你与张晓蛟这种变态为伍，简直是一世污名……"

冯小白就会说："没事，我青出于蓝而胜于蓝。"

每每听到冯小白这么说，兰菲总是一愣一愣的。

多年以后冯小白才明白，自己想说的意思是"出淤泥而不染"。

其实这不怪冯小白，因为冯小白有一个小小的缺点，那就是他是个色盲。这还是张晓蛟打算拉冯小白入伙自己的动画项目时发现的。其实也不能简单概括说色盲是冯小白的一个生理缺陷，毕竟塞翁失马焉知非福嘛！

你看，冯小白就是因为自己是色盲，才成功躲过了张晓蛟的拉拢，免去了沦落为下一个许之一的下场。

说起来，冯小白能跟张晓蛟、许之一、多多、艾玛他们混在一起，还真是因为兰菲。冯小白和张晓蛟他们一样，也是这一届的新生。平时没别的爱好，就是喜欢摄影。但是大家都明白，摄影这个勾当非常烧钱，摄影穷三代，单反毁一生，这种过重的经济负担使得冯小白过于早熟，意识到自己必须以战养战。

刚来学校的时候，冯小白就自己举办了一个校花评选大赛，然后明目张胆地找了很多漂亮的姑娘拍照。说起来每个女孩心里都有一个模特梦，所以冯小白基本上没费什么劲儿，相机里就多了许多漂亮的姑娘。

其中之一，就是兰菲。

其实这些照片用来选校花不假，但是偶尔吃不上饭的时候，冯小白也会去各个宿舍兜售这些艺术作品。再后来，这生意口碑起来了，时不时有人来找冯小白,求他去拍几张自己喜欢的姑娘,以便留个念想。

一来二去，日子虽然好过了，但是冯小白对于自己的艺术追求并没有丝毫的放松。

结果，恰好没多久就赶上了学生会主席选举。冯小白一琢磨，简直是天生我材必有用，匆匆忙忙就把自己给兰菲拍的照片自费洗出来一版大的，帮着兰菲去拉选票了。只不过他这个拉选票的事完全是自觉自愿自发自主的，并没有跟兰菲商量。

后面的事情大家都知道了，兰菲就是被冯小白害的，凭借一张照片引发的舆论大潮当上了这个学生会主席。接触了一段时间后，兰菲发现冯小白这个人着实没有什么坏心眼，特简单的一个人，就是喜欢摄影。

是的，冯小白是个色盲，而且冯小白喜欢摄影。这两者没什么矛盾的。

你看,连许之一都可以去喜欢兰菲,冯小白凭什么不能喜欢摄影呢?

所以，兰菲还真对冯小白发不了什么脾气。想了想，既然冯小白有一技之长，不如把他调进校报的记者团，也算是为了学校发光发热。

于是冯小白从一个自由衍拍摄影师摇身一变，成了校方记者。这种转变对冯小白来说是极其华丽的，因为从来没有人这么认可过自己的摄影技术。

坦白讲，冯小白的摄影技术只需要一个字就能概括。

那就是，烂。

啊？你说之前冯小白把兰菲拍得很好看？废话，那是因为人家兰菲本身就好看，基本上冯小白就是起了个减分的作用而已。

不管怎么说，冯小白是兰菲少数几个会去主动接触的学弟了，弄得周围的人都对冯小白一脸羡慕嫉妒恨。但是冯小白这人很简单，丝毫没有察觉到兰菲有什么特殊。

一般的男人都会仔细划分身边的人群，分组大概是：男的，女的；漂亮的，丑的。

对于冯小白来说，世界上简化得只剩下了两种人：男的，女的。

当然了，并不是说冯小白这种格格不入的清高有什么不好。

就像张晓蛟的脑海分组也会和一般人稍微有所不同：男的，漂亮的，许之一。

许之一曾经得知了张晓蛟的分组后，迟疑了许久，提出自己应该可以合并同类项，归纳于前面的分组吧？

于是张晓蛟出于对许之一的尊重，试探性地调整了一下自己的世界观：男的，漂亮的许之一。

后来张晓蛟发现自己实在是接受不了这样过于基情的分类，索性算了。

哦跑题了，让我们继续来说冯小白。

就像之前说的，兰菲在有些事情上还是很信赖自己这个清心寡欲的师弟的。比方说这次吧，兰菲遇到了一点儿小麻烦——她的电脑坏了……

要知道，女生的电脑坏了，在男生的意识形态里，无异于就是向大家传达出这个女生要找男朋友了。如果这件事被学校里第三个人知道的话，说不定全学校的单身狗都要沸腾起来。

兰菲可不想小题大做，所以偷偷喊来了冯小白，问他能不能帮自己重新装个系统。

冯小白非常靠得住，立马表态：“学姐，我不会啊……”

“男生怎么可能不会修电脑呢？”兰菲打心眼里吃惊。因为在女生的意识形态里，修电脑是每一个男生必备的基本技能。如果有男生说自己不会修电脑，那就代表着这个男生的男朋友一定是电脑高手。

但是冯小白不像是这种人啊……

冯小白听完了兰菲的猜测，一再表示自己只是很少接触电脑，平时的课余时间别的男生可能喜欢去网吧，而自己都扑在了摄影上。至于为什么……主要是冯小白一直都很瘦弱，跳得低跑得慢，门口的网吧电脑有限，自己根本跑不过其他同学。

所以，就算说是摄影选择了冯小白也不足为过。

总之呢，既然学姐拜托了自己，就这么推辞掉显得不太爷们儿。冯小白说，学校后面有家电脑店，门口有修电脑的牌子。如果兰菲不着急的话，冯小白愿意替她去跑一趟。兰菲想了想，自己确实没什么着急用电脑的事，顶多也就是晚上看会儿电影，所以顺势说道：“那辛苦你跑一趟吧小白。”

冯小白就说：“行啊，我去去就来。”

如果这件事到此为止，那么只能说大家太小看多多的情报网了。

世界上只有两种秘密：一种是多多知道的，一种是多多暂时还不知道的。

冯小白当时拿着电脑走在学校里，自以为神不知鬼不觉。其实很多人都在不同场合见过兰菲的笔记本，上面贴着的一个 Hello Kitty 格外引人注目。顺其自然地，大家也开始觉得冯小白格外引人注目。

很快就有线报发到了多多的手机上，说是一个鬼鬼祟祟的男人带着兰菲的电脑去了后面的电脑城，看起来很像有一腿的嫌疑。

多多一下子就炸了，火速联系了张晓蛟："张晓蛟！我让你干的事你是怎么干的！"

哦，事情是这样的。多多当时预估了一下许之一追求兰菲的难易程度以及时间周期，觉得只要当事人不是太丑，一两个月足矣。

但是当事人是许之一的话……

许之一到底算丑还是算太丑，多多有点儿拿不定主意。对多多来说，许之一更像是一个转身就会忘记的类型。但是多多转念一想，群众的眼光才是雪亮雪亮的，于是索性先把许之一支出去，自己去找了张晓蛟和张晓蛟宿舍的其他人，亲昵地问他们宿舍的几个兄弟："我说，反正也没有外人，你们几个给我个中肯的意见，许之一算丑吗？"

几个兄弟正在有一搭没一搭地闲聊，冷不丁被多多问了这么一句，着实有些唐突，一时间没人搭话。

气氛尴尬了一会儿，多多以为刚才自己没说清，于是又把问题一字一句地重复了一遍："许之一长得咋样，你们倒是说啊！"

张晓蛟当时就有点儿不乐意了："多多，你这是欺负人啊。许之一是我兄弟，丑点儿怎么了？"

旁边的兄弟们也开始热烈地附和:“就是就是,败絮其外金玉其中,要注意许之一的内在美!”

多多哦了一声，算是得到了一个非常中肯的答案。

看来真的会是一场长期战役。那么现在最大的威胁，就是会不会有其他人在许之一努力的时候捷足先登。毕竟兰菲很漂亮，随随便便想一想，许之一的情敌不会太少。

“这件事就交给你了，可以吧？”多多确实对这个没辙，于是想到了一直想为许之一抛头颅洒热血的张晓蛟。

张晓蛟站在原地大眼瞪小眼：“这，交给我？我怎么办？”

“想怎么办就怎么办。”多多说，“反正交给你了。”

张晓蛟琢磨了半天也觉得自己实在是没办法，刚想开口委婉地回绝一下，无意间扫到了站在旁边的许之一那可怜的小眼神。

“包在我身上了！”张晓蛟硬着头皮咬碎了牙，表了态。

许之一当时感动得就差喜极而泣跪在地上喊张晓蛟一声再造父母了。周围的人都这么支持自己，那自己自然也不能落后：“多多，那我需要准备什么吗……”

多多当时看着许之一，欲言又止。总不能告诉许之一说“你去准备一张脸就行”这种伤人的话吧？

“嘿，你该干吗干吗，这事和你关系不大。”多多最后说道。

于是许之一就真的一脸轻松。

相反，从此开始，张晓蛟的日子就不怎么轻松了。为了防止在准备期间兰菲被人追走，张晓蛟想了很多办法，最终豁出去了，托人四处放话。

“谁要是敢当许之一的情敌，那就别怪老子不给面子。周围的人也都该了解我张晓蛟的为人，可谓是玉树临风、风流倜傥、心狠手辣、不择手段，你敬我一尺我还你一丈。谁要是敢顶风作案的话，那老子就去掰弯了他！”

别人说这句话可能镇不住什么人，但是张晓蛟是谁？那可是学校里首屈一指的变态啊……此话一出，简直驷马难追。

兄弟做到这个份儿上，简直没话说，可以称得上是义气千秋，足以载入史册了。

幸好，周围的人也算是投鼠忌器，还真没听说过什么关于兰菲的绯闻。张晓蛟也得以维持着现在的性取向。

但是，第一个吃螃蟹的人终究还是出现了。

在接到多多的电话之后，张晓蛟想了半天，觉得这件事肯定不能这么算了。毕竟冯小白这是明知山有虎偏向虎山行，属于明显的挑衅行为。

试问整个学校里，除了兰菲本人不知道以外，谁不知道兰菲迟早都是许之一的女朋友？现在冯小白竟然敢太岁头上动土，简直是活腻歪了！

于是张晓蛟挂了多多的电话，喊上了正在做俯卧撑的许之一：“走，找你情敌去！”

许之一一下子兴奋了起来：“你去掰弯他？”

“这个，不知者无罪……”张晓蛟这才想起自己当时随随便便放出去的豪言壮语，略微尴尬，“打一顿算了，教育为主嘛。”

许之一一脸如同小学生刚刚得知春游被取消了的失望表情。

张晓蛟一路上摩拳擦掌，叙述着自己一会儿应该是左勾拳还是右直拳。许之一一句话都没说，紧紧跟着张晓蛟。

同一时间，冯小白在电脑店里给兰菲打了个电话，说她还是亲自来一趟吧，电脑进水了，主板烧了。

另一方面，多多拉着艾玛的手也朝着学校后面的小市场走去，一路上一边念叨着男生们真是蠢，一边觉得为什么艾玛的手这么凉。

晚上八点二十六分，艾玛、张晓蛟、许之一、兰菲、冯小白还有多多，这六个后来一直混在一起的家伙，第一次齐聚一堂。

在大战爆发之前，大家彼此各退了一步，意思是电脑店实在是有点儿小，六个人都在里面站不开了，所以大家都退到了店外面。

张晓蛟看了看在场的人，心想：“哼，奸夫淫妇都到场了，许之一你别怕，我给你出头。”

许之一看了看在场的人，心想：“天气太冷了，不如去店里说吧……”

多多看了看在场的人，心想：“女一号、男一号、男二号、男三号都已经齐了，天气又这么冷，你们赶紧打呀打呀打呀等什么呢。”

艾玛看了看在场的人，心想：“哦，这就是张晓蛟，这个是许之一，兰菲也来了……那个男孩好眼熟，好像开学的时候给自己拍过照片。莫非是兰菲的男朋友？既然有了兰菲还来勾搭自己，哼，男人果然没有一个好东西。”

冯小白看了看在场的人，心想：“哎呀，这应该就是被一百来人揍过的张晓蛟吧？真厉害。听说他最近在弄动画。不过，他一直站在这儿看着我是干什么呢……他不冷吗？”

兰菲看了看在场的人，心想：“张晓蛟！你怎么老是惹事啊！我就是让我学弟来帮我修电脑啊！你怎么这么烦啊！”

大家的内心戏都很足，导致一分钟内没人动。

站在店里面的老板非常镇定，嗑着瓜子注视着外面，只是有点儿担心是不是时间静止了。

过了没一会儿，背后传来了一个熟悉的声音，而且越走越近：“……电脑坏了没事的，资料丢不了……”

几个人回头，同时看到了一个都以为是援兵的人：尹琪。

以及尹琪身边的那个漂亮的、而且肯定不是嫂子的小姑娘。

“大哥？”张晓蛟迟疑了一下，忍不住喊了出来。

尹琪抬头，先看到了张晓蛟，然后，看到了其他人，一下子就不仅仅是紧张了。大概半年前百人组团捉奸的事情还历历在目，难道今天又要旧戏重演？

“我，我是帮学妹修电脑来的，你们别误会……”尹琪一边说着，一边想要尽可能自证清白。

但是大家都没动。

呃，好像不好办啊……他们几个明显是有备而来啊……尹琪擦了一把冷汗，觉得，今天事大了。

且不说张晓蛟和许之一这两个对自己知根知底的叛徒了。

兰菲还带着那个叫冯小白的校报记者……

难道是要把事情搞大，用舆论置自己于死地吗？

呃，连多多也在！这个人肉广播站都出现在这里的话……

看来他们是真的想要把事情搞大，用舆论置自己于死地了……天地良心啊！我尹琪一生清清白白，对爱情更是忠贞不渝，到底和你们什么仇什么怨，犯得上如此对我……

不过多多旁边那个姑娘倒是挺好看的，怎么以前没注意过呢？

哎哟，都什么时候了还有心思琢磨这个！

嗯，现在该怎么办呢？

尹琪内心戏演完之后，看着在场的所有人，最终叹了口气：“算了，我怕了你们了。走吧，想吃什么？”

后面的事情就简单了。

六个人稀里糊涂地被尹琪带着去吃了一顿烧烤。俗话说得好，没有什么事情是一顿烧烤不能解决的。如果真的有的话，那就两顿。

喝了点儿酒，大家的话就敞开了。

兰菲就很不好意思，以为尹琪是过来劝架的，毕竟今天的事情是因自己而起，于是说道：“真抱歉啊大师兄，不然这顿饭我请吧。”

尹琪说：“喝酒，喝酒。”

张晓蛟重新向几个新认识的朋友介绍了自己：“我叫张晓蛟，是目前学校里唯一的独立动画制作人。今天很荣幸认识大家，大家日后也会很荣幸在今天认识了我。然后……”

张晓蛟热情地拍了拍许之一的肩膀：“这是我兄弟，别看他这么低调，他的身份地位更是特殊。许之一可是咱们学校里唯一动画制作人的唯一员工。”

许之一点头，不明觉厉地很自豪：“嗯。唯一的。”

然后张晓蛟就更得意了，举着酒杯跟冯小白碰了一下：“没想到你也认识我们大哥，今天的事就算了……兰菲她名花有主了，所以你可别勾引二嫂……”

冯小白一直稀里糊涂的，转头看着兰菲。

兰菲从桌子下面踹了张晓蛟一脚：“你喝多了？胡说八道。”

张晓蛟被一脚踹倒在了座位上。

多多微眯着眼睛，对尹琪说：“学长，刚才和你去后面修电脑的小女孩是谁啊？怎么没带着一起过来啊？”

尹琪说：“喝酒，喝酒。”

张晓蛟爬起来之后，推了推许之一，但是许之一没动。张晓蛟继续说道：“兰菲，今儿我当着大家的面把话说开了。许之一就是想追你，他之前一直跟我说做动画做动画，你们知道为什么吗？啊？”

说着张晓蛟面向所有观众，期待着能有人回应一下自己。

遗憾的是，好像压根儿就没人愿意搭理张晓蛟。

艾玛已经有点儿喝多了，借着酒劲问：“为什么啊？”

“因为许之一说，他只会做动画。”张晓蛟觉得自己成功吸引了大家的注意力。

“这算什么理由啊……”艾玛以为张晓蛟喝多了，整番话一点儿逻辑都没有。

“呃，其实意思是……”张晓蛟也觉得自己有点儿没说明白，“其实就是怪你家多多了！”

多多还在跟尹琪套话，听到张晓蛟提到自己，立马转身喝问道：“关我什么事？”

“你说的那些个追姑娘的办法，有个屁用！”张晓蛟毫不客气地说道，“有用的话，许之一现在三妻四妾都绰绰有余。”

多多一时语塞，而且当事人兰菲也在，自然不好多说什么。转念一想，算了，由着张晓蛟借着酒劲胡闹去吧。

“人家许之一多有追求，多罗曼蒂克。”张晓蛟赶紧直奔主题，“他说自己只会做动画片，所以一定要在大学里做出来一部，能得奖的那种！到时候获奖感言和感谢名单里，再说出来兰菲的名字……哎哟，哪个姑娘能拒绝？”

说罢，张晓蛟陷入了对未来这一刻的幻想，满脸陶醉，觉得大家肯定也被自己煽动起来了。

兰菲尴尬地看了看许之一，发现许之一红着脸低着头，但是满脸认真。

“所以呢，你啊，兰菲……”张晓蛟陶醉够了，转头指着兰菲，“迟早是我们家许之一的。”

兰菲笑了笑，说：“真能做到再说吧。让你说得好像多容易似的。”

张晓蛟也笑了，笑得比兰菲得意许多，仿佛抓住了兰菲的漏洞：“哈哈哈，本来这件事确实不容易……但是，这就是许之一最幸运的地方了：他兄弟是我啊！是我张晓蛟啊！虽然我自己基本上嘛都不会，但是，我是优秀的领导者和制片人啊！”

兰菲都快忍不住鼓掌了：确实啊，你嘛也不会啊……

许之一愣了半天，抬头看了看兰菲，第一次开了口："那个，也不是这样啦，只是喜欢而已，做个动画片出来算是我的一个梦想……你不接受我也无所谓的，毕竟是我喜欢你不是你喜欢我。"

"哎，什么无所谓啊！怎么能无所谓啊！大哥你说是吧？"张晓蛟搂着尹琪说道。

尹琪说："喝酒，喝酒。"

说罢许之一觉得特别尴尬，赶紧喝酒，一饮而尽。

这一下子弄得兰菲不知道说什么好，只能准备宽慰许之一几句了。

"但是，我依旧要感谢张晓蛟。"许之一擦了擦嘴巴，正在手舞足蹈的张晓蛟其实压根儿没听到这句话，"我跟他说了这个事情，我想做动画，他不仅没有嘲笑我，还把电脑借给我做片子，甚至现在其实我一点儿经验都没有呢，张晓蛟都愿意给我当制片人……"

听到这里，兰菲后面的话压根儿说不出口：多好的一个小男孩啊，简单、纯粹，怎么就和张晓蛟混在一起了……

兰菲没来得及说什么，冯小白一低头，哇的一下子开始吐了。

"我不行了……"

多多赶紧贤惠地拍打着他的背。"你这才喝了一瓶就不行了？你看人家艾玛，都喝四五瓶了……"说着，多多转头指了指还在喝酒的艾玛，这才惊呼道，"哎呀，艾玛你怎么了？怎么喝这么多？"

冯小白挣扎着说道："抱歉，扫了大家的兴……下次我请大家吃饭赔礼吧……"

那天，尹琪去买了单，这场没头没尾的聚会就这么散了。

但是冯小白是个说话算话的人，过了几天真的就把多多、艾玛、张晓蛟、兰菲和许之一再次请了出来，只吃饭，不喝酒。

当然了，尹琪没出来，他总觉得这个小分队是针对自己而成立的，而且里面还有多多。自己去了的话别说酒后吐真言了，就算没喝醉也是言多必失啊……

总之呢，除了一来二去慢慢地几个人熟悉了起来之外，似乎一切都没变。

张晓蛟依旧每天和别人说着自己做独立动画的事情，仿佛名利双收指日可待了。

许之一依旧话不多，除了跟着张晓蛟四处乱跑，剩下的时间安心地窝在宿舍里，一帧一帧地弄着自己的东西。

兰菲有点儿不太放心，因为许之一现在不来表白了，看来是真的准备去弄一个得奖的作品，然后真的准备在获奖感言的时候向自己表白。

艾玛倒是变了许多，甚至会主动找其他人一起出来吃饭。

冯小白依旧是我行我素鼓捣着自己的照相机，但是只要喊他一定随叫随到。

多多呢，没了许之一的事后，依旧热衷于帮人介绍对象。

然后一晃，等到尹琪毕业的那个暑假时，六个人已经成了死党。

尹琪走之前，张晓蛟牵头，请尹琪吃了一顿饭，算是给大哥饯行。

等到大家都喝得差不多的时候，尹琪把张晓蛟独自叫了出去。

“好好照顾许之一，还有，好好照顾……算了。”面对着莫名其妙的张晓蛟，尹琪留下了这么一句话，“开开心心的，最重要。”

尹琪看到的，比张晓蛟看到的多，比许之一看到的多，比多多看到的多，比兰菲看到的多，比艾玛看到的多，比冯小白看到的多。

就是因为看到的多，尹琪才觉得，自己这辈子有两件事挺对不起张晓蛟的。

第一件事，就是没有阻止张晓蛟从二师兄手里买了那辆摩托车。

第二件事，就是自己毕业时，咽了半句话，没有告诉张晓蛟。

chapter 08

物以类聚，人以群分

≈

哦，
很多事情不要深究，知道这是肉就好了。
人生嘛，难得糊涂。

≈

送走了尹琪之后，张晓蛟还顾不上伤感，就要面对接下来的问题了。

虽然马上就是暑假了，但是张晓蛟并没有打算回家。或者说呢，这个假期张晓蛟估摸着是回不了家了。这件事都怪冯小白这个孙子。

原因很简单：上次假期自己的成绩单寄回家之后，张晓蛟深刻体验到了父辈无产阶级专政的厉害。自己的老爸已经快五十岁的知识分子，平时连杀鸡的力气都没有，没想到在看到张晓蛟的成绩单后，原地腾空对着张晓蛟就是一脚回旋踢。

当时张晓蛟很担心自己的老爸玩这么高难度的体操动作会不会闪到腰。但是随着后继的几招自由格斗，张晓蛟明白了：他真正应该担心的，是自己。

等到老爸打累了，才气喘吁吁地说：“下个学期好好努力吧，要是下学期的成绩再没有变化，你就别回来！”

张晓蛟拼命点头，然后帮着收拾家里的残局。

老爸看着懂事的张晓蛟，忍不住感叹说：“唉，你说你为什么就没遗传我和你妈的优点呢……”

这倒是一句实话。虽然张晓蛟的眉眼鼻子什么的看起来都是老爸老妈的翻版，但是父母其他的优秀品质似乎都不能在张晓蛟身上看到任何影子。

怎么说呢，估计是遗传的时候，张晓蛟巧妙地避开了所有正确选择，成功地在胚胎时期就发表了自己关于人格和智商上的独立宣言。

当然了，张晓蛟是个孝顺的孩子。老爸的话，张晓蛟确实听进去了。

所以这个学期考完试之后，张晓蛟揣摩了一下自己的成绩，很有把握确信自己比上学期有了巨大进步。

比方说体育，这次的百米考试张晓蛟拿了全校第四。

嗯，至于说到其他的科目……张晓蛟也算是给父亲有了一个交代：成绩确实如同老爸期待的一样，有了质的变化。

之前每科的成绩都在及格线这条海平面上下浮动。

这一次，张晓蛟稳稳地潜入了深海。

其实并不是张晓蛟没有努力，考试之前也做了两三天的突击准备，甚至让兰菲在晚自习的时候给他和许之一补课。上天显然是感受到了张晓蛟的诚意，拿到考试座位表时，张晓蛟赫然发现自己身边坐着的是冯小白。张晓蛟突然福至心灵，想起来谁好像跟他提过一嘴说冯小白是个优等生。

张晓蛟一下子觉得，稳了。这几天也没必要继续通宵看书，保护视力才是第一位的。

到了考场时，张晓蛟赶紧朝着坐在自己身边的冯小白甩了一个眼神，意思是哥们儿你懂的。

冯小白看到之后，立马也回甩给了张晓蛟一个眼神，意思是放心吧交给他。

考试的时候，张晓蛟随便一瞄，发现哇，冯小白简直是人不可貌相，每一道题都答得飞快，不到半小时就写完了卷子。

当然了，这也是冯小白仗义的表现：他得留出给张晓蛟抄的时间啊！

张晓蛟感激得就差跪下了，赶紧抄完了卷子，然后心细如针，挑了几个选择题改了答案。毕竟出现雷同卷太明目张胆了，而且自己平日里也就一个混及格的人，突然考个满分，多不好？

最终还是证明了张晓蛟这个选择是正确的。正因为张晓蛟随便改了几道选择题的答案，所以出成绩的时候，张晓蛟的分比冯小白还要高。

“我操，你不是优等生吗？”张晓蛟拿着成绩单陷入了深深的迷茫，对冯小白惊呼道。

冯小白扶扶自己的眼镜，同样也很迷茫：“谁告诉你我是优等生的？”

张晓蛟苦思冥想，想不出来是谁告诉自己冯小白是优等生的。也许是因为那个特殊的时间段张晓蛟太需要身边出现一个优等生了，因此才会产生自我催眠的效果，另一个张晓蛟告诉这个张晓蛟：“冯小白是优等生……”

完了，自己一定是因为做动画的事情太忙，不仅耽误了学业，而且有点儿走火入魔了！

这件事告诉我们，作弊是不对的。

哦，说起来，这也是学校里最不人性化的一面：所有考试成绩，在学生还没有到家的时候就已经通过挂号信寄给家长了。毕竟现在大学生一般都是在外地求学，半年才能回去见自己的父母一次，很有点儿小别胜亲生的感觉。

等到家长看到了成绩单后，就能保持正常理智来督促自己孩子的假期学习了。

所以开学的时候，很多人都会一瘸一拐地来学校。

一时间很多人都怨声载道。

当然了，老师们也是从学生时代过来的，其实并不是刻意和学生作对。学校这项决定是有自己的良苦用心的。比方说吧，为什么选用EMS呢？因为这项快递业务可以给学生们一个足够的缓冲时间。按道理来说，成绩单放假之前发出去的话，等到两三个月后学生们返校了，这封信应该依旧没有落在家长手里。这样学生们不但能度过一个轻松的假期，而且时时刻刻都能感受到那封一直在路上，随时会到达的信产生的淡淡然却挥之不去的杀气，这对下个学期端正学习态度还是很有帮助的。

不得不说老师们的苦心可谓感天动地。

只是人算不如天算，每年放假回家的时候，虽然这个学期的成绩单依旧遥遥无期，但是上个学期的成绩单经历了无数岁月洗礼后，仿佛来自天堂的一纸邀约，恰好准时就到了家长手里。

天要亡你，与学校何干？

张晓蛟觉得，自己是不是这个暑假干脆就在学校过算了。

暑假能够在学校里过其实是一件很好的事，免费住宿，独占宽带，还有随时都可以去冲凉的水房……

除了没有姑娘以外，简直就是天堂。当然了，这点儿瑕疵可以依靠硬盘里的日本姑娘熬过去。

张晓蛟打定了主意后，家里更好交代了，打个电话，说自己和同学一起打工。父母听完之后也恩准了张晓蛟迈向社会的请求。

回宿舍之前，张晓蛟先去后面的超市买了一堆泡面。毕竟学校的宿管只有几个人值班，万一门锁上了自己出不去的话，就用得上这些备用粮食了。而且学校基本上已经不剩几个人了，超市今天已经是营业的最后一天。

一路上张晓蛟哼着小曲，拎着一塑料袋的速食食品溜达着回宿舍，路上看到了拎着行李箱的多多穿着一身低胸的连衣裙孤零零走在路上，看样子是要回家了。张晓蛟打了声招呼："怎么今天才走啊，都要封校了。"

"嘿，你可别提了。"多多叹口气，说道，"这几天一直混各种饭局呢。几个认识的学长不是都要毕业了嘛，就非要请我吃饭。我不去又不合适……哎，真是的，你说他们怎么就这么烦呢。"

"你嫌烦你倒是别这么穿啊。"张晓蛟指了指多多的裙子，上面短下面也短，"就你这裙子，比我的裤衩都大不了多少。"

"你懂什么！"多多忍不住说道，"流氓。"

张晓蛟一下子囚了，赶紧摆手："得了得了，我和艾玛真不是那么回事。"

"说起来，你怎么还不走？"多多看着张晓蛟打算坚持八年抗战的样子，奇怪地问道，"今天不是封校吗？"

"我这个假期不回去了。"张晓蛟拎起自己的袋子给多多过目，"留在学校，琢磨琢磨项目。"

"哟，您的大项目……"多多不无挖苦地说道。

“你再这样，以后别想出现在感谢名单里。”张晓蛟不无认真地说道。

“得了得了，谁稀罕似的……那许之一呢？”多多表示了自己完全不屑蹭张晓蛟这点儿风光，然后左右看了看，没有见到平日里如影随形的许之一还真有点儿不习惯。

“许之一昨天去送兰菲了。”张晓蛟耸耸肩，尽量让自己的语气不那么寂寞。

“他俩……难道成了？”多多惊讶地睁大了眼睛，带着点儿吃惊问道。

“当然不是。但是，毕竟是朋友嘛，许之一昨儿跑去找兰菲说要送她，兰菲要是拒绝了反而更像是两人有事。”张晓蛟打了个哈欠，示意多多想太多了，“昨儿晚上许之一倒是真没回宿舍。”

“难道他俩直接干柴烈火了一把？”多多一下子兴奋了，觉得这个八卦绝对是这个学期最后的惊喜。

“可能吗？”张晓蛟白了一眼多多，“估摸着许之一就是觉得回学校太远，直接坐火车回家了吧。”

多多一下子露出了非常同情的表情，过来拍了拍张晓蛟：“唉，那这两个月你就一个人住了？真可怜啊。要早知道这样，你找艾玛陪你不就好了，非得死撑。”

张晓蛟无奈地揉着自己的太阳穴：“我再说一次啊，多儿，我和艾玛之间真的没事，清白得就跟……就跟我和许之一之间一模一样。”

多多啧啧地感叹：“哟，说得你跟许之一之间清白似的，我可是来学校两年了，你俩的事……”

“算了你赶紧赶车去吧。”张晓蛟叹口气，知道论嘴皮子，自己绝对说不过面前的这个姑娘。

多多一下子缓过神来，看了看表，焦急地拎着箱子一路咯噔咯噔小跑：“哎呀，张晓蛟，都怪你，我都要误机了！”

张晓蛟忍不住在后面多张望了几眼，一直到多多的背影和行李箱那咯噔咯噔的声音一起从拐角消失。张晓蛟抬头看看天空，学校好像没了别人一样，特别安静。

两个月都要这样吗……

张晓蛟耸耸肩，上了楼。进了宿舍之后没有别人，张晓蛟伸了个懒腰，然后利落地脱了个一丝不挂，继续哼着小曲准备去水房冲个凉。没有人的宿舍有点儿让人备感寂寞，自己的歌声都开始在宿舍楼里回荡。如此动听的曲调，连个喝彩的人都没有，真是……

“这是什么歌？”许之一突然从上铺探出头来，冲着张晓蛟问道。

张晓蛟吓了一跳，整个人狼狈地跌倒在宿舍的地板上。

“我操，你没回家吗？”张晓蛟翻过身来，鼻子流了血也顾不上擦。奇怪了，明天就要封校了，怎么许之一还没走？

“没回去啊……”许之一说道，不明白为什么张晓蛟会有这么一个猜测。

“那你昨天干吗去了？”张晓蛟匆忙俯身找东西先挡一下。

“送兰菲啊，不是告诉你了。”许之一看着手忙脚乱的张晓蛟，索性从床上爬了起来。

“晚上呢？晚上你送君千里也终须一别啊，你怎么没回宿舍呢你……”张晓蛟有点儿语无伦次，找了一个水盆挡住了自己。

“她的火车是晚上七点的，送她上了车，没有公交车回来了。我就在候车室窝了一夜。”许之一说着打了个哈欠。

“那你不回家啊？”张晓蛟问道。

许之一很自然地说：“我每个暑假都不回去啊……只有寒假才回去的。过年的时候要去看看我爷爷他们。”

张晓蛟一下子有了一种找到知己的感觉：“是不是也没考好，回去怕你爹打你啊……唉，现在的父母啊，真是……不过我比你幸运。我爸是个老师，打起来我能跑。我记得你说过你爸是警察吧……哎哟，你比我惨多了啊你……”

张晓蛟开始脑补曾经看过的《监狱风云》，里面警察的斗殴技巧简直突破天际。

许之一想了想，最后点点头：“是啊，我爸是警察，不过我爸脾气可好了。”

张晓蛟就没再多说什么。

“对了……”许之一朝着床里面摸了摸，掏弄了一下什么，然后又转过身来，拿出一台笔记本电脑，“大哥借给我的。我本来说假期接着做咱们的动画呢，早知道你不回去，我就用你的电脑了。”

“别别别，尹琪借给你，你就拿着。毕竟是大哥的好意啊。”张晓蛟赶紧说道，“而且有些事情吧，两个男人一起用同一台电脑非常不方便。”

许之一说："哦。"

天色暗下来之后，学校里就真的没有人了。张晓蛟和许之一光着膀子，打算出去找个烧烤摊度过暑假的第一个夜晚。

不远处的步行街有一家苍蝇馆，简直是好吃到让人哭出来。最关键的是，价格极其公道，甚至公道到了一个有点儿不可思议的地步，不由得让人怀疑这家烧烤店到底用的什么肉。

哦，很多事情不要深究，知道这是肉就好了。人生嘛，难得糊涂。

当然了，夏天的夜晚没有啤酒就绝对不完美。这家苍蝇馆的啤酒也是一绝，老板声称是自己买的原浆酿的扎啤，没有牌子。如果有人质疑这款三无啤酒，或者质疑老板的手艺，老板就会耐心地带着人去厕所的拐角看那个大大的酒桶，以便打消客人的顾虑。

不得不承认，老板这里的啤酒喝起来确实很像啤酒。

但是究竟是不是啤酒，那就另当别论了。

之前许之一和张晓蛟他们六个人时不时就来这里撮一顿，但是很少喝酒。因为这里好吃又便宜，加上是大学附近，时不时有女大学生过来吃饭，所以晚上总是能聚集起一大批社会大哥在这里一醉方休。大家都戴着大金链子和大墨镜，一副杀气腾腾的样子，显得特别社会。

每次和她们三个姑娘来这里吃饭，张晓蛟都得做好随时英雄救美的准备，自然是不敢喝醉。

今天晚上人很少，估计是女大学生们都回家过暑假去了，所以社会大哥们得换个地方社会去。而且，今天只有张晓蛟和许之一，看来终于可以喝点儿了。

张晓蛟在喝了两三杯冰镇扎啤后，才打了个长嗝，算是解了暑，然后扭头喊道："再来一杯！"

许之一有点儿迟疑，说："我可没带多少钱……"

"许之一，你说你……"张晓蛟忍不住觉得许之一这人小家子气，"咱们是兄弟啊！客气个什么劲，今天我请客！"

许之一这孩子老实，就挺不好意思的，转头跟老板很含蓄地说："那再加六份烤肉，谢谢。"

六份烤肉啊……张晓蛟表面上风平浪静，心里面觉得这顿饭，让许之一晚上肉偿都不够。

当然了，许之一也立刻来了一点儿才艺展示：别看平时许之一不喜欢说话，今天喝了点儿酒之后，嘴就一直没闲着。张晓蛟惊讶地发现，许之一是他认识的第一个一边嚼着东西一边吐字发音依旧清晰无比的人。

酒过三巡之后，许之一突然举起刚刚被满上的扎啤杯，对张晓蛟说："干。"

张晓蛟一愣，看着扎啤杯，差不多有1.5升的容量。这要是一口闷，考验的可不单单是酒量，还有自己肚子里五脏六腑的容积问题。膀胱里早就满了，胃里大概还剩下0.5升的空间，直肠挤一挤的话差不多还有……

早知道今天上完大号再来吃饭就好了，张晓蛟想。

还没等到张晓蛟权衡一下是不是要拼的时候，许之一已经一仰脖子，一整杯扎啤咕咚咕咚一饮而尽。

张晓蛟觉得，这厮不会是打算要酒后乱性吧……

放下杯子后，许之一满不在乎地擦擦嘴巴，笑着问张晓蛟："我说，张晓蛟，你为什么在学校过暑假？"

张晓蛟觉得后背有点儿发凉，印象里这还是第一次见到许之一这样的笑容。哦，应该说是，许之一平时很少笑。

张晓蛟确定了，这厮要酒后乱性。

然后许之一继续笑着说："是不是，大哥告诉你了……你才留下陪我啊？其实真的没必要啊。怪我当时嘴快，无意间跟大哥说了这件事……我没和别人说过的，你没说，兰菲没说，多多没说，艾玛没说，小白也没说。就是害怕你们知道了以后，觉得我可怜。"

张晓蛟蒙了一下，问道："啊？什么啊？"

再然后，许之一趴在桌子上，嘴里絮絮叨叨地念叨了很多。

今天，是许之一第一次说了这么多的话。

今天呢，也是许之一第一次说了这么多关于自己的事。

这种人靠不住啊……稍微喝点儿酒就口无遮拦，肯定什么秘密都憋不住。你看看平时这厮跟个闷葫芦似的问他三句连个屁都没有。

今天倒好，开始坦白从宽了。嘴里一直说着很感谢张晓蛟留下陪他什么的……张晓蛟好几次想打断他，但是都没有机会。

因为当时许之一絮絮叨叨了半天后，突然说："我爸已经走了。"

张晓蛟愣了一下，说："哦。"

然后张晓蛟怕是自己误会了，问道："走……是那个意思吗？"

许之一笑，点头：“我初中的时候。”

“那你妈呢？”张晓蛟第一次听到这件事，有点儿不知道该怎么继续这个话题，或者说该怎么终止这个话题。

“也走了。”许之一说道，然后很体贴，怕张晓蛟不明白，补充道，“车祸，一起走的。”

张晓蛟依旧是愣了愣，然后说：“哦。”

许之一说，自己其实很不喜欢被人同情的感觉。因为他觉得，自己压根儿也没什么值得同情的。

“除了长相。”张晓蛟顺嘴补充道。

许之一没接茬儿，自顾自继续念叨。

“挺没意思的。”

“后来遇到了你。”

“觉得，怎么说呢，第一次有人聊得来的感觉。”

“结拜之后觉得，以前那种有亲人的感觉又回来了。”

“挺好的。”

“张晓蛟，谢谢你。”

面对着另一个男人的深情自白以及深情表白，张晓蛟有点儿手足无措。

然后许之一的呼噜声响了起来。

张晓蛟一下子觉得自在多了，说：“客气嘛，都是兄弟。”

已经是半夜了，张晓蛟打了一辆车，带着许之一回了学校。宿舍门已经锁了，张晓蛟拖着许之一坐在了门口的楼梯上。张晓蛟摸索了一会儿，掏出来一盒烟，摸出来一支点上之后递给了许之一。

许之一没有接，张晓蛟直接把烟放进了许之一的嘴里。然后许之一脑袋一歪，嘴里的烟掉了下去，人开始打呼噜了。

张晓蛟就笑，哦对了，许之一不抽烟的……然后张晓蛟重新又摸出来一支烟，自己点上，自己抽。

抬头看看，漫天的星光啊，真漂亮。

就好像是自己刚上大一时傻逼兮兮的那次群架一样。

当时张晓蛟被人打得动弹不得，躺在操场上，睁开眼后第一次发现天空如此近。

和今天很像，当时许之一也是躺在自己身边，同样也是动弹不得。

不过那天的最后，是许之一拉着自己去了医务室。

张晓蛟当时在医务室里面一边输液一边特别不服气，向身边的护士姐姐描述着刚才群架时自己是如何如何勇猛。许之一一直听得非常认真，时不时点头表示赞同。

等到护士姐姐下班关了灯以后，张晓蛟才跟许之一说："对不起啊哥们儿。"

"没事，我扛揍。"许之一说道。

开始的时候，张晓蛟还觉得许之一这人爱面子死扛着硬撑，结果发现同样是在刚才挨了一顿胖揍，张晓蛟现在只能平躺在病床上，而许之一却摸黑爬起来，麻利地削了一个苹果。

张晓蛟这才相信了许之一的话。

当然了，那个苹果张晓蛟最终并没有吃到嘴里，许之一是削了给自己吃的。因为他赶着去帮张晓蛟干架，晚饭没有吃饱。

四周特别安静之后，张晓蛟觉得浑身都疼。估计已经两三点了吧，张晓蛟忽然没头没尾地说了一句话：“许之一。”

那是张晓蛟自打认识许之一起第一次喊了许之一的名字。

“怎么了？”许之一睡得正迷糊呢。

张晓蛟继续说道：“咱俩结拜吧。”

“行啊。”许之一说完，翻个身，继续睡了。

两个人就这么结拜了兄弟。

多年之后，尹琪也感慨，自己看着张晓蛟和许之一一起傻逼兮兮地过了这么多年，觉得，找了许之一这么一个兄弟，可以说是张晓蛟他这辈子做过的为数不多的最正确的决定了。

没有许之一的话，张晓蛟还不一定变成什么样呢。

当然了事物都有两面性，反过来看的话，许之一和张晓蛟结拜这件事，可以说是许之一这辈子最大的败笔也说不定。

毕竟张晓蛟一直坑爹啊……

其实平心而论，张晓蛟和许之一结拜这件事办得挺草率的，甚至比他找女朋友还草率。两个人连结拜的仪式都没搞清，随随便便参考了一下电影里的桥段按照拜天地的那一套搞了一下就互相认作兄弟了。

但也算是无心插柳柳成荫，傻人有傻福吧。

很多年之后，不少记者采访的时候都问过尹琪老师：“《废柴兄弟》里的两个人物到底是物以类聚，还是冥冥之中自有定数？”

尹琪老师就开始循循善诱："有句老话说得好：有些时候吧，你想谈场恋爱，结果约了个炮；而有些时候，你本来想约个炮，结果呢，却谈了一场恋爱。"

然后这群人就看着尹琪。

"哦，好像上面这个例子并不是很合适……"尹琪老师这才意识到自己又无意间冒黄段子了。

"重新说：有些时候吧，你想结婚，结果呢却是谈了一场恋爱；有些时候吧，你明明只是想谈个恋爱，没想到却结了婚……"

"尹琪老师，您是对您现在的婚姻不满吗？"记者已经彻底被搞糊涂了。

尹琪说："算了不解释了，你们领会精神就行。"

总之呢，虽然张晓蛟和许之一早就结拜了，但是就是在这个酒醉的夜晚，张晓蛟才在心里默默发了一个誓。

许之一是我兄弟，我是他唯一的亲人，这辈子我都不会让他受伤。

发完誓之后，在张晓蛟还在揣摩这个誓言是不是有点儿太娘炮的时候，他忍不住打了一个喷嚏。

晚上的风还是凉啊……

想到自己刚才的誓言，张晓蛟解开了缠在腰间的上衣，准备给睡着的许之一盖上，聊胜于无嘛。

然后张晓蛟惊讶地发现，躺在自己身边的许之一开始发光发热了……

以上就是许之一被烟头点着的过程。最尴尬的是恰好两人今天吃的是烤肉，所以一开始许之一着火了，两个人都被惯性思维所蒙蔽，没有闻出来有什么不对劲。

于是乎，当天晚上许之一被张晓蛟拖着去了医院。

等到第二天许之一醒了以后，惊讶地发现自己竟然在医院里，而张晓蛟双眼血红地坐在旁边。

“我怎么了？”许之一问道。

“哦，你喝多了，结果酒精中毒送医院来了。”张晓蛟面不改色地说道，“不能喝就别喝，你看你，逞什么能啊……”

然后许之一就很愧疚，觉得自己又给张晓蛟添麻烦了。

“没事没事，自己兄弟嘛。”张晓蛟笑了笑，这句话第一次如此地发自肺腑。

许之一就重新躺下，问张晓蛟，暑假要不要和自己去打工。毕竟开学后他们就大三了，不如趁着假期增加点儿社会经验，有益无害。

张晓蛟打了个哈欠，然后换上了一副正经的表情：“对了，说起来，你做动画的事情，我这个制片人一直都没怎么动真格的帮你呢……”

是的，为了许之一，张晓蛟决定：自己要动真格的了。

chapter 09

能不能有点儿正事

冯小白的内存卡就像冯小白一样，
不肯平淡地生活，
生生给了自己一个 870M 这种不伦不类的大小。

张晓蛟并不是一个光说不练的人，平日里嘻嘻哈哈只是张晓蛟的表面。

当然认真决定了要出手带着许之一走向人生巅峰时，张晓蛟的行动力颇为惊人。

甚至，可以说是让人目瞪口呆的……

冯小白以为自己会是他们六个人里第一个返校的，他在开学前一个星期就回了学校。因为开学前这几天会有新生入校，身为摄影师的冯小白自然不会错过这种去拍小姑娘的机会。而且冯小白的目标是每一个大一女孩都要拍上几张，为选新校花的活动做准备。真等到新生开始军训了，自己再去拍照就失去了意义。毕竟穿着军装的女孩在冯小白眼里基本上都是黑白色的，完全分不清谁是谁了。

“宁可错杀一千，不可放过一个。”冯小白常跟人说，学摄影讲究一个心诚则灵，拍得多才会拍得好。可能别人拍照是为了骗小姑娘上床，但是冯小白绝对不是这种人，他对摄影的热爱无比纯洁，容不得一丝杂念。

最好的证据就是，冯小白的偶像是冠希老师。

“为什么人家是大师？人家是一个把上床的时间都用在拍照上的人。”冯小白是这么形容自己的艺术导师的。

虽然这句话一直让人觉得槽点无数，但是冯小白清者自清就好。

提起回学校还有一个原因，冯小白打算去学校后面的电脑店买张新的 16G 内存卡。去年拍照的时候，最大的瓶颈就是自己的内存卡，不仅经常出问题，而且内存容量太小。

一般的内存卡就是1G、2G、4G、8G这样的。

冯小白的内存卡就像冯小白一样，不肯平淡地生活，生生给了自己一个870M这种不伦不类的大小。

每每提到这件事，张晓蛟都会忍不住嘲笑冯小白：“这么小，连个高清的片子都装不下，你还怎么体会艺术。”

冯小白觉得，是时候终止这种嘲笑了。

于是冯小白把行李放下后，连饭都没吃，急匆匆就跑到了学校后面，却没想到抬头看到的人就是……

许之一，还有张晓蛟。

惊讶之余，冯小白同时还看到了改头换面的电脑店。

之前的电脑店没有名字，夹在一个早点铺子和一个咖啡馆之间。唯一能够展现自己身份的，也就只有门口的一块霓虹牌子写着“电脑维修”。后来这个店年久失修不算，连这块牌子也年久失修，只剩下了一个“脑”字还能发光。

旁边的早点铺门口有一块“炸豆腐”的招牌，连在一起后经常有人走进电脑店，张嘴就说：“老板，来一碗豆腐脑。”

结果就是弄得这里生意越来越不好。可想而知，电脑店的老板一有机会就想和隔壁的早点铺火并。

但是其实，电脑店干不下去也不全因为隔壁的早点铺。一方面是大学男生不会修电脑的话基本上要打一辈子的光棍，另一方面是大家也对这家店的手艺充满了不信任感。

毕竟现在的大学生心里跟明镜似的，琢磨着你连门口的霓虹牌子灯泡坏了都修不好，还修电脑呢？

修电脑这个行当可要讲究真才实学，和读大学这种混混日子就行的工作可不一样！

其实不仅仅是电脑店的问题，整个学校后面的小市场经营状况都不太好。唯一能够发家致富的投资项目就是学校外面的日租房。毕竟能去日租了，谁还去喝咖啡吃早点啊。而且既然要去日租了，谁还有钱去喝咖啡吃早点啊……

恶性循环，弄得整个市场都开始畸形了。

电脑店的老板也深深感叹生不逢时，店里的生意每况愈下，每个月都亏钱。老板估摸着干完这个学期就把店关门算了。

没想到时来运转这么快：这个暑假，竟然有人要来盘下这家店！哎哟呵，天下还有这种逮着吃亏还争先恐后的主儿，实乃世间难得。

是的。

来盘店的人，就是许之一和张晓蛟。

老板认出来了，这俩货就是之前曾经在店门口意图打架的那群家伙。难道是打算在后面小市场占山为王了？不过无所谓啦，反正自己干不下去了，管那么多干吗。

手续相当简单，老板把剩下的东西收拾收拾，拿了点儿转让费就走了。剩下的房租是要按月交给学校的，其实铺子并不大，租金也不算贵，一个月才一千多点儿。

店的新名字是张晓蛟与许之一用了一个晚上讨论出来的，非常好听，叫“火花”。这个名字象征着梦想，意思就是这个店是两人梦想的起点。

后来张晓蛟就赶紧联系外面的五金店做门口的霓虹灯。唯一的不妥是，张晓蛟当时是在电话里描述的自己的店名：“火花！特简单的那两个字！就是……能亮起来的那个，让人感到温暖的那个！”

对面说：“哦，知道了。”

不日招牌送了过来，上面赫然两个大字：“火化”。

嗯……确实是能亮起来的感觉。不过这种感觉不是温暖，而是热。

当然了，除去招牌急需更改之外，还有一个问题困扰着许之一：这个店虽然盘下来了，但是他有点儿闹不明白为什么张晓蛟要盘下来这个店。

张晓蛟说：“给你当工作室啊！你不是要做动画嘛！”

许之一点点头，说：“但是我在宿舍里就可以做啊……”

张晓蛟哈哈大笑，仔细想了想，说：“我操还真是……”

其实张晓蛟自己也没想清楚要干什么，只是觉得自己一定要为许之一做点儿事。于是在学校里闲着溜达溜达的时候，看到了电脑店要转让的事情。再一打听，不算贵，只要搭上自己和许之一的生活费就差不多。

于是张晓蛟就觉得，那就给许之一盘下来。兄弟之间谈什么钱啊！

于是许之一就觉得，兄弟之间谈什么钱啊！既然张晓蛟要盘店，自己也不懂这方面的事，索性默默支持就好。

两个人过于互相信赖的结果就是，张晓蛟确实帮许之一做了一件大事。

一件许之一完全不需要、还搭进去了自己一个学期生活费的大事。平心而论，张晓蛟还不如给许之一凑钱买台新电脑。

所以，很多事情需要提前沟通，沟通之后才能行动。这个问题确实很尴尬，就好像是某个大侠练了辟邪剑谱后才想起来要传宗接代。

凡事都要尊重客观规律，讲究个先后嘛。

不过所谓三个臭皮匠，当两人正一筹莫展时，冯小白屁颠屁颠来了学校上了贼船。张晓蛟在学校后面看到了来买内存卡的冯小白，立马说："小白，Surprise！"

冯小白说："啊？"

张晓蛟沉着稳健地继续说："我们给你盘了个店！你想做点儿什么呢？"

于是冯小白出于感激的心理，自愿负担了 20% 的房租。

当然了，这招也就能对付对付冯小白这个级别的选手，想用这种模棱两可的办法对付那三个姑娘，张晓蛟觉得万万没有把握。

下午，张晓蛟、许之一和冯小白一起去了一趟市区，陪着冯小白买了内存卡。现在已经不是开不开工作室的问题了，回来的路上三个人还是在严肃地讨论，到底干点儿什么才能回本。

毕竟这个店用上了许之一和张晓蛟下个学期的全部生活费，而且乐观估计，很有可能血本无归。

冯小白这才明白，自己入股了一个多么凶险的项目。

等到兰菲、艾玛和多多回到学校，得知了张晓蛟和许之一是如何在暑假里冲动了一把后，也是如临大敌，深知这件事多么严重。因为作为张晓蛟他们为数不多的朋友之一，万一张晓蛟和许之一要是把这笔买卖干砸了，那么自己的日子绝对不会好过：他俩一定会整整一个学期在自己这里蹭吃蹭喝。

因为吧，毕竟这个店用上了许之一和张晓蛟下个学期的全部生活费，但是他俩又不能靠光合作用挺一个学期……

而且，抛开老实巴交的许之一不算；依照张晓蛟的性格，他一定会蹭吃蹭喝得特别心安理得，这种表现更叫人来气，简直罪无可赦。

所以艾玛和多多去火化店之后，见到还没开始蹭饭的张晓蛟，第一句都是同一句未卜先知："你个人渣。"

首先兰菲觉得，完了，自己的一句玩笑话让许之一认真了，哎呀怎么办，这可是自己的责任啊……

兰菲知道这个时候再吵也是添乱，只能硬着头皮劝多多和艾玛耐下心来，顺便拉上冯小白，帮着这对儿活宝一起出谋划策。

所谓人多力量大，本来让许之一与张晓蛟一筹莫展的难题，在大家的集思广益之下，成功地变成了"六愁"莫展。

无论怎么想都是死路一条啊好不好……

多多觉得，这个店铺想赚钱倒是简单。

"把窗户堵上，随便弄个床进来，你俩就能干个日租房的买卖了。"多多跟许之一建议道。许之一仔细想了想，觉得言之有理。

"会不会有什么麻烦？"冯小白还是有点儿不放心。

"除了他俩会被开除以外，基本不会有什么问题。"多多很有把握，"而且就算抓了张晓蛟和许之一，也顶多是治安拘留，不会上升到刑事诉讼。”

张晓蛟觉得，这条路除了是一条死路之外，几乎完美。

结果就是，还没等到兰菲他们成功地举办对张晓蛟同学的批判大会，张晓蛟就出事了。

其实也不是什么大事。就是那天张晓蛟闲着没事，骑着摩托车去找自己所谓的女朋友兜风，然后被人当众戴了绿帽子。当然了，张晓蛟很潇洒，而且其实跟自己的女朋友没什么感情。

鉴于晚上喝酒的时候张晓蛟哭得稀里哗啦的，大家反而不太好开口继续数落他假期里干的这件糟心事了。毕竟今天的张晓蛟非常非常惹人怜爱。

张晓蛟搂着许之一，像个姑娘一样泪眼汪汪一副生无可恋的样子，醉醺醺地嘱咐着许之一以后生小孩一定要叫许晓蛟，以此纪念即将失去的永远的朋友。自己就无所谓了，看破红尘，这辈子估计是不可能再恋爱了。

“我啊，心碎了，估计活不了多久了……”张晓蛟仰天长叹。

许之一就耐心地哄着张晓蛟：“这个不好办啊……失恋好歹代表着曾经恋过了，你看我连失恋都没资格。”

说罢瞥了一眼兰菲，意思是询问一下有没有可能赶紧开始按照张晓蛟的遗嘱办事。毕竟张晓蛟活不了多久了对吧……

兰菲瞪了他一眼。

“不过你放心，我不会忘记你的。”许之一赶紧说道。

兰菲说：“张晓蛟你分手就分手，矫情什么。旧的不去新的不来，这是喜事。对吧艾玛……”

艾玛其实一直偷偷替张晓蛟抹眼泪，也许并不是为了张晓蛟，更多的是为了自己。之前一段好几年的爱情稀里糊涂就结束了，艾玛甚至没有勇气回头去找自己的前男友问清楚。

幸好，接下来的时间，多多带来的这群朋友成功地用友谊填补上了自己心里的洞。本以为自己不会再想起来关于爱情的话题，顶多就是看看许之一和兰菲的热闹，没想到今天张晓蛟的事情，又让自己触景生情。

“兰菲这点说得对。”艾玛被多多推了推才意识到自己愣神了，赶紧接上了兰菲的话，“旧的不去新的不来，单身多好啊……你看小白也一直是单身。对吧小白？”

冯小白眯着眼睛，说：“不是不想找，我毕业后想出国转转，现在找了女朋友怕到时候分手，对人家不负责。”

众人一下子恨不得鼓掌来表彰冯小白这种绝世好男人了。

“而且我穷，还得攒钱买新相机呢。”冯小白继续说。

艾玛推了一把冯小白：“你这种人，活该单身。”

“就是就是。单身多好，你看我们都是单身。”多多也赶紧帮腔，倒不是多同情自作自受的张晓蛟；说实在的，几乎每天多多都能看到张晓蛟带着许之一在学校里闲逛，推算一下张晓蛟估计压根儿就没在自己所谓的女朋友身上花多少心思。

现在之所以顺着张晓蛟说话，第一是因为这顿饭是人家张晓蛟请客，吃人嘴短嘛。第二是因为张晓蛟现在这种半哭半笑的声音，多多觉得太难听了。

张晓蛟猛然清醒了一些，抬起头看着多多：“罪魁祸首！”

“啊？”多多没懂。

张晓蛟说罢就调转了矛头，开始数落多多，都怪当时多多擅自给自己找了女朋友，要不然今天也不至于落到如此下场。

“别扯到我啊，你当时是为了许之一才当的小白鼠，跟我没关系。”多多迅速洗刷了自己的售后责任。

这句话也不无道理，张晓蛟瞅了瞅身边的许之一，但是又实在对他发不了什么脾气，叹口气。

算了算了，喝酒喝酒。反正钱也花光了女人也跑了，剩下的钱也就够今天吃完这顿饭了，剩下的，以后再说吧。

张晓蛟说着又要了一瓶啤酒。

兰菲咬着嘴唇，刚要开口，已经被艾玛抢先了一步。

“真吃不起饭了跟我们吃呗……”艾玛说着，拉了拉多多的手，“后食堂的饭量很大的，我和多多叫一份经常剩下不少的。正好，你和许之一也是两个人。”

兰菲愣了愣，然后说：“对啊，这不也是个办法嘛。”

说张晓蛟一下子感激涕零也不足为过：“艾玛，好姑娘啊……等回头我们的项目出来以后，许之一负责感谢兰菲，我负责感谢你。不信，你对我司业务的贡献，足够让你在感谢名单排第二位。第一位还是大师兄，第二位就是你。”

艾玛摆摆手，多多替艾玛回答了：“切，我们不稀罕。你可别感谢我，显得占我便宜似的。”

张晓蛟很震惊为什么多多会说出这句话：“那个，我们也没说要感谢你啊。”

多多就直瞪眼：“什么玩意儿？那我就活该白请你们吃饭是吗？”

“不是啦，这个，你看啊……”张晓蛟意识到自己刚才得罪了自己的财神，赶紧辩解道，“许之一肯定上台说，啊，今天我要感谢那个一直拒绝我的、我生命里最重要的姑娘，兰菲！我呢，估计也得这么说……到时候我要是说，感谢我生命里一直没让我饿死的、最重要的女人：多多，艾玛！这台下的观众一听就觉得我用情不够专一啊……”

艾玛脸一下红了：“就是带你吃饭，不用感谢我。”

“就是。吃剩饭而已。”多多更生气了，“就当是养只狗。”

“哟，多多，吃醋了吧？不管怎么说，养我肯定比养狗强啊……”张晓蛟并不介意多多的挖苦，笑嘻嘻地说，“狗不会做动画，以后不能让你们沾光是不是？等以后我干成了大事，你们啊，就得……”

“张晓蛟，你能不能有点儿正事！”兰菲突然无缘无故地把一桶冷水泼了出来，“天天就拿感谢名单左忽悠右忽悠，你说说你到底干了点儿什么实质性的东西？”

张晓蛟顿了一会儿，并不是不想反驳兰菲，而是兰菲这句话有点儿太直击要害了。

“人家许之一天天多踏实，你呢？”兰菲继续说道，“我明确跟你说，这么下去，就算真的上了什么感谢名单，我们大家最后也是沾人家许之一的光。懂了吗？和你，没关系！天天说什么爱自由要自由，自由不是混日子！”

张晓蛟咬着牙，拳头攥得特别紧。

没人敢说话。

包括张晓蛟，憋着一口气憋了半天，最后也没说话，只是过去推上自己的大摩托车，一言不发地走了。

“哎，张晓蛟！”许之一是唯一赶紧跳起来追过去的人。

剩下的人目送了张晓蛟的离开后，都转头看着今天发火发得莫名其妙的兰菲。只有冯小白一脸毫不意外。

“张晓蛟他……”冯小白摸了摸钱包，“逃单了。”

过了没多久，事情有了一点点的转机。

当时的学校开始大规模地整改宽带线路，力图一举拿下学校里所有的代理小公司，口号是让学生上网不再卡、慢、等。

果不其然，整改之后整个校园网络再也没有让大家卡、慢、等。相反，很多人发现：宽带根本连不上了。

这是上天给了走投无路的张晓蛟一线生机。

冯小白敏锐地抓住了商机，带着张晓蛟去市区批发了一大堆电影光盘回来。后面盘下来的小店，就开始倒卖、出租各种盗版电影了。生意还算不错，张晓蛟索性把电脑搬到了后面的店里，每天许之一就跟个老板娘一样坐在里面，有人的时候招呼客人，没人的时候自己继续倒腾自己的事：画画、作图。

到了中午，言出必行的张晓蛟就真的带着许之一去找艾玛，然后在后食堂里面风卷残云。

短短两个月后，自己的小店成功扭亏为盈。为了这个天大的喜讯，张晓蛟赶紧请大家吃了一顿饭。

但是除了许之一以外，大家都注意到了：这次，兰菲没有来。

话说，许之一才最应该注意到这一点吧……

从那天开始，几个人才发现，张晓蛟虽然还是嘻嘻哈哈的，但是再也没有主动找过兰菲。偶尔许之一提起来好久没见兰菲了，张晓蛟就会说："没听你家兰菲怎么说吗？干点儿正事，事业无成你去找她，她就会喜欢你吗？"

说的很有道理，许之一除了点头听话，也没什么好抱怨的。

大学生活就是这样，身边多了一个人，你可能会很快发现生活之中处处充满了不同。但是，当你身边少了一个人的时候，往往是很久之后，才会发现这个人已经消失了太久，以至于你根本没有意识到自己失去了什么。

店里开始赚钱之后，艾玛依旧每天中午站在后食堂给张晓蛟打电话，说："过来吃饭啊。"

过了不大一会儿，张晓蛟就会像只很聪明的金毛犬一样屁颠屁颠过来，跟着艾玛去吃饭。

多多说："张晓蛟，你是不是看上我们家艾玛了？"

张晓蛟这才恍然大悟，说："并不是，只是前一段时间习惯了接到电话就吃饭，有点儿条件反射，跟狗听见铃铛声就饿了一个道理。"

不涉及感情，只是单纯的生理反应。

要知道，大学四年的时间对很多人来说，都是南柯一梦。

一年的时间是非常快的。

似乎什么故事都没有发生，日历就迫不及待地一页一页撕掉了时光，迎来了兰菲要毕业的日子。

chapter 10

真有本事，就让我在以后遇到你

因为，后面的话如果说出来，
那么很多东西就会变得复杂，
更多的东西就会脆弱得无以复加……

许之一被多多通知要去给兰菲开个送行 Party 时，张晓蛟自己也才猛然发现：哦，说起来好像确实很久没见兰菲了。

虽然偶尔也会在学校里打个照面，但也就是站在路边上闲聊几句，除了这些浅层次的社交以外，基本上兰菲又回到了之前的位置。

那个和张晓蛟不太熟的兰菲，要毕业了。

多多和艾玛都在宿舍里抹好几次眼泪了，觉得时光真是残忍，好端端的硬要大家分开。

张晓蛟觉得，哎呀，女人真是感性的动物；毕业而已嘛，又不是以后见不到了。

况且和这种小女人，自己也没什么可见的，张晓蛟觉得。哦，兰菲不说弄弄自己的问题，天天说我的事，说我混日子，挑拨我和许之一的关系，你到底安的什么心啊？

“人家找到工作了啊……”许之一跟张晓蛟爆料，“上海的公司，听说刚去就能月薪上万。”

张晓蛟一愣，然后继续觉得，切，竟然选择去了上海那种纸醉金迷的地方，估摸着也就是凭着自己的脸蛋当个秘书，没追求。

许之一说：“不是啊，听说是去当娱乐记者。人家以后也算是娱乐圈艺术圈的人了。”

张晓蛟冷笑，觉得记者有什么好，何况还是个娱记；这种人能制造什么艺术？真正的艺术创作者应该像自己和许之一这个样子才对！

在张晓蛟的脑海里，艺术特别纯粹。

受大家欢迎的东西，那就是商业化，肯定不能算是艺术。

受市场欢迎的东西，那就是妥协化，更不能算是艺术了。

所以，只有自己这样又穷又不受欢迎的，才是真正的艺术家！

这么一想，张晓蛟觉得，自己更不想去见兰菲了。

虽然话是这么说，但是到了兰菲要走的那个晚上，张晓蛟还是被冯小白和许之一拉着，去了一家KTV。兰菲的意思是，既然都要走了，就留下点儿新鲜的回忆，总不能以后一想起他们几个朋友，脑海里就弥漫着一股大腰子的香味吧。

张晓蛟到的时候，多多和艾玛已经到了，两个人叽叽喳喳地在点歌；兰菲抱着麦克风，唱着一首英文歌曲。印象里，这是张晓蛟第一次听到兰菲唱歌，当年虽然盛传兰菲的嗓子多么多么好，张晓蛟今天真的听见后才觉得，百闻不如一见。

“确实不错啊。”张晓蛟站在门口故意大声说道。

兰菲看到站在门口的张晓蛟，起身，走过去，大方地说：“张晓蛟，你说你最近是不是都一直避着我呢？就因为上次吃饭的时候我说了你几句？”

张晓蛟摇头：“没有。我确实无所事事啊，您说的言之有理。我啊，我这不是避嫌嘛，成全你和许之一嘛。”

许之一抬头看着张晓蛟：“啊？你最近避着兰菲了吗？没事的我不介意的。”

“怎么连你也没正形了，许之一。”兰菲噘噘嘴，“你俩真是的。”

冯小白看到兰菲的这个表情，感叹说还以为学姐一辈子都是冷冰冰的，没想到也有这么小女人的一面，跟喝醉了似的……

其实，兰菲确实已经喝了小半瓶红酒。

当张晓蛟坐下后，兰菲端过去一杯红酒，说："算是和好了？"

张晓蛟有点儿心虚地抿了一口，然后一边拿了瓶可乐兑进去一边说："你看，其实压根儿都没事，和好什么啊和好……"

情况比送尹琪离开时好了很多，起码大家不是第一次分别了。

而且兰菲一直笑嘻嘻的，丝毫不让别人有一种这是离别的感觉。艾玛说："兰菲，你去了上海一定记得给我们写信啊！"

张晓蛟说："都什么时代了，还写信，老土不老土。"

"你懂什么！"多多抱怨了一句张晓蛟，支持艾玛的想法，"写信是女孩子的事情。就因为打电话发短信太方便了，写信才显得格外珍贵。"

兰菲对多多说："好好好，到时候我争取每个月都给你们写信，好吧？每个月，给你一封，给艾玛一封，给小白一封，给许之一也写一封。"

张晓蛟等了半天，发现兰菲始终没有后续了，于是提醒道："喂，是不是忘了个人啊？"

兰菲看着张晓蛟，说："你那么忙，就算了吧。"

张晓蛟明知道兰菲在挖苦自己，但是碍于自己刚刚说过写信很老土，一时也不好张嘴反驳什么。

很快，一瓶红酒下去之后，小白率先醉了。艾玛和多多的兴致丝毫不减，点了好几首歌霸着麦克风，还非得拉着许之一一起。

张晓蛟看着两个姑娘欺负许之一，说道："哎哎，你们倒是给主角一个机会唱啊，真是……”

兰菲拉了一下张晓蛟，说：“没事的，唱歌什么时候都能唱，现在正好可以聊天。”

张晓蛟回头，本来想挖苦几句，但是看到兰菲已经有点儿微醺了。这个时候和姑娘抬杠能有什么意思，所以张晓蛟只能坐下，忍不住笑：“你和我有什么好聊的？”

说着张晓蛟翻弄着桌子上的东西，想找个杯子。

“是不是喝不惯红酒啊……”兰菲看着张晓蛟的动作，一下子猜出了答案。

张晓蛟点头，说这玩意儿又苦又涩的，喝不惯。

兰菲拉了拉许之一：“去买点儿啤酒吧。”

许之一说：“好，但是别喝太多了。”

说着乖乖地起身离开。

张晓蛟跟着站了起来，说：“哎，等会儿我，一块去，你不知道买什么牌子的……”

兰菲一把拽住了张晓蛟，说：“张晓蛟，你坐下。”

张晓蛟毫无准备脚下一滑，差点儿摔个跟头……这丫头劲儿怎么这么大。

“哎，我说别趁着酒劲儿动手动脚的啊。”张晓蛟说道，想要甩开兰菲的手。

艾玛看到这一幕，开着玩笑说：“张晓蛟你别挣扎了，兰菲估计是要酒后吐真言了。”

兰菲回头看了一眼艾玛，丝毫没有避讳的意思，说："对，我今天就是要和张晓蛟说清楚。"

艾玛一下子有点儿慌，躲闪了兰菲的眼神："说吧说吧……不用和我汇报……"

兰菲笑了笑，说："艾玛，不是只有你一个人喜欢张晓蛟的，其实……"

"我，我没有喜欢张晓蛟啊！"艾玛急忙辩解道，"兰菲你喝多了吧？"

说着，艾玛拉了拉多多，示意不要再看戏了，赶紧帮忙。

兰菲说："艾玛，从上次吵完架，张晓蛟就一直没找过我了。多多是不是说了很多次大家聚在一起吃个饭就没事了？然后呢？你每次都说，没事的，不用的。然后到了今天，我要走了，我要把张晓蛟找出来，你呢？你还是跟多多说……"

"兰菲，你的意思是我故意不让你见张晓蛟是吗？"艾玛有点儿激动了。

张晓蛟不明白为什么话题突然围绕着自己，一时间只能愣着。

兰菲刚要说什么，然后捂住了自己的嘴。看来是真的喝多了……

张晓蛟算是抓住了一根救命的稻草，一把拉住兰菲，说："她想吐，我带她去男厕所见识见识，你们先唱歌。"

说着，张晓蛟拉扯着兰菲出了门。

到了门口，兰菲直接坐在了地上。张晓蛟松开兰菲，拍了几下兰菲的后背，说道："兰菲，你疯了啊还是怎么的？都要走了非得弄个鸡犬不宁啊你，怎么了你这是……”

兰菲大声说道：“张晓蛟！”

张晓蛟吓了一跳，刚才顺手拿出来的杯子都摔在了地上。看来兰菲真是喝多了，张晓蛟心不在焉地回答道：“干吗啊？我又没有聋，有事你说就行，你喊什么！”

兰菲站起来，一步一步走到张晓蛟面前。张晓蛟有点儿紧张，犹豫着是不是应该后退几步避嫌，毕竟许之一说不定什么时候就回来了。

“你知道为什么我这四年都没有找男朋友吗？”兰菲丝毫没有要避讳的意思。

张晓蛟更加紧张了，扭头看着别处：“你可别提我大一第一次见你的那件事，也别说我毁了你的清白什么的……这个玩笑都说过无数次了，一点儿都不好笑。”

兰菲笑，笑得很伤心。

“我知道许之一跟你关系好。”兰菲说道，“我也知道，你这个人玩世不恭惯了，每天都在无所事事地混日子。但是只要我要求许之一往前走，你就不得不跟着他一起走。但是我错了！你压根儿就是不思进取，你就是……”

“你先等会儿，什么叫我无所事事地混日子了？什么叫我不思进取了？”张晓蛟终于有点儿受不了兰菲的无理取闹了，“我可是你生活圈里数一数二的有为青年了吧？从大一起我就带着许之一在搞项目，而且我们后来还……”

“你除了嘴炮还有什么？”兰菲不依不饶，“不说别人，就说冯小白，你比得了吗？他多努力你知道吗？你呢？你每次干的事情，都是因为别人说你眼高手低，你就耐不住了，你就一定要证明自己能干点儿什么出来。我问你，人家许之一每天借你的电脑，一边学一边做着‘你俩’的动画，而你干了什么？”

张晓蛟一时语塞，支吾了一会儿，略微心虚：“我，我起码提供了电脑啊……而且，说到底，关你屁事！”

“你的事怎么不关我的事！”兰菲大声说道。

张晓蛟一愣，仔细看着兰菲；兰菲脸上的潮红，似乎不仅仅是因为喝了酒。

“等会儿啊，兰菲。”张晓蛟身子有点儿软，靠在了墙上，眼睛顺便偷瞄了一下屋子里面。艾玛似乎在张望着外面；多多一直在跟艾玛说什么，但是显然艾玛压根儿没有听；冯小白靠在沙发上似乎已经睡着了。看来没有人察觉到外面的事情。张晓蛟稍微放心了一些，抬头重新看着兰菲，“你可别在这个时候说什么你喜欢我一类的话。你要真跟我说艾玛喜欢我，那我信。毕竟这段时间我俩天天一起吃饭，她日久生情了我也认了。但是你可不行，兰菲。一点儿铺垫都没有，你突然就说这个，我只能认为你在撒酒疯。”

兰菲说：“喜欢一个人需要铺垫吗？”

张晓蛟想了想，说：“确实不需要。”

“我错就错在，我喜欢上进的人。我知道我不该改变你……这一点上，艾玛就比我强。”兰菲说道，“她给你自由，她支持你胡闹，她在你吃不上饭的时候不是阻止你犯错，而是承担你犯错的后果。”

张晓蛟去摸烟，点了一支，抱怨着为什么许之一还没回来：“你想多了，艾玛就是人好而已，并不是你想的那种感情……”

“张晓蛟，你知道我为什么当娱记吗？”兰菲说道。

“不知道。”张晓蛟耸耸肩。

“我一直觉得，等你真领了奖，我去采访你！”兰菲说道，“但是我知道，这就是自我催眠……你和你的许之一，怎么可能有那么一天？”

张晓蛟愣了愣：“等会儿，你什么意思？”

“你还真觉得你和许之一的事情能成？你说的那个破动画，到底有什么意义？你是傻吗？”兰菲几乎绝望了，“大家都不小了，骗小女孩吗？还获奖名单，还获奖感言，你是真傻吗？”

张晓蛟是真的生气了：“合着，你从一开始就没相信许之一说的是真的？你说的那些话，就是逗着许之一玩的是吧？”

兰菲咬着嘴唇。

不喜欢许之一是一码事，但是不相信许之一，对张晓蛟来说就完全是另一码事了。

“算了……”张晓蛟觉得头很痛，“我明白，你没有恶意，你是出于朋友的立场，给了许之一一个希望。但是，麻烦你以后别说什么喜欢我。”

兰菲刚要开口，张晓蛟打断了她，补充了后面的话：“要不然，咱们连朋友都没法做了。”

张晓蛟说完，扭头一直看着走廊。

“就因为许之一，对吗？”兰菲冷笑着，问道。

张晓蛟点点头，略微为难：“你看，许之一都喜欢你三年了，你就不能稍微考虑考虑？”

“张晓蛟！”兰菲嗓门很高，声音里带着一丝绝望的气息，“许之一喜欢了我三年，所以我就该接受？那我喜欢了你三年，你……”

“兰菲！”张晓蛟大吼一声，几乎是在威胁兰菲不要再说了。

因为，许之一睡眼惺忪地拎着啤酒走了过来，惊讶地看到了站在门口的兰菲和张晓蛟。

因为，今天是兰菲的欢送会，大家开开心心才是最重要的。

因为，后面的话如果说出来，那么很多东西就会变得复杂，更多的东西就会脆弱得无以复加……

张晓蛟带着一丝祈求，看着兰菲。

不要说了，兰菲。有很多事情你都不知道，我不仅仅是许之一的兄弟，我也是许之一唯一的亲人，你现在再说什么的话……

谢天谢地，兰菲没有再开口。

就在张晓蛟准备长出一口气，揣摩着怎么去编一个瞎话唬住许之一的时候，兰菲已经像以往一样，笑得大方得体了。她抬起手腕看看表，说：“差不多了，我该出发了。”

然后兰菲张开了双臂，抱了抱许之一。

许之一脸红得不行，支支吾吾的，求助似的看着张晓蛟。

兰菲转过头来，贴着张晓蛟的耳朵，轻轻说道：“真有本事，就让我在以后遇到你！”

“啪！”

兰菲甩给了张晓蛟一个响亮的嘴巴，一如三年前两人初次见面时一样，干净利落。

之后，兰菲转过身去，依旧按照着三年前的剧本，头也不回地逃走了。

张晓蛟拍拍完全不明白发生了什么事的许之一，说：“兰菲要去赶飞机了，你倒是去送送人家啊……这么迟钝你怎么泡妞啊，真是的。”

许之一说：“哦。”

然后和三年前不一样，许之一没有愣在门口，而是朝着兰菲离开的方向，追了过去。

张晓蛟又站了一会儿，耸耸肩，推开门进去。

艾玛和多多不安地看着张晓蛟。

张晓蛟坐下，说：“给我点首歌呗。”

多多赶紧附和道：“好啊好啊，你想唱什么？”

“点一首……”张晓蛟想了半天。

唉。

chapter 11

先走一步，你们跟上

≈

从那一刻起，
张晓蛟和许之一的人生，就仿佛化身为他的摩托车一样，
只能向前，一直向前，
没有了刹车，也没有了别的方向。

≈

兰菲走了。

过了几天，其他人也陆陆续续准备回家。

艾玛临走之前，托多多给张晓蛟打了个电话，说自己行李很多，能不能麻烦张晓蛟送她去车站。

张晓蛟说："好啊。"

开始的时候，两个人在路上都刻意没有提前几天的事情。艾玛临走前脸上浮着一层红云，一直说："之前兰菲说的都是醉话你别多想，我们只是朋友而已，而且就算我喜欢你的话，你也没感觉啊不是嘛，所以我不会喜欢你的……"

说了半天，艾玛假装不经意地问了一句："怎么样啊张晓蛟，假期去你家找你玩吧？"

张晓蛟想了想，说："别，你别去。"

"切，求我也不去，我就是说说。"艾玛赶紧表示自己就是随口问问，并没有想去拜见一下未来公公婆婆的意思。

当然了，张晓蛟压根儿就没往这方面想。他脑子里现在没空思考这方面的事。

张晓蛟送艾玛上了火车之后，自己又颠巴颠巴坐着公共汽车回了学校。其实，张晓蛟有了一个不太成熟的想法。

他在等许之一回来。许之一那天追出去送兰菲后，一直没有回来。第二天，许之一才打电话过来，说自己顺便回一趟老家，还问这个假期张晓蛟是不是依旧留下。

张晓蛟说："行啊，你回去看看吧，但是你赶紧回来，我在学校等你。”

许之一说：“哦，好的。”

平日里，可能张晓蛟有了什么想法的话，直接就替许之一拿主意就行了。但是这次不一样，他必须亲自问问许之一的意见。

毕竟这次自己想的事情，挺大的……

等到再开学，艾玛来到学校之后，第一时间带着吃的去找张晓蛟他们。假期里，多多就给艾玛打了电话，说张晓蛟和上个暑假一样，又打算假期就在学校过了。要知道，张晓蛟这种平时生存技能为零、只能仰仗着学校食堂活下去的低等生物，万一要是再像去年一样，把生活费全部拿去创业，那么他真饿死在宿舍里也不足为奇。

艾玛都已经做好了推开张晓蛟宿舍门之后强忍着尸臭报警的心理准备。

说真的，刚知道张晓蛟假期留校了，艾玛心里面有一百个不放心，甚至当时就给张晓蛟打电话，说自己正好暑假也没事，可以去学校陪他。

张晓蛟严词拒绝了艾玛的好意：“没事，许之一也没走，我俩搭伴就行。你一个女孩家家的，过来干吗？”

艾玛自然是不肯就范，执意要回学校，直接去订了第二天的车票。张晓蛟一下子急了，说：“艾玛你别过来，你过来的时候，我和许之一也不一定还在学校了。”

“我俩打算出去转转呢。”张晓蛟说道，“陪许之一去散散心。你知道的，他这人挺轴的，被人家兰菲这么甩了自然是有点儿想不开。”

“你们出去转转？去哪儿？”艾玛赶紧问道，心里琢磨着自己假期也没什么事，找个理由和家里说说的话，说不定可以跟着张晓蛟他们一起去。

张晓蛟只是说还没想好，就把电话挂了。

之后的假期里，艾玛保持着两天一个电话的频率打给张晓蛟。张晓蛟每次接电话时背景音都不相同，有的时候听着像是在吃饭，有的时候听着像是在喝酒，有的时候听着像是在车站。

在张晓蛟还在上大学那个年代，手提电话的被叫免费功能还是一项业务，听电话是要收钱的。一来二去，张晓蛟的手机被艾玛打到了欠费。张晓蛟就非常着急，找地方交了话费后勒令艾玛千万不要再打来了。

“你是我妈妈，成不成？我和许之一真的没带多少钱啊祖宗，也不能全用来接电话啊……你到底有什么事啊？”张晓蛟带着哭腔，“你就别为难我了，我们现在正是用钱的时候呢……”

一句话说得艾玛不知道该怎么回答，确实艾玛自己也不知道这么骚扰张晓蛟是为了什么。挂了电话后，艾玛赶紧给张晓蛟和许之一的手机号各充了两百块钱，然后就忐忑地等待着开学。

既然兰菲已经毕业了，开学之后，大家总算可以少了几分尴尬。要不然这次回学校，真不知道六个人怎么坐在一起。这也都怪自己嘴欠，非得借着酒劲把自己的主观臆断都说了出来，弄得最后的分别格外伤感。

不幸中的万幸，张晓蛟在电话里臭贫的感觉一点儿没变，并没有和自己刻意保持任何距离。

到了张晓蛟他们宿舍楼下，艾玛抬头喊道："张晓蛟！"

没人应声，艾玛看看手机，估计张晓蛟可能还在睡觉，然后久违地拨了个电话过去。很快，张晓蛟接了。

"喂？"张晓蛟的声音格外爽朗，"怎么了祖宗？"

"我到你们楼下了。"艾玛说道，"赶紧下来吃东西，都是土产，放不住的。"

"啊？"张晓蛟格外惊讶，"你来深圳了？"

"深……圳？"艾玛愣住了。

在接到艾玛的电话后第二天，多多就回了学校，跑到宿舍里看着愁眉不展的艾玛着急地问道："真的吗？你跟我在电话里说的是真的？"

艾玛抬起头，眼圈红红的，然后一把抱住了多多。

"是的，他和许之一退学，去深圳创业了。"

张晓蛟和许之一退学了，这个突如其来的消息不胫而走，沸腾了整个学校。

其实知道内幕消息的人并不多，可能只有冯小白才了解一些内情。

准确地说，两个人更像是被开除。因为张晓蛟直接带着下个学期的学费和生活费，去了深圳，开始了自己的创业之旅。至于学校后面的那家盗版光盘店，张晓蛟委托冯小白帮忙转手。

"能转多少钱就转多少钱，关键是要快。"在电话里，张晓蛟的声音很着急，“我们的房租马上就要交不起了。你拿20%的分成，好吧？但是价格千万别卖低了啊，尽快！”

冯小白应承了这件事之后迟迟没有挂电话，过了一会儿才问道：“张晓蛟，咱们是朋友吗？”

张晓蛟迟疑了一下，说：“我懂的我懂的，小白你最近变得成熟了呀！说起来你当时确实入股了20%……行吧，30%提成，可以了吧？”

冯小白说：“我不是这个意思……我是说，退学这么大的事，为什么也不和我们商量商量。而且你们再熬一年就毕业了，现在就这么走了，得不偿失啊，连毕业证和学位证都没有……”

电话对面沉默了一会儿。

“其实……一开始也没打算这么做。”张晓蛟说道，“我开始的时候就是想和许之一找份工作。后来发现压根儿找不到……别误会啊，我不是说找不着活儿，我这种人能饿死，但是许之一肯定不会。我是说，找不到地方做动画。后来我才一咬牙一跺脚，手头还有点儿钱，就自己在这边租了房子开公司。”

开公司？冯小白没接话茬儿，但是心里明白：张晓蛟和许之一两个人虽然平时叽叽喳喳的挺能蹦跶，但是说到这么具体的事务，他俩都没有这个本事。

想必这件事一定有人帮忙。

“大师兄过去了？”冯小白猜测道。除了尹琪，他想不到别人了。

“……他是反对我和许之一这么做的。”张晓蛟的声调低了不少，

“一开始的时候，他让我俩滚回学校接着念书……我没办法，就直接租了房子，然后去跟大哥说，钱都花完了。大哥知道我和许之一是真的豁出去了，他才……”

冯小白明白，用这个方法逼尹琪，尹琪确实没办法不管他俩。毕竟连学费都扔出去了，学校是肯定回不去了，总不能眼瞅着张晓蛟他们俩饿死……已经在社会上打拼过的尹琪去了深圳，帮着张罗起来了整个公司。

这就是张晓蛟。冯小白想：他总是不管不顾身边人的感受，不羁放纵爱自由。这下，许之一可苦了……

其实，冯小白猜对了大多数的事情，单单在许之一身上，他猜错了。

许之一是自愿跟着张晓蛟去的深圳，自愿把学费交给了张晓蛟拿去开公司，自愿放弃了还有一年就能到手的学位证和毕业证。

倒不是许之一有多大的野心，而是张晓蛟随口说出来的一个非常老套的“梦想”，就把木讷的许之一彻底点燃了。

就像是张晓蛟估计的一样，许之一送走兰菲的第二天早上回到了宿舍。张晓蛟早就打开了电脑，等着许之一回来。

画面上是周星驰的《少林足球》，张晓蛟招呼了一下许之一，两人坐下一起看。

然后张晓蛟快进了一会儿，直到两个人听到了那句经典台词：“做人如果没梦想，跟咸鱼有什么分别？”

张晓蛟问许之一：“懂了吗？”

许之一说：“哦。”

于是两个人收拾收拾了宿舍，上网查了一下，看到深圳和杭州那边都有动画影视公司，简单商量了一下最终选择了深圳。因为大师兄说过东莞在深圳旁边，之后两人下楼去提款机把全部家当都取了出来省得以后有异地取款的手续费。然后张晓蛟去附近的车行换了两个轮胎，许之一拎上了张晓蛟那台电脑的主机和几个面包，里面的动画可以作为两个人面试时的简历。

这就算是全部准备完毕，也没什么人可以告别，两个人骑着摩托车上了高速就出发了。

张晓蛟觉得，这是一条通往深圳的道路。

许之一觉得，这是一条通往自由的道路。

从那一刻起，张晓蛟和许之一的人生，就仿佛化身为他的摩托车一样，只能向前，一直向前，没有了刹车，也没有了别的方向。

“先走一步，你们抓紧跟上！”这是张晓蛟留给多多、艾玛和冯小白的唯一的话。

再开学后，生活仿佛一下子索然无味，大家各自开始找地方实习，准备毕业的答辩，商量着以后的去留。

多多已经搬出去住了，宿舍里艾玛依旧每天看书，不再和外面的生活有任何交集。偶尔无聊，艾玛拿起手机想联络一下自己想念的人，但是又担心对方正在忙着。

冯小白说：“艾玛你不用着急，说不定哪天张晓蛟就突然回学校了。因为以张晓蛟的性格，只要稍微取得点儿成绩，之后就一定会衣锦还乡来学校炫耀炫耀，以便证明自己说了三年的动画片是真的存在的。”

艾玛听了以后一直笑，觉得冯小白说的有道理。

只不过，张晓蛟和许之一，一直都没有再出现。

创业肯定很难吧，艾玛想。

可能正是因为前几年的生活过于精彩，才对现在这种自己司空见惯的校园生活产生了巨大的空虚感。

而自己，又缺乏像张晓蛟一样的勇气。

很多时候，多多看到艾玛叹气，又不知道怎么开口安慰，只能坐着跟着叹气。

“你说，张晓蛟到底图什么呢？”艾玛不止一次问过多多。但是，这个问题，谁也答不上来。

没有人理解张晓蛟，甚至包括张晓蛟自己。

很多年后，张晓蛟思来想去，自己当时可能只是想向兰菲证明两件事：

第一，许之一的梦想不是笑话。

第二，我张晓蛟永远都是张晓蛟，永远不需要改变。

可能当时的张晓蛟真的是因为兰菲的一番气话，而提前开始了自己的梦想之旅。

一年之后，其他人顺利毕业。

多多和艾玛分别回了家乡，冯小白终于如愿以偿去了尼泊尔洗涤自己的心灵。

只不过，对于大学生活来说，他们都少了一点儿东西。

一顿在烧烤摊上畅所欲言、喝到上吐下泻的散伙饭。

还有，那一对儿活宝，依旧没有什么联系。

chapter 12

几年，兰菲的信

≈

说到底，幸福这种东西，
一定要用自己的手牢牢握住，
可以的话，最好是直接吞到肚子里，谁也别想抢走。

≈

艾玛亲：

上周三收到了你的信，因为马上要搬家，就没急着回信。今天收工早，第一时间冲回家来，饭都还没来得及吃就坐下来给你写信。

这么着急的原因，是因为我想第一时间告诉你：我支持你的决定。

你之前说你打算留在深圳做代购，往返香港比较方便。其实，很多事情不必瞒着我的。

深圳有谁在，你比我还清楚。

一晃大家都毕业好几年了，说真的，看到你现在迈出这一步，我非常开心。看来现在的你，比之前多了很多勇气。

我只想说，其实，我们远远不是什么情敌，我们是朋友，是闺密。

所以不需要避讳我的感受什么的，完全没有必要。

前几天冯小白给我寄了明信片，他已经到了自己朝思暮想的尼泊尔，去洗涤心灵。

这段时间实在太忙，前阵子刚涨了工资，很快找到了合适的房子，总算从民房亭子间搬进公寓楼了。居住环境好了很多，再也不用一边听着隔壁小夫妻吵架一边写稿，屋顶也不会再漏雨，休息日也没人在窗户底下大声嚷嚷了。突然之间还真有点儿不习惯啊……因为是跟同事合租，平时有点儿什么事，大家也能互相照应，真的比上个月过得舒心多了。而且小区外面就是商圈，好吃的好玩的应有尽有，下次你来上海玩，不用再住在外面了，可以直接来我家，我的床又大又舒服。

你最近过得怎么样？在深圳待得还习惯吗？上回听多多说你去深圳了，我可真是吓了一跳。你这样的北方女孩到了深圳可得注意身体。我有好多外地同事，刚来上海工作的时候水土不服，好不容易折腾过去，又发现什么都跟北方不一样，甜东西吃不惯，上海话听不懂。哎，不过听说深圳那里基本都是外地人，大家都说普通话，说粤语的人不是很多，这方面倒是不用担心。你一直很会照顾自己，深圳那边气候温和，空气又湿润，对皮肤很好，说不定还挺适合你的。

不过说起张晓蛟和许之一那两个活宝，总觉得你和他们在一起，好像是又当爹又当妈的感觉。这样一想，连画面感都出来了，又要给他俩洗衣服、做饭、收拾房间，又要疏通他俩的感情，还要分别给他们做心理辅导，尽量帮他们重建正常三观，艾玛，你真是任重而道远。事到如今，你恐怕也不能撇下这两个可怜娃不管，就好好地照顾他们吧，说不定有一天他俩爱情事业双丰收，到那个时候，你作为监护人一定会感到无限欣慰吧……

哈哈，是开玩笑的。照顾他们肯定辛苦，难为你了。你一直都是那个愿意为别人付出的人，所以理应比别人得到更多幸福才对。在上海这几年里，我老是想起我们在一起的时候说过的那些傻话，还有干过的那些蠢事。因为回不去了，就只是这样想一想，还是觉得挺开心的。

艾玛，即使是在大学里我们俩最亲密无间的那段日子里，我也能感觉到你和我之间始终有一个结没能打开，就是关于张晓蛟的。你一直避而不谈，我也无意总去提及，但这事总得有个了结。艾玛，我可以坦荡地告诉你，你不要再纠结了，就好好和张晓蛟在一起吧，我和多多一致认为，只有你能带领张晓蛟同学顺利找到幸福。说到底，幸福这种东西，一定要用自己的手牢牢握住，可以的话，最好是直接吞到肚子里，谁也别想抢走——能明白我的意思吗？

其实绕来绕去写了这么多，我真正想说的只有这一件事。我这次选择写信和你说这些事，并不仅仅是分别时说好的我们以信会友；关于张晓蛟的事情，不管是打电话还是发邮件，我都不确定能不能把自己的意思完全表达出来，只有这样白纸黑字一笔一画地写下来寄给你，对我来说才足够正式。这封信不妨也给张晓蛟看看，让他清醒清醒，好好看清楚身边这些为他操碎了心的好男好女，哪怕只是为了你和许之一，他以后也该少犯点浑了。

这样给你写着信，好像看到了你坐在深圳某座大楼里的办公桌旁安静读信的样子。艾玛，我们都已经多久没见面了，日子过得真是快啊。我还从来没去过深圳呢，希望能有机会去广东出差，抽出空来溜过去看看你们。

今天上海下雨了，一会儿吃完同事给做的饭，就早点儿上床听着雨声睡觉。怎么样，羡慕吧？嘿嘿。等你回信哟。替我向他俩带好，让他们乖乖的。

最爱你的兰菲

亲爱的多多：

我就不跟你客套了。写信跟写报道一样，开头总是特别肉麻，很难下笔，写报道的时候不能随心所欲，给你写信总还是能稍微任性点儿的吧。

现在正加着班呢。说是加班，并没有什么具体的事情要做，只是攥着手机大眼瞪小眼，开机待命，不能打电话，不能发短信，因为手机要保持随时畅通。

不能玩游戏，不能看电影，也不能回家睡觉。一群人就这么百无聊赖地燃烧着生命。我一想到自己的生命正像个蜡烛头一样烧得越来越短，就忍不住觉得得找点儿有意义的事情来做才行，就在这时候，突然想起来可以给你写一封信。

最近不是快入冬了嘛。上海没有集中供暖，冷死人了，雨下个没完，刚从小民房搬到二十四楼，谁知道还是一样潮。真难想象上海人都是怎么过冬的。这几天得抓紧时间买个新空调装上，还要买电热毯，要不然被子每天晚上都是湿的。哎哟，怎么跟你说起这个来了。你怎么样？工作顺利不？有你这个乱点鸳鸯谱的蛇精病主持婚介所的大局，生意肯定差不了。

哎，你还记得上回我给你说的那个顾总监吗？就那个咸猪手的恶心大叔，今天又来了，一直跟我说些有的没的，烦。我也不是小孩儿了，那大叔什么意思我还能看不懂吗。只能怪自己当时择业不慎，走上这条不归路啊。话说回来，我一直认为你比我更适合当娱记，想当年你只要坐在宿舍哪儿也不用去，就有各种线人把学校全体单身男女的八卦传递给你，主干道上每走过三对情侣，其中就有一对是你撮合的。就连后操场上流浪猫的公母配比你都了如指掌，像你这样天赋异禀对两性关系理解到无比透彻的人，为什么要屈就在一个小小的婚姻介绍所呢？

你赶紧把工作辞了，来上海接过我的枪吧，哪怕一时间适应不了跑娱乐新闻的事，就凭你波澜壮阔的上围，一样能顶开各种新世界的大门。快来吧，魔都在向你招手啊……

三点四十八分……没有电话打来。对了多多，前阵子我去蹲点儿，无聊的时候跟一个有点儿神神道道的前辈瞎聊。她突然说起来，这辈子给人做过媒、撮合过夫妻的人，下辈子都会有福报的，我当时就想起你来了，很想跟别人说说你的那些光辉事迹。要是真的有福报，那下辈子你肯定是我们当中最有福气的人，到时候可要照顾我们点儿啊。

当年要是听了你的，给许之一一个机会就好了。可能也改变不了什么，只是回想起大学四年，我居然都没正经谈过恋爱，就觉得怪亏得慌的。现在天天盯明星的梢，越发觉得恋爱这事太没谱。多多，你每回撮合别人的时候，就从来不为自己盘算盘算？你老说你是带给别人幸福的大胸天使，你自己的幸福自己也得留点儿神啊。前阵子大楼里另一个公司的小帅哥，没事老往我们这边跑，看那意思像是想追我。唉，实在是没工夫谈恋爱，而且，现在仔细想想，我好像根本不会谈恋爱啊。

好像我做这行最初的目的，我自己都记不清了。

多多，给我介绍点儿经验呗，要不然，我就答应那个顾总监？当个小三儿？出卖肉体换新闻？

哎哟，我琢磨半天也没想通，给你写信突然间就想通了！让他玩儿蛋去吧。

天快亮了，没人打电话来。哎，我都要疯了。好想好想好想睡觉啊！反正我的负能量也影响不了你，你就替我好好吃好好睡吧。

哎，对了，艾玛最后还是跟着那俩货去深圳了你知道吗……哦对，是你第一个告诉我的。张晓蛟这人根本就脑子有病，艾玛那么好，他还不赶紧归顺，我要是个男的，说什么也不会放过艾玛这样的绝世好老婆，你说是吧？嗯……最近有冯小白的消息吗？

哎哟，我不行了，得出去吹吹冷风清醒清醒，先写到这里吧。

兰菲

许之一：

好久不见，你还好吗？

其实不用猜也知道你还和张晓蛟整天形影不离，每天从起床开始到睡觉为止一起吃饭工作聊天，甚至上厕所也要搭伴一起去，后半夜再和张晓蛟冲到大街上吃烤串喝扎啤……奇怪的是，我完全想象不出一个只有你单独出现而没有张晓蛟存在的画面。

即使只是这样随手给多多写了信之后，一时兴起想给你们每个人都写封信的时候，才想起我们真的已经分开很长很长一段时间了。我的工作有时候忙得飞起，有时候闲得生烟，但只要手机一响，就得奔赴前线——现在对手机好像有种恐惧感，工作之外的时间简直连看都不想看到手机这鬼东西，所以跟大家的联系也相对少了很多。

来到上海之后，只能从多多那里得到大家的消息，好在大家有什么动态她都会第一时间通知我。你们在深圳创业已经有年头了，其实很希望你们能说说具体的故事，毕竟多多跟我提起你们，一半都是在数落张晓蛟，另一半的故事也都是模模糊糊的。

大学时你不就说过一定会做出点儿成绩来吗？很早以前我就很确定了，你有着令人无法忽视的真正的才华，只要能克服掉内向这个困难，你就一定会成功的。不过，深圳那种南方城市，节奏一定很快，大概和上海差不多吧，你们就这样两条光棍冲过去，一下子能适应得了吗？平时虽然大家都说是张晓蛟在照顾你，但是我明白，其实你才是照顾别人的那个角色。

要我说的话，许之一你该学着自私一点儿了，一定要先照顾好自己，再考虑张晓蛟。

而且也别一直单着了，创业奋斗的路上，还是需要一个女朋友的。你最好能找个会做饭的，善解人意的，最重要的是懂得欣赏你的女孩做女朋友。她应该理解你的梦想，了解你的内心世界，接受你所有好的或不好的习惯和情绪，同时还得接受张晓蛟这么一个客观存在的具体问题。

说起来，我劝你这些事情已经不下十次了吧？认真地说呢，我其实真的没有你想象中的那么好。你呀，就是太死心眼。

我衷心希望你能拥有一份属于你自己的爱情。很多事我做不到，但并不代表没人能做到，你一定会遇到那个正确的人，最终和她一起收获幸福的。

现在这样慢慢地写着信，慢慢地回忆往事的时候，才发现我真的一点儿也不了解那个喜欢我的你啊，许之一同学。明明经常见面，正经说过的话却没几句，除了你叫许之一，你跟张晓蛟是好兄弟，你们的梦想是做一部流芳千古的动画片以外，我都想不起来还知道什么和你有关的事……

但是作为朋友的话，反而有很多的回忆。

所以，你恐怕对我也没什么了解吧。正好可以借这封信，稍微说几句老友才会坦诚相告的话。虽然还没有看过你们的动画作品，但我还是相信它一定会很出色的。许之一，我希望你做动画是为了你自己的梦想，而不是为了像张晓蛟说的“为了追求女孩子”。

记住，不是为了任何别的人，不是为了我，更不是为了张晓蛟。你应该拥有更光明、更广阔的前途，拥有更多志同道合而且才华横溢的伙伴，皮克斯、梦工厂、迪士尼……那里才是你该去的地方。

奇怪的是，虽然我无比坚定地这样认为，却还是完全想象不出一个只有你单独存在而看不到张晓蛟的画面。你们俩总是捆绑出现，真让人头疼啊。

其实还有件事……艾玛不是也去深圳了吗，你们相互照应着点儿，毕竟一个女孩子背井离乡地跑那么远，张晓蛟那货又靠不住，只好指望你了啊许之一同学。

保持联系，祝一切顺利！

永远的朋友 兰菲

张晓蛟同学：

你的电话怎么一直打不通，到底是换号了还是被英勇的公安干警捉拿归案了？公司的电话也是打不通，又倒闭了吗？现在想要联系上你，看来也只有寄希望于我国古老而有效的邮政系统了。

说起来真是，为什么每次许之一都能回信报个平安，而你就压根儿没有消息。

至于为什么一定要联系上你嘛……艾玛是为了你去的深圳。她这几年一直都和我保持着通信，我知道这一步对她来说多么难。

深圳的有为青年那么多，艾玛这样优秀的女性一定很受欢迎。

张晓蛟同学，到时候别怪学姐我没提醒过你，人生没有回头路，过了这村就没这店了，就算你这会儿忙着奋斗，无暇顾及儿女私情，至少也要尽到死党的责任，好好照顾艾玛。她在深圳要是有个什么闪失，哼哼。

这事是多多跟我说的。想起你那副死皮赖脸的样子我就有气，跑深圳去创业你也够能折腾的，这次要是再不成，下一步准备往哪儿撤退？南沙群岛吗？说起这个来，有个问题必须跟你认真地提出一下。

你以后还是别再纠缠许之一了，真是连我这个外人都看不下去了。人家背负着振兴中国动画的历史使命，责任大得很。相比起来，你简直就是中国动画崛起之路上的巨型障碍物，这样一天天地赖着人家许之一不放算怎么回事？趁着大家都还年轻的时候放开手，放他向更高的天空飞去吧。其实你心里也清楚，你俩迟早有一天得分道扬镳，何不好聚好散呢？许之一本事很大，要不是被你抱着大腿连拖带拽的，他早就在动画领域突破天际了。张晓蛟，人贵自知，挡着别人前程的事干起来是挺爽的，但是看在许之一这些年来跟你肝胆相照的分儿上，你也就差不多得了吧。

没错，我就是这么疾恶如仇，见不得好人受委屈，坏人占便宜。你不是创业吗，有本事单打独斗别拖累别人，也别三天打鱼两天晒网，大家过得可都不容易，没有那个闲工夫陪你跌宕起伏了。就连我现在每天也要跟孙子似的到处趴窝盯梢胡拍乱写，这两年也算长了不少见识，不会再对你那套小伎俩产生同情了。照这样下去，不出三年五载，我也能成为无血无泪的王牌娱记。

恐怕等我成了头牌，你也无缘皮克斯的红地毯吧？

呵呵。

说到这儿，我忽然有点儿佩服你们了，那会儿你和许之一不就说要做什么流芳千古的动画片吗，一个画原画，一个做编导……居然一直坚持下来了。不过到最后肯定也是你哭着喊着抱住人家许之一的大腿和人家赖在一起，想想就怪替许之一不值的。以后呢？真的还能坚持下去？我可是等着看你们的笑话了。

说真的，我其实并不是不相信许之一，或者嘲笑他的梦想。

看到身边的人每天的话题只剩下了工资和房贷，我才明白，许之一是多么坚强的一个人。

如果你和他已经说了我曾经的那番话，那么有机会的话，请代我向他道歉吧。

上海这鬼地方，又潮又冷。深圳有冬天吗？

刚到楼外头转了一圈，真够冷的……这种天气不适合一个人待着啊。不，不管是什么天气，都不适合一个人待着，特别是在大城市里，上海、深圳。唉，一个单身女人在上海真没什么可羡慕的，孤单寂寞冷啊。每天还要紧盯着那些大明星，等着看他们出洋相……我做的这些事到底有什么意义呢？根本搞不懂。

真想回到以前，刚进大学那会儿。什么都是新的，什么都是好的，就算有点儿烦心事，风一吹也就过去了。但是转念一想，还是不要回到五六年前的好。真的回去了，还要从头再熬一遍，再跟你们这帮人吹牛胡闹浪费时间磨损感情，受不了啊。宁愿还是继续从现在接着往下过。回不去了虽然很可惜，但是找不回来的东西至少不会再丢一遍了。你说呢?

为什么跟你说起这个来了……这信要不要寄出去也有点儿拿不定主意了。

希望你能看到这封信，也希望你看不到这封信。

我寄 EMS 好了，一切全凭天意，对大家都公平。

祝安好!

PS：估计，你是看不到这封信了吧。

兰菲

冯小白，展信佳：

小白你最近怎么了？我们打你的电话都接不通……

看新闻说尼泊尔最近很乱，有很多游击队。想起来你上次被绑架的事情，着实令大家不安。

希望你能收到这封信!

如果收到的话，一定要第一时间给我们打电话！

切记！

祝平安！

兰菲

chapter 13

梦想需要吃饱喝足之后再说，并不是我变了

≈

台风登陆的那一天，
两个人挤在出租屋窄小的窗口看着暴雨让整个城市颠倒，
广告牌碎片像大鸟一样在半空中飞舞，
道旁挺粗的树被狂风直接拦腰折断，
忍不住感叹自然的伟大和自己的渺小。

≈

就像兰菲预计中的一样，许之一收到了信，而张晓蛟却没有收到。

已经来深圳好几年的许之一，每隔几个月都会收到兰菲写来的信。对于许之一来说，这可能是他在深圳除了领工资之外最开心的事情了吧。

碍于经常被张晓蛟拖欠工资，所以，接到兰菲的信还真可能是许之一最开心的事情。

说起来，在深圳的这几年，似乎一直都不算太好。

早在张晓蛟和许之一刚到达深圳的第一年，就听说台风最近会从这里登陆。两个没见过台风的人暗地里还有点儿小期待，张晓蛟甚至还特意准备好了一只风筝。台风登陆的那一天，两个人挤在出租屋窄小的窗口看着暴雨让整个城市颠倒，广告牌碎片像大鸟一样在半空中飞舞，道旁挺粗的树被狂风直接拦腰折断，忍不住感叹自然的伟大和自己的渺小。

就在张晓蛟穿好了雨衣喊着许之一拎上风筝出门时,尹琪来电话了。

如果五十年后让张晓蛟总结自己的人生，评选出生命中最重要的一通电话，尹琪在那个台风天打来的电话绝对排名第一。

第一是因为，尹琪带来了一个天大的好消息。

第二是因为,幸好尹琪打了个电话,才使得张晓蛟免得被雷给劈死。

张晓蛟打开免提以便让许之一也能听见。由于天气原因，加上张晓蛟的手机很破，因此张晓蛟和许之一听到的是断断续续的语音和嘈杂的背景音。

尹琪不愧是靠得住的大哥，他不但抓住了天上掉下来的馅饼，还准确地对张晓蛟和许之一进行了投喂。

不得不说，许之一和张晓蛟是幸运的。在刚刚创业的时候，就获得了国家对于动漫企业的扶植资金，总算是能够在深圳继续待下去了。

尹琪一直很看好这两个学弟，觉得，虽然他们没什么资历，但是那份心，足够让他去帮忙找个机会给他们搏一搏。

张晓蛟也觉得，自己要抓住机会，在这里好好搏一搏。幸好大师兄及时出手相助，不然自己可能在创业后的第一年就饿死在这里了。

其实，真正开始创业以后，张晓蛟才明白自己之前是多么幸福。坐井观天的蛤蟆，还是会幻想着吃一口天鹅肉的。等到自己真的走进了社会，才发现一切都那么难。

第一年，他们只弄到了一间办公室，用两个人的学费抵上了一年的租金。坐在光线不足、散发着些许霉味的办公室里，面对着两台型号旧、配置低、显示器明显偏色的老爷机，他们突然觉得气氛跟大学宿舍也没什么两样。

张晓蛟对动画工作室的想法与许之一不同，他认为做动画不是单打独斗的事，既然已经有了摊子，接下来就该招兵买马，有人手才好干活。最主要的是，张晓蛟是这间公司所谓的 CEO，总不能只有许之一一个属下吧？

那岂不真是跟在大学宿舍里没两样了？

所以，张晓蛟去招人了。他和许之一两个人达成口头协议，许之一有专业技术，就先负责业务；张晓蛟的编导才能暂时没处施展，就先负责业务之外的一切事项，包括招聘。

第一个来应聘的人是个海归，在拿出长长的履历之前，先开门见山地说：“我曾经给斯皮尔伯格干过。”

张晓蛟当时还觉得，斯皮尔伯格私生活还挺乱的，简直天下谁人不识君。

结果发现，这哥们儿相当能扯：他确实曾经服务于斯皮尔伯格工作室，具体事务是上大学时给斯导的办公楼送过比萨。忽略一些细节后，你会发现他说的话天衣无缝。

虽然张晓蛟没有识破这个诡计，但是他还是不想招这个人。因为，他要求的薪资很合理：一年二十万。

张晓蛟试探地压了一下价：“公司刚起步，一年一万怎么样？公司包住。”

张晓蛟已经做好了被对方婉拒、然后自己假意挽留的准备。

对方假装迟疑了一两秒，然后说：“好啊，为了梦想，提钱多俗。”

一句话说得张晓蛟特别后悔，这就跟逛夜市时一件衣服老板喊价两百，你还价一百，结果对方爽然接受一样，有一种吃了大亏的感觉。

但是，张晓蛟在大学的三年明白了一个道理：如果真打算做动画，没有钱是不行的，但是没有人，也是不行的。

一来二去，人就这么招上了。

人多了以后，成本就会不断增加。本身启动资金就不多，对于已经走投无路的张晓蛟来说，现在的局势让他更加走投无路了。

直到张晓蛟无意间看到了一些外包项目的广告。那是一个楼盘，想要招公司去帮他们做室内 3D 设计的显示图。

当时张晓蛟就和许之一商量，以战养战。

许之一双眼不离显示器，点头表示同意他的看法，并冲他做了一个“你说吧我听着呢”的手势。张晓蛟三两句话说明了一下公司现在众叛亲离、门可罗雀、寅吃卯粮、指日关张的现状，见许之一不为所动，于是拿出那份刚刚打印出来的资料，话锋一转，语气突然上扬：“但是天无绝人之路，现在就有一块肥肉放在你我眼前，做熟了这块肉，够咱们吃一阵子的，咱们先维持公司运转，再提梦想不迟，你觉得我说的有没有道理？”

张晓蛟觉得自己说的很有道理。他没想到许之一能为这事跟自己折腾起来。

许之一的视线暂时离开电脑，拿起资料看了两眼，有点蒙：“这什么意思？楼盘 3D 效果图？”

“是啊，人家找到咱们公司，也是看咱们专业对口，又有实际操作的经验嘛，以后这个动画片啊，3D 是大潮流，我们不能逆潮流而行。你看这个要求也不复杂……”

确实，从这份材料的要求上来看，除了张晓蛟看不懂之外，公司做这个东西应该绰绰有余。

张晓蛟说到这里，发现许之一的脸色以肉眼可见的速度急速变化，先是发白，接着发青，突然又转红转紫，好像正练到绝世内功冰火交融的生死关头，要打通任督二脉了。张晓蛟心里没底，又试探着说道：“这东西，你能做吧？”

许之一脸色又由紫转红再转青白，憋了好一会儿才开口：“能做……但是我们不是做动画的吗……”

张晓蛟一着急嗓子发干，说话声音都劈了：“我刚才跟你说公司现状你是不是根本没往心里去啊许之一，这眼瞅着就揭不开锅了，咱们来深圳创业，要做动画，是，是要做动画，但是吃不上饭怎么办？咱们就守着挣钱的活儿不干，抱着梦想饿死？虽然员工都走了，现在好歹还有个壳子在，还能接上这种活儿，这叫老天饿不死瞎家雀；要是连这个壳子都保不住，咱哥俩要想继续留在深圳，下一步就得往富士康发展了。”

张晓蛟就这么提心吊胆地看着许之一的脸色，惊觉从上大学头一天开始一直到现在，他好像都没这么仔细看过许之一的长相。张晓蛟总觉得看许之一的脸看得太仔细，对许之一来说太残忍了，这么多年过去，他对许之一的外貌印象并不深。他不知道许之一板着脸原来是这么严肃的，也不知道许之一的双眼燃烧着愤怒时会让他觉得这么胆寒。

——要不我撒个娇卖个萌啥的？张晓蛟暗自盘算着。

“许之一，那什么……你要是不愿意做，我就出去跑一跑，看看能不能包给别人，咱们哪怕挣一口抽头，比没有强……天上的馅饼不会一直连着掉的，咱们先接住饼喂饱自己……梦想这回事，哪能一蹴而就，都得徐徐图之……”

张晓蛟祭起三寸不烂之舌，死死纠缠了许之一三个小时，从华灯初上一直熬到夜深人静。最后许之一终于从牙缝里挤出“下不为例”四个字来，不知是真的被张晓蛟说动了，还是饥饿最终战胜了节操。

张晓蛟心里有数，下不为例的意思就是不但答应了这次，也连带着答应了下次和下下次。

等到真的开始接这种外包的 3D 动画演示的活儿，许之一才明白一个道理：上贼船容易，下贼船难。

老百姓总是骂房地产商都是黑心肠，但房地产商真的养活了很多很多像张晓蛟和许之一这样的人。许之一的专业技能摆在那儿，做了两三回楼盘效果图，在客户方面积攒了小小口碑，眼下正是房地产旺季，几家大公司四处开盘，只要肯干，不愁没活儿。张晓蛟的专业本来也不是动画，好在语言组织能力较强，又仗着许之一手快活儿好，在外面什么牛都敢吹，什么业务都敢揽，不到一个月，公司扭亏为盈。

张晓蛟认为地产广告不但要做，还要做下去。当然了，对许之一说的就是为实现梦想积累资金，曲线救国嘛。于是他开始雇人，扩大规模，经过上一次的失败，这回他学乖了些，招回来的都是些埋头苦干的人。一来二去大家竟然都干得不坏，手头一宽松，张晓蛟在许之一面前也能挺胸抬头了，在员工面前甚至能摆起老板的谱。

就像张晓蛟预计的一样，项目一个接着一个，许之一说的“下不为例”完全没有了立足之地。

这段时间中，许之一不止一次想，是时候跟张晓蛟谈谈公司回到正轨的事了。毕竟国家这边的扶持计划只有三四年，马上就到要给相关部门提供成品的时候了。如果现在加班加点的话，动画倒也应该是赶得及。

“是，是要做动画的。而且不说什么扶植计划，做动画那是咱们的梦想啊。”每逢许之一提到这件事，张晓蛟全都会应着许之一的话头，显得非常赞成，“可是这现实硬要逼良为娼，我也很无奈。趁着这个壳子还在，咱们多攒点儿钱，先把架子搭起来。创业嘛，现在还正在最危险的时候，一刻都不能放松啊。这会儿扔下手里这一摊扭头回去做动画，很快就要入不敷出，到时候不是还是白搭吗？”

许之一听到这里，虽然不得不承认张晓蛟说的有道理，但他心里也很清楚，张晓蛟这是食髓知味，难以自拔了。

许之一也不是傻子，他当然能看出来，公司眼下操持的生意，效益全跟着房地产走，旺季的时候公司全力运转都要忙得人仰马翻，一派繁荣昌盛六畜兴旺。但是留不住真正的骨干员工，房地产的旺季每年就那么几个月，淡季的时候大家就像候鸟一样飞去了别处，办公室里只有他们两个。

时间过得飞快，转眼被扶植的合同期就过了一大半，动画项目八字还没一撇，张晓蛟折腾的这档子事，跟在富士康当流水线员工有什么本质上的区别呢？许之一寻思等张晓蛟今天晚上从外头回来，得跟他好好聊聊这回事。他每天心急如焚，做完手头那些房地产广告之后，多出哪怕半小时二十分钟的空闲时间，他都会悄悄溜进张晓蛟的办公室。

那台一直没有换过的电脑里面，有着自己来这里的最初梦想。

来深圳快两年了，片子进度简直惨不忍睹，眼下再不给这根弦松松劲，他恐怕就要绷断了。

人的忍耐是有限度的。

在张晓蛟又一次西装革履地穿戴一新，抱着一沓材料出门时，许之一觉得，自己必须好好跟张晓蛟谈一次了。因为，张晓蛟今天是去见一个“王总”。王总是一个大型广告公司的老板，但是也是个皮包公司，大部分业务争取下来后就会外包给下面的公司，比如张晓蛟的这种。不管怎么说，王总就是第一次把单子给了他们的人，可以说是张晓蛟的恩人。

起码，当年没有他，张晓蛟和自己估计早就打道回府了。

但是，王总和张晓蛟走得越近，许之一就越不安。他很担心张晓蛟真的已经满足于当一个皮包公司的外包业务商。这样的话，自己留在这里还有什么意义呢……

但是许之一木讷的性格，让他很难把话说清楚。上次因为这件事和张晓蛟吵架，自己语无伦次，被张晓蛟带偏了节奏。

吵了半天，许之一最后的核心话题反而变成了“你说吧张晓蛟，是我重要还是王总重要”。

说完之后，许之一和张晓蛟都糊涂了。

今天可不能这样了。

许之一打了一晚上腹稿，想等张晓蛟回来，趁他尚未弄清自己的意图并打断自己之前，一口气把所有想法全说出来。结果他怨妇似的等到凌晨四点张晓蛟也没回来。许之一本来以为他最多在外头花天酒地忘了时间，吸毒嫖娼被捕的可能性不大，但是打电话发现张晓蛟手机关机了，许之一才有点儿慌了，不会出什么事了吧。

天刚蒙蒙亮，许之一穿衣服出门准备找找张晓蛟去，结果到了公司门口，先是闻到扑鼻的一股酒味，定睛才看见张晓蛟倒在一片血泊中。

许之一打开楼道灯，揉揉眼睛。没看错，张晓蛟背靠墙半躺着，两腿伸在楼道里，头歪向左侧，手边真的有一摊暗红血迹。仔细看去，全是血块。

“张晓蛟！你他妈别吓唬人啊！”

许之一连气带吓，居然有点儿低血糖，腿一软就跪在张晓蛟边上了，摸了摸还有气，于是拎住他的领子想把他摇醒，一手握着手机准备打 120。

认识张晓蛟这么多年，许之一还没有这么慌过。

“哎，别拍，别拍。”

张晓蛟哼哼着抬起一只手，无意识地挥舞着阻挡许之一继续拍打的手。

许之一一把推开他的手，问道：“呃，没死啊？”

张晓蛟虽然脸色煞白，但还是浮现出得意的笑容，眼睛没睁开，手已经伸进怀里，从西装内兜里掏出一个白信封晃了晃。

“瞧见，没有。合同，签下来了。”张晓蛟舌头大了一倍，嘴里几乎塞不下，说起话来哈喇子顺着下巴往下流，“这也就是我，我张晓蛟，出马，签下来了。”

许之一眼看张晓蛟就要把那个信封甩到血泊里去，赶紧伸手抢过来。

“许、许之一。”张晓蛟象征性地抵抗了一下，让许之一把信封拿走，“我他妈，装了一宿孙子。咱们，干完这一票，大的，做动画。”

“行，行啊，都听你的，你真行。”许之一把信封收好，憋了一晚上的话反而说不出口了。他也知道，每一个项目能够落到自己公司，张晓蛟其实都是拼了命的。这个时候，许之一实在是不忍心去责怪张晓蛟。

“你要不要去医院？有血。”许之一帮着张晓蛟擦了擦嘴。

“嗯，”张晓蛟强睁醉眼，四下看了看，伸手抹了一下嘴角上的血块，拈了两下，“估计有点儿胃出血而已。”

那天酒醒了之后，张晓蛟意气风发地给员工们下达了工作任务。大家知道这是个开张吃三年的活儿，都很欢欣鼓舞。

而许之一又像往常一样，埋着头，干活。

艾玛来到深圳之后，许之一才算是勉强透了一口气。

起码，张晓蛟又变得像大学时的张晓蛟了。

虽然艾玛经常需要跑到香港去，但是只要她人在深圳，自己和张晓蛟总能吃上一口热的。张晓蛟时不时抱怨，说自己都已经是成功人士了，最后也没逃过跟着大学女生蹭饭的下场。

艾玛呢，倒也相安无事，从来也不多说什么。只是当张晓蛟不忙的时候，拉着张晓蛟去海边走走，留下许之一一个人在公司里。

艾玛当时还挺不好意思的，觉得，要不许之一你一起去吧。

许之一就说：“不用，你们俩去就行。”

艾玛表面上没说什么，心里觉得，哇，许之一果然是成熟了，知道不当电灯泡了。上大学时想要单独找张晓蛟出来，那简直是天方夜谭。

其实呢，许之一倒没这方面的想法。张晓蛟被艾玛拉走，反而是许之一期待的。

因为，许之一有了一个自己的计划。

人仰马翻的旺季很快就过去了，跟去年一样，候鸟一样的员工们都飞走了。公司里只剩下了CEO张晓蛟，还有COO许之一。

这个节骨眼上，一般有活儿也就是小活儿，接不接都差不多。如果找人做工，说不定电费都比挣的钱多，索性就算是给两个人放个假。

张晓蛟呢，就被艾玛拉着出去玩了。许之一说，自己就不去了。

“我留下看家。”许之一说。

结果这一天张晓蛟心血来潮跑来公司，居然看见办公室里坐着黑压压七八个年轻人，许之一站在这群人前头，面红耳赤地不知道正说什么。

张晓蛟推门进来之前先是一愣，然后猛地明白了，哎哟许之一，你这是在我没在的时候揽上大活儿了啊？对对对，将在外军令有所不受，何况这次是君在外……确实应该抓紧时间开工，没必要得到我的批准。你也终于开始踏入社会了，终于不需要我一个人为公司操心了。

一时间张晓蛟看着许之一的背影，还隐约有一种自己的孩子懂事了的感慨。

但是，听着许之一讲述的内容，张晓蛟渐渐觉得不对劲了。他咳嗽一声，成功吸引了许之一的注意力。

许之一赶紧转过身来，看到张晓蛟突然归来吓了一跳，然后背对着一群小孩，冲张晓蛟紧张地一笑：“是，是这样，咱们这个工作室的合同已经到第三年了，再不干点儿正经事，真来不及了。我在网上发了个招聘启事，招了一批应届毕业生，都是动漫专业的，你来跟他们说说……主要说说做动画的事。”

张晓蛟点点头，上去，随随便便应付了几句，然后就让大家休息了。

因为迫不及待地，张晓蛟要和许之一谈一谈。

“你疯了？”张晓蛟对许之一就没必要遮遮掩掩，直接开门见山，“大哥，你也别说雇这群小孩多少工资，咱们这里可是工业用电！你这么整，非得把旺季赚的都搭进去不行！”

“可是……”许之一早就知道张晓蛟会这么说，所以一早盘算好了答案，“马上就是要给人家交动画的时候了，不做的话，是违约啊。”

许之一觉得，这一点肯定是撒手锏，成功说服张晓蛟就得靠这种明确的利害关系。

但是，似乎张晓蛟一点点为难的意思都没有。

“到时候找个外包公司随随便便对付一个就行了。”张晓蛟一副明知故问的语气和盘托出了自己原本的打算，“别的公司不都是这么干的吗？为什么到你这里，就非得这么轴！”

其实这段气话一说出来，张晓蛟就后悔了……

“这，就是你的打算？”许之一睁大了眼睛，徐徐问道。

张晓蛟瞠目结舌地看着许之一，许之一并没有回避他的目光——

“……不是，你先听我说……”张晓蛟急于抢回谈话的主导权，“你看我们现在这样不是也挺能行的吗，最起码解决温饱了，而且大哥不是也说……”

“张晓蛟，你来深圳到底是干吗来了？”

许之一没有继续听张晓蛟后面的话，洗了把脸回办公室让孩子们今天先散了。

剩下张晓蛟一个人懊恼不已。他知道，许之一是真生气了。

许之一能坚持做动画，并不完全因为他是个轴逼。你要根本不会做动画，当然也就不可能坚持这种梦想。这是因为许之一有真材实料，有能力向动画梦想发起冲击。

许之一的轴只是在于他不能放弃张晓蛟；对于这一点，张晓蛟很有信心。

其实许之一自己心里也明白，如果自己说要跟张晓蛟散伙，以离开深圳来要挟张晓蛟，那张晓蛟肯定会乖乖就范。但是呢，坏就坏在自己是不会说出这种话的。

他们俩在一起这么多年了，太清楚对方是王八还是鳖精了。

“许之一……”张晓蛟最终觉得还是自己不对，开口喊道。话声未落，砰的一声，电源跳闸了。

张晓蛟抬头看了看，头上的吊扇缓缓停止了转动。毕竟是淡季，而且也没想到许之一会招了这么多人，张晓蛟压根儿就没去付电费。

走之前记得电费还剩不少啊……这么算的话，一个月的电费也得大几千吧……

张晓蛟心里想着，最终还是追了出去。

相处了这么久，张晓蛟明白许之一的底线在哪里。出去后，张晓蛟直接拉住了许之一摊牌:“做吧做吧,咱们就弄这么个动画培训中心。以后的事情以后再说,好吧?”

再不让这一步的话……后果不堪设想。

许之一是一个容易满足的人。当他提出什么的时候,就代表着他不可能让步。算了,反正挣来的钱攒着也不能下小崽,只要许之一开心,张晓蛟觉得自己计较个屁啊。

而且,反正是淡季……由着他胡来吧。

反正最后许之一肯定会听自己的,张晓蛟觉得。

于是许之一开心地弄着自己的培训事业,觉得张晓蛟心里还是听进去了自己的话。

于是张晓蛟安心地等待着下一张订单,觉得许之一胡闹够了,自然而然还是会跟着自己继续打拼。

只不过,唯一的意外,就是那天张晓蛟接了一个电话。

尹琪要来了。

chapter 14

好消息和坏消息

他说既然跟你做了兄弟，那他得挺你。
他答应了你的事，就一定要做到。

尹琪这次来深圳，是特意来给张晓蛟还有许之一一个好消息的。

出了机场之后，张晓蛟早就坐在门口的台阶上，抽着烟，热情地招手。尹琪很谨慎地没有第一时间回应张晓蛟，左右看了看确认张晓蛟并不是骑着摩托车来的时候，才假装刚刚看到了自己的学弟：“哎呀！张晓蛟！”

说着还四处找一向以张晓蛟连体婴形象出现的许之一。

其实今天许之一没有来接尹琪并不是意外。张晓蛟安排了许之一去外面做业务，也嘱托对方尽可能拖住许之一。毕竟自己现在有愧于当年帮自己争取了扶持计划的大师兄，现在尹琪亲自来了，许之一要是在场的话，自己很难把话说开。

来之前的时候，艾玛劝了张晓蛟半天，说你去接大师兄的话就别骑你的摩托车了。张晓蛟说：“为嘛？”艾玛也不好意思说别的，只能辩解说大师兄说不定带了很多行李，你们打车多方便。

张晓蛟点头，说：“有道理。”

幸好张晓蛟听了艾玛的话，不然尹琪的计划是直接在机场跟张晓蛟他们寒暄几句，然后随便找个理由就地买张回程的机票直奔北京。

一路上张晓蛟都在跟尹琪絮叨着这两年的发展，同时一直表示自己很感谢两年前尹琪帮忙争取下来了这个动画扶植的资格。

“要不是你的话，我和许之一可能早就散伙，各奔东西了。”张晓蛟总结道。

尹琪说：“只要你不骑你的摩托车，其他都是小事……”

“对了，前几天我还见到兰菲了。”尹琪忽然想起来了这件事。

“嗯，艾玛跟我说过了。”张晓蛟似乎并不在意，“她还是单身吧？怎么现在的姑娘们都不着急结婚似的……”

“说起来你们也不聚聚，反而是我见你们几个比较多。”尹琪不无奇怪地唏嘘了几句，“说起来，许之一呢？”

“许之一今天去外面了，一会儿就回公司。”张晓蛟说道，看了看手表，估计差不多自己这边能争取个一两个小时。

出租车开了一段时间，张晓蛟说：“师傅，前面右拐停路边就行。”

尹琪抬头一看，马路边上停着张晓蛟的摩托车。

跟着张晓蛟上楼后，张晓蛟去倒水了。尹琪左右看了看，公司不大，座位倒是不少；人呢不算太多，但是都在埋头干着自己的事。

尹琪一看就知道：张晓蛟他们过得不算太好。

比如，几个员工用的电脑，还是自己当年帮张晓蛟收过来的。很多人毕业临走时，电脑都会处理掉。当时尹琪特意跑到深圳找了几个朋友，然后去了附近的一个大学，一个宿舍一个宿舍敲门，带着张晓蛟和许之一去买这些二手工具，顺便帮着他俩谈价格。

当时可把张晓蛟跟许之一感动坏了，心想大哥就是大哥，不远万里跑过来帮忙处理这种小事……

简而言之，大哥真的把自己和许之一视为己出一样亲切！

确实，张晓蛟和许之一都不太擅长和别人讲价，而且缺了一股子尹琪天生的亲和力。

况且尹琪还是带他俩去的女生宿舍……

“大哥，为什么不去男生宿舍啊？”许之一有点儿奇怪地问道。

尹琪一再强调，自己这么做并不是由于毕业之后好久都没有见过女大学生的缘故。毕竟男生的电脑你们懂的，天天上一些奇怪的网站，导致里面的病毒千奇百怪，收回来也没什么用处。

而且尹琪也一再强调，虽然自己确实留下了七十多个姑娘的电话号码，但那完全是出于担心后期电脑会出什么问题到时候人都找不到了，所以才有备无患。

至于被问到存电话的时候为什么联系人都写上“灯光王先生”“后期赵先生”“音响刘先生”，尹琪更是问心无愧，坦言自己并不是担心被人发现自己勾搭小姑娘，“先生”两个字在古语里代表着尊称。

张晓蛟和许之一当时充满了对未来的期待，也没多想，总之觉得大师兄一向很有道理。所以两个人跟傻小子似的一趟一趟抬着各种电脑配件上楼下楼，脸上俨然一对儿新婚夫妇搬新家的幸福。

没想到这都两年了……尹琪站起来走了走，看到面前的笔记本还是之前“灯光王先生”的那台索尼。

张晓蛟端着杯子回来了，看到尹琪在工位之间溜达着。

“怎么不说换一批啊？”尹琪指了指电脑说道。

张晓蛟没好意思说是因为没钱，只能硬着头皮解释了几句：“不着急，还能用呢。而且用惯了，有感情了……对了对了！”

张晓蛟想起来了什么，跑到自己的办公桌前，从桌子下面拖出主机箱：“你看大哥，我的电脑也一直用到现在都没换呢。”

尹琪不好再说什么，生怕自己扫了兴。毕竟今天，自己来这里的原因可是足以让人兴奋到欢呼雀跃的：“许之一呢？今天来这里是给你们送请帖来了。”

“什么玩意儿？”张晓蛟抬头迟疑了一下问道，琢磨着难道是大哥要二婚了。

尹琪神秘地笑了一会儿，从怀里掏出一个塑封袋，里面整整齐齐码着一张纸。

张晓蛟接了过去，看到标题的位置用烫金的字体清楚地写着：××杯国家动漫产业协会交流展，中间是一些介绍，最下面是填写公司的一些信息。

“说是交流展，其实就是个比赛。”尹琪四处找着烟灰缸，想要点一支烟，“只要有好项目，就能拉到投资。现在市场不错，你和许之一完全可以去试一试。”

“哦……”张晓蛟有点儿心虚地应承了一声。

尹琪抬头，发现了张晓蛟的不对劲：“怎么了？不见你开心呢？平时你不是总说没有大舞台，缺个一鸣惊人的机会吗？”

“大哥你别挖苦我了。”张晓蛟恢复了正常，笑着坐下，同时俯身拿出一个可乐瓶给尹琪当烟灰缸。

“这件事啊，功劳一半在兰菲身上。”尹琪摸出香烟，“我上次在上海和她闲聊的时候，是兰菲说有这么一个展。你知道的，娱乐记者嘛，耳听六路眼观八方，什么都瞒不过他们。毕业这么多年了，她还记得当初那句玩笑话，哈哈。”

“哦，哦……”张晓蛟第一次觉得，兰菲怎么这么多事。

“说真的呢。回北京我就赶紧找人张罗这件事。”尹琪很得意地继续说道，“开始呢没跟你们说……因为参展资格很难争取到，我怕我提前把大话给你们说了，事后没办成还让你们失望。幸好啊，我有一朋友在那边，知道你俩，也知道你俩一直搞动画……”

张晓蛟点头。

“他觉得，有点儿意思，然后帮我弄到了申请表。我本来说给你们快递过来吧……但是一想，毕业后好久没见艾玛了，所以就特意过来了。哦不对，当然了，也是因为好久没见你们了。”尹琪点上烟后靠在张晓蛟的座位上，四处望了望，“我和他们说过几次你和许之一，大家也知道你俩苦，这几年好多拿着扶持的动漫公司都开始挂着羊头卖狗肉了，但是能坚持下来的才是真正有梦想的。优胜劣汰嘛……我看你这里规模也不小，你和许之一准备准备，拼一下，真的，有机会的。到时候也让兰菲刮目相看一下嘛……哈哈哈，给自己一点儿信心。”

张晓蛟说：“哈哈哈，对，信心，信心！”

“说起来，你们毕业时候的那部动画片怎么样了？”尹琪终于切入了正题，略微有些不放心地问道，“参展的话需要提供样片。如果现在没做完，你们这几天就抓紧弄一弄，月底前要交过去。”

“晚上咱们去哪儿吃啊？”张晓蛟驴唇不对马嘴地转移了话题，“晚上我喊上艾玛，好久没一起吃饭了。晚上一定要喝点儿。”

“你们决定就行，这边我人生地不熟的……”尹琪觉得自己客随主便就行。毕业了这么多年，自己早就不把张晓蛟和许之一他们当作小弟看了，“对了，反正许之一现在没回来，你们的动画，公司里有吗？不一定是你和许之一做的，随便给我看看你们现在的风格，我帮着出出主意。我说真的啊，万一你和许之一拿了奖，感谢名单里必须有我。”

说着，他就要去开张晓蛟的电脑。

张晓蛟一个激灵跳起来挡住了尹琪。

“干吗？”尹琪吓了一跳，看了看拦住自己的张晓蛟，犹豫着还要不要开显示器，掐灭了烟头后恍然大悟问道，“难不成你在看毛片……”

张晓蛟殷勤地帮尹琪重新点上了一支烟，说：“大哥，我跟你说点儿事呗……”

尹琪点头，抽了一口烟，大概猜到了张晓蛟想说什么：“你就说呗，又不丢人。差钱是吧……没事，我这里还有点儿，一会儿咱们去趟银行……”

“那个什么，我和许之一，其实已经不做动画了……”张晓蛟尽可能轻描淡写地说道。

尹琪停下了手里的动作，环顾四周。

“现在公司就接一些广告的单子……”张晓蛟硬着头皮，继续说道。

“可是你在电话里一直跟我说……”尹琪一时间有点儿没反应过来，“说你们的动画片都快做完了啊……”

“没有。”张晓蛟的声音越来越低，“从去年开始就一点儿都没有做了，项目早就停了。当时附近不是有个楼盘嘛，招标的广告给了我们。现在一直往这方面走。”

尹琪点头，说：“哦，怎么样，好赚吗？”

“还行吧，也算是能挣到钱。”说到这里，张晓蛟觉得有些得意，指了指外面的办公区，“公司现在都快三十个人了。我现在离开了一线工作，专心搞对外的事务，许之一负责内容部分。这段时间是淡季，平时来这里帮忙的人都不在，所以显得冷清。忙的时候，那叫一个热闹。其实啊，公司比看起来要好……电脑不换什么的，也是出于压缩成本的考虑。”

尹琪点头，说：“哦。”

然后两个人一起看着桌子上的那张申请表，烫金的字体不再显得像刚才那么漂亮了，反而有点儿刺眼。

“所以呢……”张晓蛟很不好意思地把申请表重新装进了塑封袋里，小心地叠好，“我知道这个机会难得，辜负了大哥的好意。大哥你是不是问问其他的师兄弟有没有人要去试试……那个，并不是不想去试试，主要是马上就是旺季了，怕耽误这边的事情……”

说着，张晓蛟把桌子上的申请表朝着尹琪推了推。

“晚上你想吃什么啊，大哥？”张晓蛟觉得，应该是时候跳入下一话题了。但是现在这个气氛，除了吃，张晓蛟实在找不到什么更好的话题了。

“也是啊……”尹琪捏着拳头，尽可能心平气和，“毕竟你这里是广告公司了……那，我还用问问许之一吗？”

“不用了吧……”张晓蛟想了想，“跟他说了，他还分心。而且，他也不想做动画了。”

“哦。”

尹琪不再说话，低头看手表。

张晓蛟的电话响了，是许之一打来的。他有点儿事情耽搁了，说要晚点儿回来，让张晓蛟跟大哥说一声。

尹琪直接起身，从张晓蛟手里拿过来电话："喂？许之一，我。"

"喂？大哥啊？"许之一听出了尹琪的声音。

尹琪完全不理会身边的张晓蛟，和许之一两个人聊得挺开心的，说了几句之后，尹琪跟许之一说："我这次来是问问你，想不想参加一个动画的展览？"

"参加！"许之一想也不想就说道，但是随即意识到自己失言了，"那个，张晓蛟怎么说的？他参加吗？"

张晓蛟在旁边急得跟什么似的，不知道怎么给许之一暗示。

尹琪看了一眼张晓蛟，对电话里的许之一说道："张晓蛟说他肯定参加。"

"真的啊？"许之一似乎不太相信，"哎呀，他真这么说啊？太好了太好了……我还以为他早忘记动画那事了。"

尹琪继续编着话："没有，张晓蛟举五体表示赞同呢，就是让我问问你的意思，怕你这几年闲惯了，懒得弄。"

"怎么可能，他扔下了，我可没扔下。"许之一继续说道，"主要也是张晓蛟太忙，没时间做。我现在有空就……"

张晓蛟一把抢回来电话，对许之一说："你早点儿回来，我们等你吃饭呢，一会儿见。"

说罢赶紧挂了电话。

“你还记得，当时你拉许之一退学跑出去创业的时候，是怎么说的吗？”尹琪抬头，盯着张晓蛟。

张晓蛟没吱声。

“当时你有钱吗？有人吗？有项目吗？他妈的，有哪怕一个人看好你吗？！”尹琪的声音越来越大了，“就他妈许之一一个人，问也不问，你说让他跟着你一起走，他屁颠屁颠跟着你就来深圳了！”

张晓蛟有点儿害怕，他是第一次见到尹琪这个表情：“大哥，你别急，你听我说……”

“你他妈别叫我大哥！你当时是怎么和我说的？”尹琪皱着眉毛，“你跟我说，你觉得在学校里是混日子，你不愿意混吃等死了，你有梦想，你要出来创业。你说你不想过那种拿了毕业证之后找一份工作朝九晚五一成不变的生活。你刚来深圳的时候连吃饭都成问题，你说都是小事。你还跟我说最多过上两三年，就让兰菲在电视上看到许之一的名字……”

“大哥我就不明白你发什么火啊？”张晓蛟终于忍不住，打断了尹琪的话。他不想让外面还在上班的员工听到这些，所以尽可能压低了声音，“我做错了什么？公司干起来了，总得活下去吧？我们总得吃饭吧？我他妈不能带着许之一出来，然后饿死他吧？”

“你别扯淡！”尹琪的音量丝毫没有减小，“凭许之一的本事，他能饿死吗？对，没错，不可否认许之一他人是傻了点儿，一直有点儿活不明白一样，不撞南墙不回头。但是你现在就是利用许之一，你懂不懂？”

“我利用许之一！”张晓蛟忍不住也提高了音量，“天地良心！怎么可能！”

“你想证明你自己，那是你的事！”尹琪瞪着眼睛，“许之一呢？他想干什么？他支持着你，跟着你吃苦受穷，一个屁都没有。你电话里跟我说你当CEO的时候手底下就一个员工，这个傻逼是谁啊？是许之一！从大学起，许之一就一直都是你说什么就是什么，不是他傻逼！是因为许之一一直死心塌地地相信你！”

张晓蛟听到这里，觉得有点儿跑题，说：“大哥，你别说得那么煽情……”

听到这句话，尹琪也愣了愣，觉得自己刚才说的好像是有点儿矫情。

张晓蛟终于抓住了空隙，把那杯早就凉透的水递给了尹琪。尹琪也不客气，接过来咕咚咕咚一饮而尽。

“张晓蛟啊……”尹琪喝完水后，态度总算缓和了下来，“你还记得我毕业那天，许之一喝大了，我带他去吐的时候，他跟我说了什么吗？”

张晓蛟回想着那天的事情，只记得尹琪拉着许之一进了卫生间，当时自己完全没有想过两个人会说什么，而应该是做什么。

“许之一跟我说，他没什么别的亲人了，就跟你处得来。”尹琪叹了口气，“他说既然跟你做了兄弟，那他得挺你。他答应了你的事，就一定要做到。”

张晓蛟有点儿蒙，痴痴地说：“是啊，很像许之一会说的话。肉麻乎乎的……但是，说实话，我来这边创业什么的，真的是出于打算帮许之一实现他的目标。你知道的大哥，我这个人习惯了，干什么都行。要不是许之一，我其实压根儿就不会做这个行业。”

说罢，张晓蛟顿了顿，认真地说道：“我没有利用许之一的意思。”

尹琪知道刚才自己过分了，点点头：“我知道……”

“但是认真说……”张晓蛟很为难，“认真说，我觉得这个年纪了还谈什么梦想一类的，多少显得有点儿傻。其实最开始的时候，是因为公司确实过不下去了，我才接的外面的单子。但是现在，公司都能赢利了，只是因为许之一之前的一个愿望，就让我们放弃这些继续搞动画的话……”

是不是有点儿强人所难……

尹琪抬起头，看着一向傻呵呵的张晓蛟。

该说你是成熟了呢，还是被社会磨平了曾经的一切呢……

很多事情，其实都不会有答案。

当天下午尹琪就走了，丝毫没有考虑张晓蛟说的“一起吃顿饭再回去”。

“我那边还有事，是真的。”尹琪对张晓蛟说道，“没有生气，也不是找借口。其实我是脑子一抽自己逃班过来找你们的，工作室还一大摊子事没忙完呢……”

张晓蛟不知道该说什么。

“没见到许之一确实挺可惜的……算了，人生何处不相逢。反正，这个东西……”尹琪指了指留在了桌子上的申请表，对张晓蛟交代着，

“你一定要交给许之一。剩下的事情，我就不管了。”

张晓蛟赶紧点头，说：“一定一定……大哥我送你去机场吧？我车就停楼下，比出租快多了……”

尹琪摆摆手，示意不用。

“除了许之一，谁敢坐你的摩托车啊……”尹琪意味深长地说，然后下楼离开，“明明是来给你们一个好消息的，怎么弄成了这样……”

张晓蛟没有说话，没有动，甚至没有起身下楼去送尹琪。确切地说，张晓蛟觉得很累，累到他想现在睡一觉……

不知不觉，张晓蛟真的睡着了。

他似乎看到了在上大学时的那个烧烤摊，甚至闻到了当时的香味。放眼看看，应该是场饭局吧？身边坐着的人里面，有兰菲，有许之一，有艾玛，有冯小白，有多多……

还有坐在自己对面的，那个一脸桀骜不驯的二十岁的张晓蛟，一脸问心无愧地笑着，搂着坐在自己身边的许之一。

“来啊，走一个！”

≈

chapter 15

咱们挺无聊的

张晓蛟巡视着桌子上还有什么东西可以让自己砸一下，最好是那种能举起来的，能砸得稀碎的，能发出声响的……

许之一回到公司后找到了睡眼惺忪的张晓蛟，问他为什么尹琪连招呼都没打就走了，不是说好一起晚上吃饭的吗？

“难得大哥来一次……”许之一趴在办公室的窗户旁边，虽然知道人早就走了，但是依然希望有机会拦住尹琪。毕竟大学毕业这么久了，难得能够见上一面。

张晓蛟一肚子火正没处发，但是想了想和许之一掰扯这个又能有什么意义呢？

“大哥晚上的飞机，他忙。”张晓蛟轻描淡写了一下，不再做任何解释。许之一也不多问。张晓蛟转头走到办公桌后面打开了电脑，开始捣鼓合同。毕竟手头还有一堆事没忙完，加上这两个月有点儿入不敷出，现在顾不上个人感情的宣泄了……

然后“啪”的一声，停电了。

许之一抬头看看，不仅是张晓蛟的显示器黑了，头上的吊扇也停止了转动。

“又给断电了……”许之一走到吊扇的开关旁边，关掉了吊扇，“你没去交电费吗？”

还没等到许之一转过身，张晓蛟已经一把扫过桌子，显示器牵扯着电源线整个飞到了地上，摔得七零八落。继而是键盘和鼠标，也被张晓蛟粗暴地硬生生拉扯下来，摔在地上。

“操！操！操！非要转型做什么美术学校！现在好了吧！培养什么动画人才，现在你满意了吧！”张晓蛟吼叫着拍打着桌子，觉得自己为了许之一随口提的要求白白浪费了公司这么多钱，这样发泄完全不够让自己冷静下来。张晓蛟巡视着桌子上还有什么东西可以让自己砸一下，最好是那种能举起来的，能砸得稀碎的，能发出声响的……

哦，当然了，也一定要是便宜的。

贵的东西，摔不起……

比方说刚才那台显示器就是很好的例子，之前从大学里二手买来的，砍砍价算起来一台才五十块钱。相比之下，鼠标和键盘虽然也很便宜，但是摔碎时的效果就逊色了些许。而且这些个从旧货市场收回来的鼠标和键盘别看什么标志也没有，但是特别结实，扔在地上能砸出坑来。

许之一之前甚至怀疑这是诺基亚出的电脑外设。

当然了，现在重要的是一定要砸碎什么东西来解恨。遗憾的是，在张晓蛟的桌子上除了手机，已经没有其他的东西了。张晓蛟犹豫了一下，迟疑着是不是真要摔手机。

许之一站在门口看着这一幕，没有作声，只是推门出去了。过了一会儿，许之一抱着自己的那台二手显示器走了进来，转手交给了张晓蛟。

张晓蛟说："谢了。"

然后张晓蛟高高举起显示器，摔在了地上。

"还要吗？"许之一认真地问道，"外面还有呢……稍等我去给你搬过来……"

"行了……"扔完这一下后，张晓蛟的呼吸终于开始变得渐渐平和，跌坐在沙发里，开始喘粗气，"我没事了。"

许之一看了看地上，小心地用脚踢开了一些尖锐的碎片，走到张晓蛟跟前：“晚上别加班了，艾玛今天应该在深圳吧……她不是说约你吃饭吗？你晚上去散散心。”

“艾玛回来了？”张晓蛟抬头问道，“她要是真的回来了正好，咱们晚上一起去吃饭。”

“别，还是你俩去吧。今天应该是艾玛的生日……”许之一说道，“她肯定愿意和你单独吃。”

张晓蛟愣了很久，赶紧拿起手机翻看了一下日历，发现艾玛的生日还真是今天。思来想去，张晓蛟用手去摸自己的屁兜，掏出来钱包，数了几张一百块钱的钞票，最后一把将所有的钱都掏出来扔在了桌子上。

“先去交电费吧。”张晓蛟说道，揉着自己的太阳穴。

许之一看了看桌子上的钱，没伸手：“那你晚上和艾玛怎么办，不出去吃饭了？”

“是她找咱们吃饭，自然是她请客……大家得讲道理嘛。”张晓蛟摇摇头，气已经消了大半，“而且她又不是外人，知道咱俩穷。面子回头再挣回来就是了，不丢人。我身为公司的 CEO，这点儿觉悟还是有的。先天下之忧而忧嘛，明天早晨辛苦你去交一趟电费好了……”

许之一还是没动。

“还有事？”张晓蛟重新坐在自己的沙发上，摆出了平时稳坐钓鱼台的 CEO 架子。唯一的瑕疵也就是桌子上没有了显示器，无论张晓蛟多么八风不动，但是看起来都像篡位成功的太监。

“做动画的事情……”许之一开口说道。

张晓蛟点头，又开始有点儿不耐烦了，不晓得为什么许之一突然又老生常谈：“不是都说过了嘛……做动画挣不到钱的。做广告不是挺好的吗？哦，我知道了！”

张晓蛟突然想到了什么，恍然大悟：“见到了大哥，又让你想到兰……”

“说好不提兰菲了的。”许之一急忙打断了张晓蛟的话，发现自己嘴快了，赶紧补充道，“真不是。我就是觉得，大哥说的有道理。咱们现在天时地利人和，为什么不去申请参加呢？”

说着，许之一摸索了一会儿，取出尹琪带来的那张申请表。

“理由很简单。”张晓蛟用一根手指敲着桌子，像极了小学时代那些个不耐烦的班主任，“咱们没时间去整这个，懂不懂？”

许之一还是没说话，只是拉了一把椅子坐在张晓蛟面前，拿了支笔，开始在报名表上认真地填写公司信息。

张晓蛟一脸恨铁不成钢，觉得处男就是处男，一点儿都经不住考验，关键时刻太容易掉链子。

“我说你可别擅自报名啊，报名费很贵的。”张晓蛟忍不住提醒了一下许之一，“别忘了我才是 CEO，你区区一个 COO 是不可以越权的。”

“没有，我不报名。”许之一嘴里说着，但是笔还是没停下。

“那你是干吗呢？”张晓蛟觉得许之一有点儿敷衍自己，不满地问道。

“真的，不报名。”许之一没有抬头，“我就是填填这个表，过过瘾。你不用管我，我一会儿就去交电费，你先去找艾玛吧。”

张晓蛟站了起来，迟疑了很久。

他觉得，许之一不会是生气了吧？

“你真不去和我们吃饭啊许之一？”张晓蛟问道。

“真不去……对了，晚上不用给我留门，我睡公司。”许之一依旧没有抬头。

张晓蛟点头，转身出去了。

晚上艾玛果然已经回了深圳，等她给张晓蛟打电话的时候，张晓蛟和他的大摩托车早就已经在艾玛的楼下了。艾玛笑着走过来，张晓蛟随手递给了她一个安全盔。

“许之一呢？”艾玛左右看了看，虽然她确实挺希望单独和张晓蛟吃这顿饭的，但是许之一不在张晓蛟身边，艾玛还真有点儿不习惯。

“吵架了。”张晓蛟轻描淡写地摆摆手，示意艾玛不要提这件事。

“啊？你和许之一吵架？”艾玛这次是真的惊讶了，“你俩要能吵架，那这世界上就没有不吵架的人了。”

“你懂什么，感情好是感情好，我们吵架是因为公司决策上有所分歧……”张晓蛟忍不住发了脾气，“你现在怎么跟多多一样，话那么多。烦不烦？”

艾玛看到张晓蛟真的生气了，赶紧哦了一声，不再多说什么。

“晚上吃什么？”张晓蛟也意识到自己这脾气发得一点儿都不爷们儿，尽量缓和了自己的态度，“不对，今天是你生日，应该问晚上你想吃什么……事先说好啊，我身上没钱，你得先借给我，我才能请你吃。而且别吃太贵的，我怕我还不起……”

艾玛就看着张晓蛟笑。

张晓蛟浑身不自在，说：“你别这么色眯眯地看着我。”

晚餐选在了一家西餐厅，点了几个张晓蛟爱吃的菜，服务员看过了艾玛的身份证之后送了一碗长寿面。然后艾玛看着从早晨起还没吃饭的张晓蛟狼吞虎咽。

“我妈问我什么时候找对象。”艾玛忽然开了口，“她啊，小题大做，总觉得我要成剩女了。”

“哦。”张晓蛟一个哆嗦，没有说别的。

“我就跟她说，不用着急。”艾玛看到张晓蛟的反应，怕他误会自己是给他压力，急忙解释，“我跟我妈说，你女儿这么好看，想娶我的人，肯定得有事业啊。”

“嗯，就是的。”张晓蛟说道，“确实挺好看的。”

“等到他事业成了的时候……”艾玛故意只说了半句话，然后眼睛忽闪忽闪地看着张晓蛟，等着他接下半句。

“说不定等你男朋友事业有成的时候，都年过五十了。”张晓蛟切了小半块牛排，放进了自己的嘴里。

“啊？不是吧……”艾玛愣了一下，“公司遇到麻烦了？”

“我是说你男朋友，又不是说我。”张晓蛟依旧滴水不漏，“不过，我们公司确实遇上了一点点小问题。但是你放心，我们肯定不会跑。你就算信不过我也信得过许之一吧，你借给我们的钱，一定连本带利还给你。”

说完，张晓蛟低着头继续吃饭了。

艾玛的手机来了短信，低头看了看手机，惊喜地说：“哎呀，大师兄发来的。难得他还记得今天是我生日。”

“哦。”张晓蛟没想搭茬儿，“他们都发短信了吗？”

“兰菲和许之一都发了短信，多多是给我打的电话。”艾玛想了想，“小白发的邮件，他说他那里信号不好，前几天基站刚被游击队给炸了。”

张晓蛟一边嚼着嘴里的牛排一边抬头，伸手拿过艾玛的手机：“许之一还发了短信？”

果然，许之一真的发了一条信息：“艾玛，生日快乐！晚上我……算了懒得编理由，我就不跟张晓蛟一起过去了。这算是生日礼物吧。”

张晓蛟一脸厌恶的表情，把手机还了回去：“许之一什么时候也开始这么露骨了，简直越来越像我了……”

艾玛就一直笑，问道：“不看看兰菲的短信吗？”

张晓蛟没有抬头，生怕自己的眼神会有什么破绽：“我看她的短信干什么，闲得蛋疼。再说了，要看也是许之一看啊……这小子今天和我吵架，多半就是又惦记上大学时的那些事了。”

艾玛叹口气，一晃大家毕业这么多年了，没想到许之一就是不死心。

“兰菲都说得那么清楚了，怎么许之一就是不明白呢……”艾玛都有点儿开始心疼许之一了，“当年兰菲毕业时，说的那番话其实就是给许之一一个退路而已，毕竟大家都是朋友，闹僵了不好看……许之一还当真了。”

张晓蛟抬起头，皱着眉：“哦，合着你们都觉得兰菲是在开玩笑？或者说是，让许之一做出点儿成绩这个要求，在你们眼里就跟要星星要月亮一样特别不现实啊？”

“不是吗？”艾玛开玩笑地问道。

“反正，我相信许之一。”张晓蛟的语气有点儿不高兴了，觉得艾玛这个玩笑有些过分。

“我就是说说，你别生气啊。”艾玛觉得张晓蛟一边嚼东西一边说话的样子很可爱，时不时会露出小虎牙，“我就是说，许之一真的不是兰菲喜欢的类型。现在兰菲她一个人在上海漂着，真有什么事的话，你猜她会给咱们里面的谁打电话？”

张晓蛟歪着脑袋想了想：“大师兄吧？我知道我知道，我们几个里面唯一靠谱点儿的也就是大师兄了。上次拍外景的时候大师兄还特别去看了看兰菲。切，就比我们大一届，就一直把我们当成弟弟看，这娘们儿真是……”

“兰菲也就把小白当成弟弟看。”艾玛知道张晓蛟开始回避问题的核心了，“算了，不说这个了。你还差什么事没办呢？”

张晓蛟僵住了，想了想，为难道：“不至于吧，一顿饭才几百块钱，真让我写欠条啊？”

“今天我生日哎，你还有什么话没说呢？”艾玛摆摆手，赶紧示意自己不是张晓蛟琢磨的那个意思。不然，依照张晓蛟的性格，说不定他真的就逃跑了。

“哦哦，生日快乐。”张晓蛟恍然大悟，一下子释然了，从容地拿起餐巾擦了擦嘴巴，“吓我一跳，幸好我聪明，不然刚才我真的跑了。我想也是，大家都认识好几年了，不至于为了几百块钱跟我较真啊。”

说罢张晓蛟心满意足地靠在了座位上，打声招呼道：“服务员，打包！”

艾玛看了看桌子上，还剩下一块完整的牛排没有动过。

“带回去给许之一的？”艾玛心知肚明地问了一句。

“他肯定还没吃饭呢，说晚上就直接睡在公司。”张晓蛟叹了口气，“你说他这个人吧，除了拧，就没别的优点了。真是的，有意见你说啊，实在不行和我打一架。天天跟个闷葫芦似的，想干什么也不说，憋死我了。你是知道我的，我喜欢直来直往，不喜欢绕圈子。”

艾玛点头，说：“那，我不绕圈子。今天晚上你家是不是没人？”

“是啊，没人。”张晓蛟很奇怪为什么艾玛这么问，“干吗？”

“那……”艾玛低下头脸一红，“晚上我去你家方便吗？”

“你傻×，艾玛？”张晓蛟一脸不解地看着艾玛，“我不是说了我家没人嘛，你去干吗？我晚上和许之一一起睡公司。”

艾玛脸更红了，说：“哦。”

张晓蛟眉头皱得更紧了，疑惑道：“你脸红个什么劲啊？”

“服务员！买单！”艾玛忍无可忍，敲了敲桌子喊道。

回去的路上，艾玛紧紧抱着张晓蛟的腰。张晓蛟拧着自己摩托车的大油门，轰轰轰地送艾玛回家。等到摩托车停在了艾玛公寓的马路对面时，张晓蛟说：“下车。”

艾玛跳了下来，正准备解开头盔还给张晓蛟，没想到张晓蛟关了油门，也下了车，打开了摩托车后座的储备箱。

别看储备箱里面的空间不大，但是乱得可以。张晓蛟一副盗墓的架势，在里面翻来翻去，末了，找出一个小盒子，随手扔给了艾玛。

“生日快乐。”看着愣在原地的艾玛，张晓蛟伸手接过艾玛拿着的头盔，还有她手里拎着的那份打包好的牛肉，准备离开。再不走的话，许之一晚上就要吃凉的了。

为了避免张晓蛟发车时又出现打不着火的尴尬，艾玛乖巧地独自离开。背后，传来了几声张晓蛟着急的喘息。很快，大摩托车轰轰轰的声音再次响了起来。

黑烟远去，艾玛并没有上楼，而是躲在公寓口，心里面怦怦跳。在确认张晓蛟已经远去后，艾玛几乎是第一时间打开了那个小小的礼品盒。

里面并不是刚才艾玛猜测的钻石戒指，而是一串项链，但是这并没有带给艾玛太多的失望。因为艾玛也觉得自己实在是太贪心了，且不说戒指对于张晓蛟来说象征意义过于沉重，而且，钻戒的话，张晓蛟现在也买不起啊……

艾玛小心翼翼地戴好了项链，嘴里哼着歌，准备上楼，泡个热水澡然后美美地睡一觉。然后预感到今天晚上自己一定会梦见张晓蛟，说不定，张晓蛟也会梦到自己。两个人梦中相会，再然后说不定……

想到这里，艾玛脸红了，责怪自己胡思乱想。

其实，艾玛确实是胡思乱想了。张晓蛟现在一点儿女情长方面的考虑都没有，而且今天晚上也不打算睡觉。

摩托车到了公司楼下后，抬头看看，张晓蛟放心了不少，起码公司的灯亮着。这说明，许之一在公司，而且电费也交上了。

熄火，上楼，推门进了公司。果不其然，许之一坐在张晓蛟的位子上玩着电脑。地上刚才被张晓蛟摔碎的显示器已经被保洁收走了，许之一又搬了一个显示器过来。张晓蛟走过去，放下了手里的牛排，说道："趁热吃吧。"

许之一哦了一声，双手离开了键盘鼠标，直接拆开塑料袋，像吃煎饼一样开始动嘴。

"你干吗呢？"张晓蛟努努嘴，最终还是不打算让许之一离开。他俯身，看了看显示器上的画面，是动画软件。

许之一点了一下播放，一下子，张晓蛟傻掉了。

还是那部两个人从大学起就一直说要面世的动画片。已经几年了？这部片子的时长从一开始的五秒钟，到了现在的十七秒。在张晓蛟这几年已经逐渐撒手不管、开始淡忘的时候，基本上都是许之一闲着没事，时不时拿出来继续做，补上个一两帧。

这部动画，从上大学时被张晓蛟看作是旷世之作，到现在步入社会之后明白它其实就是个垃圾，其评价已经发生了翻天覆地的变化。

这种评价的变化也同时发生在张晓蛟本人身上：他再也不会像大学时一样，逢人便说自己是个天才。

张晓蛟觉得，这个变化不仅没什么值得哀叹，反而是自己变得成熟的表现。人啊到了一定的年纪就不该把“梦想”这种东西挂在嘴边了，会被人嘲笑幼稚的。

许之一那点儿小心思自然逃不过张晓蛟的眼光：“你把这个拿出来……是想暗示我什么吧？”

许之一吧唧嘴，说：“没有啊。”

然后张晓蛟就笑：“你看看，咱们真拿这个玩意儿去参赛啊？”

许之一还是吧唧嘴，说：“不是啊。”

张晓蛟耐心地点了保存，然后关了软件：“你说你非得动这个凡心……真不懂了，你为什么就非要较真做动画？”

许之一吧唧吧唧了半天，咽下去了最后一块牛肉，擦擦手，说道：“我上大学学的就是这个啊……”

“学什么就干什么，那是应试教育。”张晓蛟迅速摆出自己在来的路上就准备好的一套说辞，“你看，咱们应该保持一个长远的眼光。大学也没有‘国家主席专业’是不是，难道就没人能当领导人了？这完全是封建主义思想嘛。”

许之一知道自己说不过张晓蛟，索性不说话。

“许之一……我知道你不想做广告这事。”张晓蛟觉得自己快要成功了，对付许之一就得这样先晓之以理然后动之以情，“但是，你不能否认咱们能走到今天不容易……公司眼看着就要迈入下一阶段了。虽然现在挺辛苦的，但是起码咱们没有饿死不是？也攒了点儿钱啊对不对？”

许之一点头，说：“对。”

“所以啊……还不到追寻梦想的时候……放心吧，兰菲会一直等你的。”张晓蛟继续洗脑，“她要不是对你有信心有耐心，为什么现在还不嫁人？所以呢，你唯一要担心的不是和时间赛跑，而是赛跑的路上因为没赚到钱冻饿而死。理想和现实之间的距离，需要靠咱们公司接单来维持啊……”

许之一看着申请表，说：“对。”

“所以呢……”张晓蛟察觉到了许之一的目光，赶紧过去把桌子上的罪魁祸首装进了抽屉里，“所以呢，先安下心来，有什么着急的？咱们还年轻。况且，你想想，你要是真的现在去做动画了，公司怎么办？你可是公司的 COO 啊，多少人跟着你吃饭呢。”

张晓蛟明白，自己这个撒手锏肯定是直接命中许之一的死穴。

许之一的脸上，已经是心软的表情了。

没错没错，就是现在的这个表情……张晓蛟一下子放心了不少，这两年每次只要许之一流露出现在的神态，就代表他想通了。是啊是啊，虽然许之一一直都有点儿幼稚，有点儿死板，但是自己身为他的兄弟帮他变得成熟，不正是责任所在吗？

这怎么能算是利用许之一呢……

过了几天之后，许之一似乎恢复了正常，如同安静地躺在张晓蛟抽屉里的那张报名表一样，他已经绝口不提之前的事情了。

慢慢地，就这么过了两个月。两个月里，公司又开始展现出让张晓蛟合不拢嘴的欣欣向荣了，广告的订单纷至沓来。

如果每个月都是旺季那该多好……

张晓蛟不由得打心眼里这么期盼着。

同样，许之一似乎也充实了不少，既没有提继续招人以便扩充后期队伍的事情，也顾不上再说做动画了。每天呢，许之一就安静地坐在座位上画着图，时不时跟下面的人交代一些什么。

而张晓蛟就像之前一样，只要多跑跑那几家地产商，给忙得没空出公司的许之一带带饭，剩下的事情已经不需要自己掺和了。

不得不说，张晓蛟的运气非常好。

这一天，他从之前合作过的王总那里出来后，整个人都快飞起来了。王总打算分阶段签一个为期三年的长期外包合同。这意味着什么？

这意味着，合同只要签下来，三年内自己和许之一就百分之百衣食无忧了！自己这个CEO也可以每天睡到自然醒，再也不用像现在一样每天出去求爷爷告奶奶地揽活了。虽然总体价格会比以往低一些，但是工作量有保证。而且能搭上这种大企业，以后对于公司来说也是一笔无形的财富。

张晓蛟骑着自己的大摩托车，一路上超了好几辆车。回到自己的公司后，张晓蛟马不停蹄地上了楼，推开门第一件事就是跑过去找许之一。

“许之一啊许之一，快来拥抱你这辈子见过的最棒的商业奇才吧！”张晓蛟兴奋地喊着，没有给许之一行动的机会，自己就先抱住了对方。

许之一晃了晃，没挣脱开，只能说道：“我饿了……你别勒着我，这样不解饱的。”

确实，一般这个时候都是张晓蛟带饭回来的时间点。

张晓蛟不屑地松开了许之一，说："走，下楼吃。"

许之一睁大了眼睛。他知道，如果不是什么天大的喜事，张晓蛟很少会带自己下馆子的。

当然了，由于关键时刻张晓蛟的摩托车又打不着火了，因此并没有去成艾玛一直推荐的一家高级餐厅。两个人最终还是去了附近的一个餐馆，张晓蛟点了一桌子的菜，一边看着许之一细嚼慢咽，一边说了自己今天的成就。

"大合同啊！"张晓蛟几乎在手舞足蹈，"简直可以说是我们人生的转折点！"

许之一点点头，虽然一般合作上的事情他并不过问，但是耳濡目染了这么久，这个合同的大概价值，许之一心里也有数。

"是啊……"许之一抬头，开心地说道，"三年的大合同啊。"

然后许之一仿佛饿坏了一样，低下头一直吃饭，不再多说一句话。

一切都很顺利，顺利到让人觉得不自然。

过了几天，王总来到了张晓蛟他们这儿。要知道，平日里这些个老板是很难亲自上门的。这可是对公司最大的认可。

最重要的是，王总带着一个很大的包，里面有公章。

也就是说，对方今天是来签合同的！

张晓蛟不无激动，把早就准备好的合同打印了出来，然后喊着让许之一帮着倒杯水，转头对王总说："您先看着合同，一会儿我给你介绍个人，是我们这儿的 COO，叫许之一。那可是我大学的兄弟……"

王总点点头，说：“好。”

没过一会儿，许之一走了进来，但是手里并没有拿水杯。

“之一，这是我之前跟你提过的王总……”张晓蛟并没有在意这些细节，开心地过去把站在门口的许之一拉了进来，“王总，这就是我跟你提过的许之一，我兄弟……”

王总点头，说：“你好。”

许之一有点木儿讷，张晓蛟知道许之一不太擅长处理这种场面，所以赶紧把许之一拉着坐在了自己的办公椅上。

“啊，您别介意，哈哈。”张晓蛟说道，“他平时话就少，跟个哑巴似的特别闷骚……”

但是话声未落，张晓蛟似乎听到许之一说了一句什么。

唯一让张晓蛟没有料到的是，许之一张嘴之后，蹦出来的并不是问候，也不是自我介绍，更不是对张晓蛟的反驳。

“张晓蛟，”许之一说道，“我不想干了。”

chapter 16

“我不想干了。”

冥冥之中两人开个工作室还是受到了上天眷顾的。
万一当年张晓蛟和许之一创业的时候开的是饭店，
现在手边就满是菜刀了。

许之一向后躺了躺，咕嘟了这么一句。

张晓蛟以为自己没听清，说道："啥玩意儿？"

许之一坐直了身子，转过头来，一字一句地说道："我是说，我他妈不想干了！"

客户坐在对面，也愣住了，琢磨着自己提的要求是不是哪里太过分了，竟然把广告公司的 COO 逼得发脾气爆粗口了。

"是钱的问题吗？这些我们还可以商量。"客户问道。

许之一摇头，很客气地说道："不是钱的事……那个，希望我们下次有机会合作吧。"

这句话很明显就是送客了。客户有点儿云山雾罩，站起来求助似的看着张晓蛟，不知道为什么合作突然就终止了。虽然暂时还没看见什么损失，客户还是下意识地觉得自己应该讨个说法。

张晓蛟深吸了一口气，并没有去阻拦准备出门的客户。他只是一边挽袖子，一边对客户礼貌地说道："不好意思啊，王总，今天您先回去，我们高层得开个会。对了，出去的时候把门从外面带上，我不希望这场会议有任何目击证人。"

言外之意是您赶紧走，别逼得我灭口。

客户的脚步声，以及关门时发出的嘎巴的脆响消失了。

张晓蛟一拳抡圆了砸过去，正中许之一的鼻子，将他连人带椅子打翻在地。

"我操你妈！许之一！你他妈知道不知道公司要指着这个吃饭呢！"张晓蛟开始解领带。这条领带还是今天为了彰显衣着正式，早晨从许之一的衣柜里拿出来的。

许之一缓缓地爬起来，走到了张晓蛟跟前，然后顺手抄起来烟灰缸——

第二回合。

这一次是张晓蛟翻倒在地上。这件事充分说明了人类区别于动物最大的进步就在于会使用工具。

不过不得不说，许之一的举动成功启发了张晓蛟的人类属性，立马翻身抡起来椅子以儆效尤。

话说以儆效尤这个词应该是这么用的吧？——并不是呢，反正就领会精神吧。

嗯，其实如果当时公司还在正常运转的话，情况会好很多。起码应该会有个把员工进来喊一声："张总、许总别打了！都是自己人干吗呀？！"

而目前的情况是，公司里只有一个 CEO 和一个 COO 还在继续工作。没人劝架的话，双方都不太清楚应该什么时候停手，只能是随手摸到什么东西就朝着对方砸过去。

冥冥之中两人开个工作室还是受到了上天眷顾的。万一当年张晓蛟和许之一创业的时候开的是饭店，现在手边就满是菜刀了。

张晓蛟是不打算停手的。第一，反正公司干不下去了，能砸就砸，省得以后搬了；第二，反正公司早就干不下去了，这里的东西也没啥值钱的，砸呗。

相比而言，许之一就单纯了许多：砸死你。

其他的许之一完全都没想，毕竟是单线程的大脑，一下子没法想两件事。

张晓蛟就一边砸，一边怒骂着许之一这些年给自己添的麻烦，从上大学第一天摸了自己的命根子说起，一件不落地开始翻旧账。当然了，许之一因为自己被人揍什么的，都被张晓蛟直接跳过了。

许之一深知自己的逻辑思维和语言构建能力不足以与张晓蛟为敌，所以以攻代守，无论张晓蛟说什么，只是俯身抓起张晓蛟刚才扔过来的东西重新扔回去，然后嘴里补上一句："去你的！"

于是几十个回合，许之一都没落下风。

就在张晓蛟骂累了的时候，随手摸到了身边最后一件完好无损的办公用具。他犹豫了一下，不知道是不是该举起来、丢过去。

许之一看到张晓蛟停下了手里的动作，也抓紧时间喘气，抽空看了看是什么东西让张晓蛟迟疑了。

其实，并不是什么大不了的东西。

那是公司开创以来最老的一台电脑主机。

是的，就是张晓蛟上大学时的那台老爷机，沉重、坚硬，扔出去的话杀伤力极强。

倒不是顾忌到许之一能不能受得了这么一下狠的。

"别，别！"许之一开了口，放下手里的东西，顺便擦了擦脸上的血，"里面有咱们的动画呢……"

张晓蛟愣了半天，身子一软，靠着墙滑下去，坐在了地上。

"操你妈，许之一。"张晓蛟用尽最后一点儿力气骂道。

然后张晓蛟觉得，自己有点儿想哭。

晚上十一点多点儿，张晓蛟和许之一互相搀扶着进了医院。其实本来不会耽搁这么久，但是张晓蛟依旧坚持不肯打车，要骑摩托车过来，这才耽误了不少时间。

已经是深夜了，急诊科候诊区坐的全是些血淋淋的醉鬼，急诊科的大夫刚好上完厕所回来，看到了坐在楼道台阶上候诊的两个人，不禁眉头一皱。

“年纪轻轻不学好，大晚上的和人打架干什么。”大夫忍不住数落了一句，开了办公室的门。进去之后，大夫坐在桌子前让两人过去检查。

张晓蛟说：“大夫，先给他看吧。”

说着把许之一按在了座位上。

归根结底，这件事毕竟是自己先和这么多年的兄弟动的手，张晓蛟还是心里有愧。

其实许之一一路上都不服输，坚称自己格斗经验十足，一定是张晓蛟伤得更厉害。

“还去什么急诊啊……”许之一当时说道，“我直接去派出所报到，争取个自首。你直接给你老婆打电话让她来收尸不就得了。”

张晓蛟说：“别，你别客气这个。我知道，等你的葬礼时，不论怎么着我都把兰菲给你找过来，再给她安排一个观看你火化最好的前排 VIP 位子，确保你这辈子化成灰了她也认识。等到我把你的骨灰撒向大海，过几年你化身成雾霾，兰菲还是不能躲开你！”

许之一不服，还想说什么，但是鼻子疼得厉害。

大夫简单地看了看，说：“小伙子，你鼻梁骨折了。”

许之一说：“不能够啊！”一边说着一边去揉自己的鼻子想要自证清白，然后疼得叫了一声。

大夫倒是很认真，问了几句话，然后简单地看了看许之一身上的伤口，说：“住院吗？”

许之一说：“不用吧，包扎一下就行。”

大夫说：“也是，你们这种人啊，就算住院也是惹祸，年纪轻轻的干什么不好，混社会……”

张晓蛟当时就不乐意了：“哎，大夫您这什么意思，我们可是文化人，开的是广告公司！”

大夫愣了愣，看着这两个衣衫褴褛、浑身血迹的文化人，一方面觉得真是人不可貌相，另一方面也感叹原来现在文化界也这么腥风血雨了。

许之一还是说：“没事，找个护士处理一下就行，大夫你看看我哥们儿吧，他肯定伤得更重。你看他现在活蹦乱跳的，基本可以断定这是他人生最后的火花，本人已经开始初步的回光返照了。”

张晓蛟在还嘴之前忽然想到了什么，手不自觉地按了下许之一，想了想，说道：“给他安排住院吧大夫，然后麻烦您给他来一套彻底的检查，别以后再落下什么后遗症，省得以后讹我。”

许之一转头说：“不用吧？”

张晓蛟心虚了一下，说：“你就安生地在医院里住几天，公司有我就够了。”

大夫看了看，对张晓蛟说：“行啊，那你呢？不陪着你朋友一起住几天？”

“又不是小女孩上厕所，有什么陪不陪的。”张晓蛟摆摆手，表示自己没有大碍。除了头上最初被许之一砸的一个口子之外，张晓蛟确实没什么大事，“大夫，明天一定给他做一个全面检查。”

大夫有点儿没弄懂张晓蛟的意思：“这个，所谓的全面，是到什么程度呢？”

“上至艾滋病、癌症、尖锐湿疣，下至感冒、咳嗽、发烧、缺钙，您都给瞅瞅吧。能抽血就抽血，能验尿就验尿，能验便就验便，能灌肠就灌肠，能洗胃就洗胃，能拍 X 光片就拍 X 光片，能做 CT 就做 CT，能整 B 超就整 B 超……”张晓蛟略微回忆了一下自己知道的几个医学名词，然后口若悬河，“总之大夫，您不用替我省钱。我挺担心的，我兄弟身子骨弱，万一落下什么病根，怕以后扛不住。”

说完没等到许之一开口骂，张晓蛟已经蹿出门去找护士交押金了。交完了钱，护士就帮忙给张晓蛟打了一针破伤风，然后绷带一包，张晓蛟就算是功成身退，出门踹摩托车了。

剩下了大夫和许之一在屋子里大眼瞪小眼。

良久，大夫拿着镊子夹着棉花开始帮许之一清理伤口，一边絮叨了几句。

“看不出这傻逼还挺仗义的。”

“那是。”许之一不无得意地回应道，“我兄弟。”

“哟，哥儿俩一直不错？”大夫为了让许之一放松，继续说道。

“嗯，上大学的时候就在一块了。哎哟，大夫，疼。”许之一忍不住呻吟了一声。平时的许之一压根儿是不会和陌生人说话的，今天真有点儿刮骨疗伤的意思。

“忍着忍着，一下就好……其实你们这代独生子女多，有这么个朋友挺好。”大夫点头，表示理解。

“是兄弟。”许之一更正道。

“对对对，但是啊，千万别耍什么哥们儿义气。太害人。”大夫小心翼翼地操作着镊子，在许之一的鼻孔里做着有史以来最温柔的活塞运动。

“没有，他人虽然有点儿傻逼，但是挺好的。”许之一有点儿感慨地说道，“而且只有我喊他傻逼他不生气。哈哈，可能因为我也是傻逼吧……但是他，张晓蛟，从来没有骗过我。”

“就怕知人知面不知心啊……”

说到这里的时候，大夫的手停了一下，仿佛陷入了什么不好的回忆。

“大夫，看来您是过来人啊……大夫？”许之一忍痛说道。

大夫没搭腔，只是缓缓地把镊子拔出来。

以上就是许之一遭遇的人生中第一场医疗事故：他的鼻腔被镊子扎破了。

等到许之一不情愿地被送进手术室时，外面传来了他最熟悉不过的摩托车声。

张晓蛟确确实实是刚刚发动了摩托车，但并不是因为刚才打不着火。刚才离开急诊室后，张晓蛟并没有着急离开医院，而是拿出了手机，抓紧时间给王总打了个电话。

“喂？王总，抱歉啊，不会打扰您休息吧？”张晓蛟听到电话对面疲倦的声音，客气了一句。

然后医院门口的霓虹灯闪烁了一下，标注了现在的时间为凌晨一点二十分。

王总不愧是有涵养的成功人士，对于这种半夜三更的骚扰电话处理起来非常得体：“操，明天再说行不行？”

“不是不是，那个什么，今天得罪了……”张晓蛟觉得明天事情就不好办了，煮熟的鸭子都能飞，何况活生生的客户呢，“是这样的，您走了之后，我和公司的COO进行了深刻的探讨以及灵魂的碰撞……”

“我知道，听见了。”王总在电话那头点了支烟，“叮叮咣咣的一顿凿，估摸着你们的灵魂快碎了吧。”

张晓蛟有点儿不好意思，赶紧说道：“那啥，我现在能以本公司CEO的身份给您打电话，就说明决策层会议上最终还是我获得了胜利。您的活儿，我们愿意做。”

张晓蛟说这句话的时候小心地捂住了手机，同时做贼一样朝着医院的方向张望了一下，生怕被许之一听到。

“别，弄得你们小哥俩不开心，我担不起这责任。”哈欠声从对面义无反顾地传来，借着午夜的宁静显得格外清晰，而且也沾染了夜色的寒冷，“我还是另请高明吧。”

“别，王总，您知道的，之前楼盘的广告您也看了，我们有这个实力。”张晓蛟急忙打断了王总的话，“而且您知道的，我们有核心竞争力，那就是我们便宜啊……”

张晓蛟的声音之中，第一次彻底失去了平时的玩世不恭，充满了步入社会后早就该有的一种情绪。

我们一般称之为，低声下气。

“王总，您给我们一个机会……”张晓蛟抬头看着月亮，觉得，明显是在大学时的月亮更温暖一些。看来所谓的厄尔尼诺现象纯粹是扯淡，什么全球变暖，这个世界明明越来越冷了。

科学真是靠不住啊……

张晓蛟的计划很简单。

把许之一安排进医院休养几天，然后自己抓紧时间和王总把合同签了，这几天抓紧时间开工。顺利的话，工期也就两三个星期，如果能够在许之一出院之前神不知鬼不觉把这笔买卖做下来，那几乎是完美。

但是要把人送进医院两三个星期，这下手程度可得稍微狠点儿。张晓蛟思来想去，没敢按这个计划来殴打许之一。

毕竟两三个星期呢，那出手力度基本上应该是先导致被害人濒临死亡，然后经过医生的奋力抢救脱离危险期转到重症监护室，然后转到一般病房，最后转到康复科训练。

治好了也得植物人个三年五载的，犯不上。

张晓蛟觉得，只要自己把合同签了，到时候给许之一看看违约责任，许之一不可能不管自己。

为什么呢?

因为他是许之一啊……

当然了，在许之一看完合同之后、答应帮助自己之前，他一定会狠狠揍自己一顿的。张晓蛟已经做好了这个心理准备，而且非常乐观，毕竟今天是许之一吃亏了不是?反正真正开工了自己也帮不上忙，索性在医院住几天散散心也是好的。

最最关键的是，张晓蛟不甘心自己和许之一的公司就这样再一次死掉。

上一次就是因为自己轻信了二师兄的话，导致公司解散了不算，甚至惹得尹琪不肯再做自己的大哥了。

虽然许之一没有说过这件事，但是张晓蛟知道，尹琪曾经私下里找过许之一一次。

“许之一，张晓蛟疯了。”尹琪当时很严肃地对许之一说了这番话，“跟我去北京闯吧，别跟着他了。我说真的，张晓蛟疯了。”

许之一当然知道尹琪说得对。他也知道尹琪是为了他们俩好。

但是第二天，许之一依旧假装什么都没发生过，来到那家已经四个月发不出工资的创意公司，安心地打卡上班，中午还不忘记给张晓蛟带了一份饭。张晓蛟也想假装什么都没发生过，不看着许之一的时候还好，吃那份饭的时候喉咙哽得慌，觉着没脸咽下去。

公司倒闭之后，张晓蛟一时间安排不了所有人的出路。但是他默默地买了一张去北京的火车票交给许之一。因为张晓蛟知道，他和许之一终有一别，晚别不如早别。而且，许之一的出路，在北京的尹琪应该早就安排好了。就这样也挺好，自己自作自受，活该，犯不着带着许之一一起受罪。

但是当许之一接过张晓蛟递过来的火车票时，当时很不明白张晓蛟这么做是什么目的。

当然了，一方面是许之一根本没打算在这种时候甩下张晓蛟自己去奔个好前程。

另一方面是，张晓蛟这张去北京的一等座车票，是用他自己的身份证买的，许之一压根儿用不了。

那天晚上，张晓蛟和许之一骑着那辆大摩托车，突突突突地去火车站退票，然后就近找了一个烧烤摊，敞开了吃烧烤、喝啤酒。

许之一记得，当时张晓蛟好像又哭又笑的，自己却不知道该说点儿什么。

“哎，我操，只是创业失败，又不是死了妈。”许之一真心觉得，其实不算什么事，“大不了从头再来就是了。”

张晓蛟觉得，许之一你这个傻逼，从头再来这种事是说着这么简单的吗？

一年后，新的公司就这么成立了，依旧叫火花，但是这一次是火花广告公司。

当时张晓蛟心虚地给尹琪发了一条信息，简短地说了一下自己和许之一最近的情况，末尾思量再三，还是写上：“希望大哥有空过来瞅瞅，管吃管住。”

过了一会儿，觉得自己这个道歉好像不够有诚意，急忙补了一条：“也管嫖。”

这条信息刚发过去不到三秒钟，尹琪的短信就回来了：“好啊，我一定去。”

然后张晓蛟觉得，哇，大哥果然还是大哥，一点儿没变。

其实当时最委屈的是尹琪。他在接到张晓蛟短信的第一时间就开始回复了，结果自己的手机慢，等到发出去之后才收到张晓蛟的第二条信息。

整得好像没有第二条信息，尹琪就不去了似的……

当然了，那些都是后来的事。

张晓蛟只记得，当时自己很开心。一切都在向着最好的方向发展，哪怕现在的一切都不太好。

起码当时的张晓蛟，眼睛里清楚地看到了希望。

对于张晓蛟来说，火花广告公司，就是自己的希望，他不能眼看着自己的希望再一次熄灭。

哪怕身边还有许之一，也不行。

哪怕许之一得知了自己的所作所为会生气，也不行。

张晓蛟打定了主意，回去后一夜没睡。之前的合同虽然被许之一撕了，但是第二天一早，张晓蛟就带着重新打印出来的合同去找了王总。

签字，盖章。

整个过程异常顺利。

回去后，张晓蛟挨个给底下的员工打电话，说刘啊、秦啊、赵啊，来上班，有大活儿！

上午九点的时候，公司已经守着传真机开始接收第一批资料了。

情况很顺利。

张晓蛟忙里偷闲还给医院打了个电话，询问许之一的情况。

“人挺好的啊，活蹦乱跳的……”大夫在电话那头疲倦不堪，“还做检查吗？”

“做做做，您一定给他做，就像我之前说的，上至艾滋病、癌症、尖锐湿疣，下至感冒、咳嗽、发烧、缺钙，您都给瞅瞅吧。能抽血就抽血，能验尿就验尿，能验便就验便，能灌肠就灌肠，能洗胃就洗胃，能拍 X 光片就拍 X 光片，能做 CT 就做 CT，能整 B 超就整 B 超……”

张晓蛟觉得，自己不说相声真是可惜了，这么长的贯口竟然一气呵成不带打绊的，实属天赋异禀。要是小时候学学曲艺，现在给郭德纲老师捧个哏不算啥大问题吧？

大夫说：“行吧，那得好几天啊。”

张晓蛟听到这句话算是放心了：“您踏实办，就是别让他出院就行。”

临挂电话前，大夫还咕哝了几句：“不就是想查个艾滋病嘛，还非得这么藏着掖着，搞那么多的掩护有什么用？白花闲钱……现在的年轻人啊，平时挺开放，关键时刻真是放不开。”

张晓蛟琢磨了一下：“我操，不是那么回事啊大夫，我和许之一是清白的啊……”

不管怎么说，张晓蛟的脸上露出了好几个星期都没有过的轻松笑容。就连员工们也察觉到了老板的异常。

首先业务主管兼 COO 许之一竟然不在，这在公司里已经算是天大的新闻了。

然后就是 CEO 头上洇着血的纱布，看起来张晓蛟也伤得不轻。不过 CEO 每天除了帮大家订订盒饭之外也没什么用，无所谓了。

想到这儿，倒也没人多嘴问什么，免去了张晓蛟解释的尴尬。当时张晓蛟已经编造了一个丝丝入扣的关于许之一失踪缘由的梗概，基本上就是老实巴交的许之一去嫖娼，一不小心被抓了，自己只能独挑大梁，不过不管怎么样，许之一依旧是大家的好领导、自己的好兄弟，希望许之一放出来之后，大家重新见到他时，不要揭他的疮疤，当没这回事就好。

完美的故事。

只不过时间紧任务重，大家每天都要上班工作，实在是没时间理会张晓蛟，也没人推敲张晓蛟苦心孤诣讲的故事。

时间很快就过去了几天。

这几天，虽然许之一不在，但是毕竟平日里几个员工都还是熟练工，所以公司的广告排版、设计、选料什么的也算是轻车熟路井井有条。这让张晓蛟宽慰了不少，起码许之一就算突然杀回来也不至于是来给自己擦屁股。

想到这里，张晓蛟不禁又得意了起来：“哼哼哼，平时说我不堪重任，等许之一回来的时候一定要他知道知道什么叫士别三日当刮目相看。”

唉，说起来，许之一怎么还不回来，这都快一个星期了……

张晓蛟这几天确实忙，忙着跑印刷厂沟通后期的制作问题，完全没有顾得上在医院的许之一。今天偶尔得闲，张晓蛟赶紧给许之一打了个电话。

许之一冷冷地说道：“你还知道给我打电话。”

张晓蛟就没吭气，他知道许之一这个时候在傲娇，绝对不能搭腔。

过了一会儿，许之一才叹口气继续开口，说：“妈的，折腾死了，又灌肠又胃镜的……”

“哦哦。记得啊，下次先胃镜再灌肠。”张晓蛟好心地提醒道。

许之一想了几秒钟，笑了。

“为什么还不让我出院啊？老早就都检查完了……”许之一已经不生气了，闲聊几句之后忍不住抱怨，“一个体检结果都快一个星期还出不来？”

张晓蛟挂了电话后才觉得自己是不是又上当了，别回头把许之一扔在医院里，结果一辈子都出不来，那住院费谁出得起？

看看整个项目已经走上了正轨，张晓蛟知道许之一就算现在回来，也是生米煮成熟饭只能动筷子了，索性就在当天下午骑着他神奇的大摩托车去了医院。

他要把许之一接回去了。

在医院门口停好车，从里面出来了一个张晓蛟并不认识的护士。护士朝着张晓蛟招手，示意他跟着过去。张晓蛟有点儿蒙，本能地跟上去，护士带他走到一个科室门前，说声“你进去吧”，说完就走了。

依旧是上次的大夫。张晓蛟坐在对面的椅子上，不明白为什么大夫要抓自己过来。难不成是收了许之一的钱，来给自己灌肠的？

哎哟，许之一这小子报复心也太强了吧……

“我听到摩托车声就知道是你来了。”大夫起身，给张晓蛟倒了一杯水。

张晓蛟接过去喝了一口，贼烫，差点儿洒了自己一身。

“检查结果出来了吗大夫……”张晓蛟赶紧站起来擦了擦身上的水，顺口问道。

“周三就出来了。你先坐下。”大夫走到柜子旁边，拿出来一个档案袋。

张晓蛟顺从地坐下，然后又站了起来：“那既然出来了，今天就出院吧。我现在去办手续……”

“他还不能出院呢。”大夫把档案袋放在了桌子上，然后抬头看着张晓蛟，“你先坐下，听我说完……”

张晓蛟再一次坐下，觉得，大事不好，看来这笔住院费得奔着五位数去了。

“许之一许之一许之一……”大夫从档案袋里搜索着许之一的名字，同时念叨着，“他现在的精神状态很好。”

“那还不放人……”张晓蛟忍不住再次站了起来，心想住院费也不能这么骗啊……

“哎哟，小伙子你先坐下！”大夫忍不住说道。

张晓蛟迷茫了，坐在了椅子上。

大夫终于抽出了许之一的病历。

“按照你说的，我们做了全面检查，结果出来后我们觉得会不会是误诊，特意让人送到省医院看了看。人家今天给了反馈，我正说要联系你，你就来了。你是许之一的朋友对吧。你看看是不是方便联系一下他的亲人……我们没有和他说呢，怕他会紧张……你也别着急，先坐下。”大夫自顾自地说着，完全没有理会面前越来越糊涂的张晓蛟。

“啥玩意儿？”张晓蛟这一次是真的受不了大夫一直兜圈子了，拍案而起，而且打定主意这次绝对不能再坐下了。有什么事，必须一次性说清楚！

“他怎么了？总不会真有艾滋病吧？”张晓蛟问道。

“他得了癌症。”大夫抬头，看着张晓蛟，一字一句地说道，“你先……”

大夫没有继续说下去。

也不需要大夫继续说下去了。

面前的张晓蛟，身子瘫软，缓缓滑进了座位里，感觉自己似乎再也站不起来了。

chapter 17

人生没有想象的那么长

我们不是混日子，
我们这是为了梦想时刻准备着！

许之一躺在病床上，显得特别小媳妇儿，仿佛是等着张晓蛟踩着五彩祥云来接自己的紫霞。除了嘴唇有点儿发白之外，许之一依旧生龙活虎，一边啃着张晓蛟刚买回来的苹果，一边问张晓蛟自己到底什么时候才能出院。

“要是再给我灌肠的话，我可能就要强行跑了。”许之一强调了一下。

“是因为很难受，还是害怕自己乐在其中啊？”张晓蛟笑了笑，看到许之一现在的反应，就明白他已经不生气了。毕竟这么多年的死党，俗话说夫妻床头吵架床尾和嘛。

哦，不对，好像这句话不能这么用……算了，就领会精神吧。

“那我什么时候才能出院啊？”许之一又问了一遍。

张晓蛟用了自己一辈子的演技假装什么事都没发生过，说：“快啦快啦，干什么事都不能着急，生个孩子都需要十月怀胎呢，何况是生病。”

许之一皱着眉，说：“哎哟，这个比喻不错，显得很生动。”

“那么说，我生病啦？”许之一继续啃着苹果。

张晓蛟一下子就慌了：“谁跟你说你病了？别瞎猜。放心吧，你没病的。你身体好好的，你……”

“是你刚才说的啊，生病……”许之一被张晓蛟说得有点儿蒙，而张晓蛟也一下子意识到自己失言了。

幸好许之一的智商属于非常客气的类型，得饶人处且饶人。

然后许之一吃完了手里的苹果，拿了一张纸巾擦擦手，翻身从床底下拿出台笔记本电脑："我知道你还是把活儿接了，项目方案这几天我都给你出好了，你拿回去就行。"

"这是艾玛的电脑吧……你什么时候拿来的？"张晓蛟摆出一脸柯南的睿智，觉得说不定许之一和艾玛有一腿；但是转念一想，自己还是信赖艾玛的。因为艾玛的审美应该不至于这么伤敌一千自损八百，所以就没再多怀疑，"既然来医院了就好好休息嘛。"

电脑是许之一住院的第二天打电话给艾玛，求她偷偷拿过来的。艾玛到医院送电脑的时候还略微惊讶了一下，没想到许之一伤得这么重，竟然是被医生从肛肠科推出来的。

"你们小两口又打架了？"艾玛见怪不怪，顺便帮许之一找着病房里的电源，"所以说你们男生就是死活长不大，从上大学就这样。你看你们这都毕业了，现在好歹也算是商务精英，一个 CEO 和一个 COO，还有什么可打的呢？"

"对啊，上午是精英，下午就现原形，又还是我和张晓蛟了。"许之一想了想，觉得艾玛说的也算有道理，怪不得自己从大学起就总是在中午十二点之后和张晓蛟爆发矛盾。

其实许之一想多了，更直接的原因是，一般上午张晓蛟都还没起床。

艾玛被逗笑了，递给许之一自己手里的电脑："既然都住院了就好好休息呗，还玩游戏……"

"不是啦。"许之一抬头，不太好意思地说，"你知道，张晓蛟肯定还会继续做广告的，我得帮他啊。"

“你都这样了还帮他画画？”艾玛惊呼道。

许之一晃了晃胳膊，说：“啊，其实我没怎么样，好着呢。而且不是画画，我就是帮他调色。”

艾玛恍然大悟，点点头，有点儿忌妒：“说真的，很多时候我都觉得，我一辈子都不可能成为张晓蛟的女朋友，因为竞争对手太强大了——你才是正房，我连个偏房都算不上，顶多也就是个刚买来等着上位的使唤丫头。”

“再接再厉嘛。罗马又不是一天建成的，你看我和张晓蛟一个屋子里睡了多少年？大学的时候甚至睡过一张床呢！你啊，不经历风雨怎能见彩虹。”许之一赶紧宽慰了艾玛几句，显得有理有据。

艾玛皱皱眉毛，说：“许之一啊，你可是真不知道学好啊，跟着张晓蛟，终于会讲黄段子了。”

许之一没理会，因为打开笔记本电脑后，许之一愣了愣。

桌面的照片，是艾玛、多多和兰菲一起去马尔代夫毕业旅行时留下的合影。

艾玛看到许之一的反应，匆忙俯身一看，赶紧替许之一合上了电脑。

“最近兰菲也没联系你们啊。”许之一弱声弱气、若有若无地扯起家常。

“联系了啊，我们关系这么铁，怎么可能不联系呢？”艾玛赶紧搭腔，不让许之一觉得自己有任何敷衍的语气，“兰菲已经转正了，在上海的总公司。娱乐圈嘛，肯定很忙。你看看现在这些个明星，今天你出轨、明天我出柜的，头条天天抢，他们干娱记的自然是没什么时间和咱们这些个平头百姓闲聊了。”

“是啊是啊，她现在肯定特别忙……”许之一点头，认同了这个观点，“其实毕业之前不该找她表白的，弄得大家在一起待不下去了，她才必须去上海……”

“不是你的责任啦。”艾玛赶紧替许之一洗白，“如果说真的有责任的话，也是多多的责任。说起来我昨天还见多多了……”

“多多最近干什么呢？”许之一问道。

“老样子呗，一天天的就那么点儿事，说是婚介，我觉得就是拉皮条。时不时还来找我闲聊，就是跟我诉苦，说她的负担真是越来越重了……”说着艾玛一脸不高兴。

“多多能有什么负担？”许之一没想明白平日里人称夜店女王的多多还能有苦恼的事。

艾玛双手在胸部比画了一个捧着西瓜的动作：“她说她已经在国内买不到合适胸围的内衣了，让我出去的时候帮她从国外的免税店买。哼，完全不懂审美，身材匀称才是现在的潮流，比如像我这样的，要不是现在已经有了张晓蛟，我随随便便去外面抛头露面一下，多少星探都会来找我的……光胸大有什么用？你说是吧许之一。”

许之一说：“啊，啊。”

“就知道你向着我。”艾玛开心了一些。

“小白呢？”许之一深知女人之间战争的可怕，歪着脑袋想了想，尽全力转移了话题。

“冯小白估计还在尼泊尔吧？”艾玛说着，自顾自拿回了电脑，打开了自己的邮箱，“前几天还给我发邮件看他拍的风景呢。只不过还是没有摄影工作室愿意收留他。我就说嘛，闲着没事去什么尼泊尔啊，老老实实跟着你和张晓蛟混日子得了。”

许之一听到这里有点儿不高兴，把电脑抬手拿了回来，打开了文档：“我们不是混日子，我们这是为了梦想时刻准备着！你别瞧不起你家张晓蛟，昨天他还接了个大项目。你还记得二师兄给介绍的那个王总吗？干房地产的，人家分分钟几百万上下呢。我们就是要给他做社区的3D模拟图。这么大的项目，除了我公司CEO张晓蛟有这个实力，试问世间谁与争锋？”

“我不是瞧不起张晓蛟，我是瞧不起你俩。”艾玛觉得许之一误会了自己的意思，“每次说到张晓蛟的时候你才话多，真是……”

“哦。”许之一顿了顿，“那我确实不好反驳了。”

说完后埋头继续干活。

艾玛见许之一不吭声，抬起手腕看了看时间，自己下午也得回公司去了。

“艾玛。”见到艾玛起身，许之一突然开口。

“怎么了？”艾玛回答道。

“等这个项目做完，记得替我告诉一声张晓蛟。”许之一说道，“我打算去上海。”

“行啊……”艾玛觉得这简直就是小事一桩，“就是的，从毕业之后你俩天天忙，干成了件大事后也该休息休息了。你去上海看看你的兰菲，我和张晓蛟也抽空去一趟三亚。我大学买的比基尼毕业后都没机会穿……也不知道现在是不是还合身……”

艾玛说到这里低头转了一圈，端详了一下自己的腰身，显得很紧张，生怕自己胖了。

“别别，我不是去找兰菲的。”许之一急忙抬头辩解，然后赶紧红着脸低头继续干活，“我不是去旅游。我是说，既然张晓蛟不打算做动画了，那我就自己去那边找份相关的工作。而且这边的公司已经走上正轨，我其实也帮不上张晓蛟什么忙了……”

艾玛嘴巴微微张开，似乎是想确认许之一是不是认真的。

但是艾玛最终还是没有开口，因为许之一一直看着电脑噼里啪啦地弄着文件，表情很难说清楚是在对工作认真，还是对刚才的那段话认真。

但是无论如何，许之一没在开玩笑。他是认真的。

而且这不是商量的语气，而是单方面的通知。

艾玛一下子就知道了，这绝对是天大的事！虽然这几年艾玛一直看着张晓蛟和许之一撕逼打架打到现在，但是不管怎么说许之一都没说过散伙儿的事。甚至艾玛还认真地考虑过，如果有一天自己真和张晓蛟结婚的话，买房子要买个三室一厅，专门给许之一留一间。

完了完了完了，许之一这小媳妇儿终于要去追求自己的幸福了！

艾玛下午刚到公司就给张晓蛟打了电话说：“我说，张晓蛟，许之一最近好像有点儿不对劲。”

“哦。”张晓蛟一边用肩膀夹着电话，一边在电脑前看着平时需要许之一过目的合同，并没有在意，“放心吧，回头我去说说他就好了。”

艾玛就很着急，显然张晓蛟并不知道情况的严重程度：“许之一真的不对劲，你俩到底怎么了？”

“打了一架呗。”张晓蛟满不在乎地说道，“你放心吧。对了，这几天我可能没时间陪你，要是想出去逛街吃饭的你也别找我啊，我真的特别忙，就这样。”

“你可一定要记得去和许之一谈谈啊！”艾玛知道张晓蛟此时心不在焉，就要挂电话了。她并不在意自己的事情，而是许之一刚才的那番话令艾玛着实不安。但是这个时候无论艾玛说什么，张晓蛟都是听不进去的，所以也只能嘱咐他几句了。

“行！谈！一定谈！”张晓蛟说道，秒挂了电话。哎哟，无非是和许之一谈谈嘛，小事。

然后转眼张晓蛟就忘了，留着许之一自己在病床上胡思乱想：怎么张晓蛟还不过来找自己呢？

许之一这几天就一直在医院里，需要上网和给其他的员工发邮件时，就溜达着去医院附近的网吧。回来以后呢，就被医生安排做各种体检，折腾得死去活来。

对许之一来说，这里简直就是个渣滓洞。但是呢，自己又不能跑。之前一冲动跟艾玛说了那么严肃的话，现在自己不知道怎么去面对张晓蛟。

平时出现这种情况的话，一般都是张晓蛟负责解围的。所以，许之一只要安心等自己兄弟过来就好，不用着急。

但是，许之一发现，似乎自己住院的钱应该花了不少了。且不说那些个许之一见也没见过的诊断项目，就连在急诊室接待自己的那个大夫，这几天检查完后都明显是问心有愧，和自己说话的时候总是遮遮掩掩，问一些有的没的，什么家里有几口人啊、自己有什么亲人在市里啊。弄得许之一挺不爽的，又没多少钱，为什么对方一副很怕自己会拖欠医药费的样子。

今天张晓蛟来了医院后，看起来应该是没有睡好，眼睛红红的。一看到张晓蛟这副表情，许之一就觉得：差不多了，自己还是抓紧时间出院吧，不然张晓蛟非得忙死不行。

但是张晓蛟一直不肯提关于自己出院的事。

许之一一下子想明白了，是不是前几天自己跟艾玛说的自己要走的事，让张晓蛟现在非常为难，所以不好意思开口？没错，一定如此，像自己这么有能力的员工而且又是靠得住的兄弟，绝对是事业合作伙伴的不二人选。

说起来虽然公司已经走上正轨了，但是看来张晓蛟没了我还是不行啊……想到这里，许之一不无得意，自己果然才是张晓蛟生命中不可或缺的男人。

呃，但是仔细想想的话，好像又没什么值得得意的。

回忆到此为止，许之一笑了笑，看了看站在自己面前的张晓蛟。

张晓蛟的嘴巴张了半天，每次到足够吐出一个字的时候又重新闭上，跟个蛤蟆一样。

许之一并不打算自己先开口。自己和张晓蛟吵架打架多少次了，每次都是过几天很自然地又鬼混在一起，双方丝毫都没有考虑“道歉”这件事。而且两个大老爷们儿整天混在一起已经够基了，道歉这么娘炮的事，实在是做不出来。

许之一等了半天，突然有点儿心软，心想，要是张晓蛟张嘴说出的是挽留自己的话，那干脆还是留下来好了。

对许之一来说，他的人生只有一个梦想：和张晓蛟一起做一部流芳千古的动画。

这个梦想对现在的许之一来说，又可以细化拆分成两个局部目标：

第一，和张晓蛟在一起。

第二，做一部流芳千古的动画。

如果鱼与熊掌不可兼得的话……

抬头看看张晓蛟，许之一已经想好了自己要说的话，首先自己不生气了；其次呢，如果张晓蛟目前真的打算继续做广告公司的话，自己也愿意留下。反正日子长着呢，张晓蛟这种三分钟热度的人，迟早会腻烦现在的工作，老老实实跟着自己去整一部动画顺便进军皮克斯电影节，然后自己是最佳原画，张晓蛟是最佳编导。

感谢名单里一定要出现艾玛，她这些年做的盒饭钱就可以一笔勾销了。然后也得感谢一下冯小白，毕竟他证明了连色盲都可以当摄影师，那自己凭什么不能做动画呢？第三个要感谢的是尹琪，大师兄这几年一直帮了不少忙……第四个要感谢的应该是多多了吧？当然了，多多没有什么特别值得感谢的地方，但是没有多多的话，就不会认识兰菲了……

兰菲的话就不用出现在感谢名单里了。希望她看到这条新闻的时候，注意到自己的名字就好。之后就简单了，自己只要坐着飞机去找兰菲，然后特别帅气地对她说一句早就酝酿了许久的话："我做到了，所以，我来找你了。"

双方激吻，抱得美人归，落幕。

许之一觉得，这故事简直完美。

人生巅峰既然近在咫尺唾手可得，那自己还着急个什么劲儿呢？

所以，许之一不打算继续为难张晓蛟了。毕竟是兄弟嘛，自己先开口，这件事就过去算了。

"张……"

"许之一。"张晓蛟打断了许之一的话，说道，"对不起。"

"……住院费凑不够是吗？"许之一一下子心领神会，示意张晓蛟不用继续说下去了，点头表示自己并不介意，"小事。那咱们什么时候逃院？虽然这里是三楼，但是翻下去估计没什么问题。当年晚上去网吧的时候，我又不是没从三楼跳过。"

张晓蛟愣了一下，然后笑出了声。

这句话倒是真的，勾起了张晓蛟和许之一的许多回忆。那时候晚上网吧通宵便宜，加上网速快，时不时地男生宿舍就会有人出去包宿。

一般来说晚上宿舍锁门之后，大部分男生都会轻车熟路地从二楼阳台翻身而下，稍微有点功夫的甚至来个鹞子翻身。几乎每个男生都跳过很多次。

许之一和张晓蛟自然也不例外。

偶尔有一天天气很热，张晓蛟睡不着，索性给小白他们打了电话约着一起在校门口集合，然后招呼说："许之一走啊，上网去。"许之一说："好啊，走。"

然后许之一拿上钱包，很自然地从阳台翻了下去，剩下正在穿裤子的张晓蛟一个人站在宿舍里目瞪口呆。

以上就是张晓蛟他们刚刚升上大三，宿舍也顺便从二楼搬到了三楼的故事。

第二天，也像现在一样，许之一安详地躺在病床上，一脸生无可恋。多多笨拙地坐在床边，想要削个苹果体现自己的贤惠。艾玛当时气得不行，一直用手指头戳张晓蛟的头，说都是张晓蛟害的，戳得张晓蛟差点儿脑震荡。兰菲也被冯小白喊了过来，说是赶紧去见一下差点儿摔死的许之一最后一面，不然以后就绝种了……

为了祝愿许之一早日恢复健康，中午许之一被张晓蛟和冯小白偷偷摸摸抬着出了医务室，去后面食堂吃了一顿久违的火锅。

那段时间比现在可好玩多了。

呵呵。

那段时间也比现在过得快多了。青春大把时只觉得度日如年，余额不足时回头看看真是弹指一挥间。

张晓蛟苦笑着。毕业才几年啊，为什么现在就再也没有这么开心的回忆了？

许之一看着似乎在傻笑的张晓蛟，觉得他皮笑肉不笑的，不晓得在谋划着什么，有点儿不寒而栗。

“许之一。”张晓蛟打住了自己的回忆，走到窗户边上，看着窗外的风景说道，“我想了一个星期，想明白了。等这个项目做完……”

“嗯？”许之一为了表达自己认真聆听的态度，在张晓蛟语句间的停顿处，恰到好处地插入一句应和。

“咱们就关了公司，专心去做动画。”

“啊——”许之一一下子没有跟上张晓蛟的逻辑。

“去做动画啊，你不是一直说要去做动画吗？”

“是没错，可是好端端的，为什么要关了公司？”许之一觉得张晓蛟这么爽快地提出关闭公司肯定不是什么好事，说不定公司在自己离开后的短短一周中已经倒闭了。

“既然打算做动画了，那咱们得专心是不是？而且我打算去北京重新开一个，这里的氛围实在配不上咱们身上的艺术气质。”

“啊？去北京？”许之一一下子觉得有一种乡下人准备进城的不安。

“对啊……去北京……大哥也在那边，顺便找他玩玩去。而且北京的氛围好，适合做动画。”

“是啊，但是……重新开公司不又得花钱吗？而且怎么这么突然……之前你不是还说现在要攒点儿钱结婚吗？”许之一匆忙问道。

“我就是说说，谁跟我结婚啊，八字还没一撇呢，我着什么急我。再说了，谁说动画现在不赚钱？只要咱们有本事，照样发财。”

“但是你和艾玛……”许之一现在觉得张晓蛟似乎越来越奇怪了。

“我和艾玛？你说什么呢？她又不是我女朋友，我和艾玛之间什么都没有啊，清清白白。与其说我和艾玛，不如说你和兰菲。你答应人家都多久了？抓点儿紧吧，不然兰菲都老了。”

“别别别，你这样显得我跟第三者插足似的……艾玛非得吃了我。”许之一赶紧摆手，心想得罪了艾玛可不是闹着玩的。且不说艾玛过来揍自己一顿，多多要是知道了这件事，肯定要过来絮叨自己三天三夜。

张晓蛟哈哈大笑，然后顿了顿，对许之一说：“放心吧孙子，你肯定不是第三者。你啊，比谁都重要。谁让咱们是兄弟呢对不对？”

chapter 18

誓

看着收废品的把自己的摩托车抬上三轮时，
张晓蛟出人意料地并没有多么伤感。

就如同尹琪说过的一样，许之一一直对张晓蛟的安排令行禁止，压根儿都不会多想一丝一毫。

张晓姣这次没有了拖延症。王总的项目刚一交上去，他就开始着手结算员工工资，变卖公司剩下的东西，转让办公室，注销公司的一系列工作。唯一剩下的，就是张晓蛟大学时的那台电脑了。

完成之后，张晓蛟谁也没有告诉，甚至连艾玛都没有通知，就带着许之一去了机场，直飞北京。

“你的摩托车怎么办？”一路上许之一唯一的疑问，还是关于张晓蛟的摩托车。许之一本以为，他俩会骑着摩托车去北京呢。

张晓蛟说：“卖了。人家首都多繁华，我身为一个 CEO，也是时候买辆四个轱辘的座驾了吧？”

许之一挺不相信的，主要是觉得不可能有人会买张晓蛟的摩托车。

张晓蛟这次没有说谎，摩托车确实卖了，卖给了一个收废品的，最后到手只有二十块钱。看着收废品的把自己的摩托车抬上三轮时，张晓蛟出人意料地并没有多么伤感。

他现在需要钱，但是和之前大学里托冯小白转让店铺时不太一样了。

当时的张晓蛟觉得，哪怕等一等，但是价格方面肯定不能吃亏。

现在，哪怕钱再少，只要是能够立即结款，多一点儿是一点儿。

到了北京之后，张晓蛟真的给了许之一一个非常大的惊喜，他竟然把硕大的办公室，选在了王府井附近的一栋写字楼里！

此时此刻，张晓蛟还不希望许之一察觉什么。万一是诊断有误呢……大夫也说了，还是有概率误诊的。许之一运气这么好，过几天再检查，说不定不仅癌细胞消失了，而且任督二脉也顺势打通了。

但是许之一显然非常紧张。

“这里，太贵了吧，不太合适吧……”许之一第一次进写字楼时，颇有刘姥姥进大观园的感受，看着周围的人一个个西装笔挺，觉得浑身不自在。

“寸土寸金，要的就是这个身份。”张晓蛟倒是很想得开，“而且，这里是市中心，主要是繁华啊，离哪里都近，去哪里都方便。交通条件便利，贵点儿也值得。”

张晓蛟抬头看了看不远处的一栋建筑。

许之一只想赶紧打开那台旧电脑，试一试张晓蛟刚买的大屏幕显示器。但是张晓蛟似乎一点儿都不着急，只是强调来首都做公司一定要正规。许之一不明白为什么张晓蛟一直要给自己做新员工的入职体检，这个月自己都去三次医院了，每次张晓蛟都说是体检。

“这正规得有点儿过了吧？”许之一忍不住抱怨道，“就没有别的新员工能替我干这事了吗……”

张晓蛟每次看着许之一的体检报告都是一言不发。

等到大概半个月之后，许之一像以往一样一大早兴冲冲来到办公室，愕然发现旁边的办公桌上坐着自己不认识的人。

许之一误以为是新同事，没有声张。中午的时候，张晓蛟才来到了公司。许之一偷偷摸摸过去，问张晓蛟，这几个人是负责前期还是后期的。

“哦，我把办公室租出去了一部分给隔壁干证券的。”张晓蛟淡定地说道，“因为，咱俩用不上那么大的地方。”

这只是一个开始。

每一天的早晨，许之一来到办公室时，都会毫无意外地发现，七十多平方米的办公室里，多多少少又有几张办公桌迎来了新的主人。每一次许之一都会抱着希望假装去饮水机那儿喝水，路过时偷偷扫一眼别人的屏幕，期待着说不定会发现几个自己熟知的软件。

“哪怕是PS呢……”许之一想，没有动画基础也没事，后期培养嘛！

遗憾的是，许之一只看到满屏幕的红线。几个西装革履的人就围在屏幕前不断地盯着大盘走势，时不时打个电话。这些人每天都在增多，蚕食着许之一身边的空间。

许之一就算是再迟钝，也已经发觉到有什么事情不对劲了。

因为除了他的桌子之外，其他的办公桌已经全部坐满了人。这个时候有个年轻人抱着一台笔记本电脑走进了办公室，左右看了看，最终走到了许之一面前。

“先用一下你的桌子啊哥们儿。”年轻人说完，自顾自地在许之一的接线板上插好了电源，然后挤在了许之一的办公桌上。

许之一弱弱地看了看对方，然后一如小时候上学时被同桌画了一道不敢逾越的三八线一样，小心地把自己的键盘挪了挪。

就算许之一的脾气再好，他也有点儿受不了了。好歹之前自己可是个 COO 啊……为什么几天不到，就沦落到连桌子都要和别人共享了……

当天晚上许之一偷偷对张晓蛟说："我怎么感觉是自己在蹭别人的办公室……到底怎么回事啊张晓蛟？"

张晓蛟说："啊，公司刚起步嘛，你又不是没有经历过。都说了成本太高了，需要出让一部分公司资源来换取公司的发展空间……"

"蹭别人的办公室，我倒是能接受。"许之一点头，表示自己不是不讲理的人，"但是现在都发展到蹭别人的办公桌了……这实在是……"

张晓蛟说："没事，现在的企业讲究个多元化发展，你再等等，有了新的位子我给你安排。"

许之一心想，哦，看来公司有困难，那就再等等好了。

两三天以后，许之一已经非常习惯于蜷缩在自己的半个工位上画画了。就在这一天，张晓蛟第一次出现在了办公室里，远远望着沉迷于屏幕的许之一，然后走了过去，拍了拍他的肩膀。

张晓蛟说："走吧，许之一，都准备好了。"

许之一说："啊？什么啊……"

张晓蛟说："医院有床位了，今天你就住院。"

许之一愣了愣，说："我靠，你又要来这套吗？我这次不会上当了。"

张晓蛟哈哈大笑，说："我就知道你会这么说……"

说罢张晓蛟站直了身子，向着门口招手。多多、艾玛和冯小白走了进来，许之一惊喜地跳起来，走到了几个人面前，面对着这次毫无准备的久别重逢。

看来真的是久别重逢啊……多多和艾玛一直在抹眼泪，冯小白直接抱住了自己。许之一隔着冯小白的肩膀朝外面张望着，期待着是不是今天可以是一次全家福。

遗憾的是，门口没有别人了。

“走啊，去哪儿吃啊？等我先保存一下……”许之一说着，挣脱开了冯小白的怀抱，“这附近有好多好馆子呢……”

是的，就像之前说的一样，这里确实地处繁华，交通条件便利，出门没多远，就是协和医院。

多多再也忍不住了，蹲在地上，开始号啕大哭。

“哭什么啊，真是的……”许之一不能理解女人的感情。

尹琪是当天最后一个到达医院的，只不过这一次和众人相见时，有点儿让人跌破眼镜。尹琪不知道什么时候把自己的头发全部剃光了，现在实打实成了光头。

一时间除了张晓蛟和许之一以外，其他人都很不能接受尹琪的新形象。毕竟那头长发对于尹琪来说，可谓大学时代的标志。

躺在床上的许之一弱弱地说：“大哥你看着比我还有病……”

“你们懂个屁！”尹琪很爱惜地摸了摸自己的头发茬子，非常自信，“进了社会当然要成熟一点儿了。什么才是潮流？是光头！什么才是帅？是光头！什么才是永恒不变的经典？”

说着，尹琪另一只手搭在了许之一的后脑勺上，得意地做出了最后的总结发言：“是光头！你们不懂就别瞎胡咧咧，头发长见识短。

许之一啊，你可得跟上潮流，抓紧时间潮流起来！”

张晓蛟恍然大悟，赶紧说：“确实啊，看顺眼了就能感觉到特有男人味儿，大哥你果然适合这种劳改释放的发型。不行，我今天晚上就找个足疗店剃头去，不能只让你俩赶潮流是不是？”

尹琪瞥了张晓蛟一眼，问道：“足疗店还能剃头呢？”

张晓蛟愣了一下，赶紧说：“哦不对不对，口误。脑子里刚才一热，总觉得足疗啊、桑拿啊、洗头房都是一回事。”

尹琪点点头，说：“你去的足疗、桑拿、洗头房确实还都是一回事。”

许之一笑了，笑得忍不住咳嗽了起来。

就像尹琪说的，没过多久，化疗就让许之一的脑袋上寸草不生。而许之一似乎一点儿都不介意，因为除了尹琪之外，张晓蛟也抓紧时间去剃了个光头，两个人每次见面后都忍不住嘻嘻哈哈。

今天很开心啊……许之一已经坦然接受张晓蛟关于自己“得了病”的说法了。就像张晓蛟说的，自己得抓紧时间治，抓紧时间好起来。不然，又要和现在一样，他们准备出去吃饭了，却不肯带上自己。

“兰菲会来吗？”那天，多多、冯小白和艾玛要走的时候，许之一还是按捺不住问了这么一句。

“你啊，你就是生病了而已。所以啊，我才把他们这几个闲着没事干的人喊过来看看你，让你开心开心。”张晓蛟哈哈大笑，拍着许之一的肩膀，“又不是遗体告别，要那么多人干吗？人家兰菲那么忙，你要是病危了，我一定喊她，行不行？不过估计你也没啥机会了，还是好了以后安心弄你的动画片吧。”

许之一点头，说：“那我努力病危。”

张晓蛟说：“这就对了，没必要……我操你努力什么努力！”

说着两个人扭打在了一起。大夫进来说：“哎，时间差不多了，你们该走了啊！”

张晓蛟说：“行啊，明儿我再过来，我们去吃饭了。今儿晚上我先把他们一个一个打发走。你好好睡觉吧，许之一。”

许之一点头，说：“好啊。”

出门，很冷，医院门口，兰菲早就站在门口等着他们了。张晓蛟抬头看到了许久不见的兰菲，并没有什么表示，只是默默拿出香烟，递给了尹琪和冯小白。

艾玛小心地凑过去，递过去了一串钥匙。张晓蛟抬头看了看，哦……

“摩托车我买回来了，不至于的……”艾玛说道。

张晓蛟想了一会儿，伸手接了过来，塞进了兜里。

兰菲抬头看着远处的住院楼，说道：“许之一应该睡下了吧。”

“差不多。”冯小白说道，“大夫说输了液就会犯困。”

“他肯定以为张晓蛟带咱们吃好吃的不带他。”多多噘噘嘴，“完了，许之一要记恨上咱们了。”

几个人哈哈笑了起来，冯小白还推了推一直在冷场的张晓蛟：“你也说话啊……你不说话都不习惯了。”

“晚上也就不招待大家吃饭了，钱得用在刀刃上。”张晓蛟开了口，“哦对，你们的钱我都收到了，就算是我借的。我尽快还给你们，最近实在是……”

张晓蛟犹豫了一下，最后补充道：“实在不行，我立个字据……”

尹琪一脚踹过去，估计这一脚非常狠，踹得张晓蛟蹲在地上起不来，像个娘们儿一样趴在地上，一个劲儿地抽泣。艾玛赶紧过去想扶他起来，说地上太凉了……

但是张晓蛟似乎站不起来。

“用不着还。”尹琪说道，看了看地上的张晓蛟，自己点上了烟，“下一步，你什么打算？”

张晓蛟没吭声。

多多也蹲在了张晓蛟身边，问道：“真的不让兰菲见许之一吗？他俩见面的话，许之一会很开心的吧……”

兰菲没有说话。

“兰菲真去了的话……”尹琪明白张晓蛟这种粗中有细的打算，“许之一可能一下就知道了，自己真的病得不轻吧。就是因为兰菲没有来，所以许之一才相信，自己只是病了。”

兰菲说：“说得对啊……等他好了的话，再见他也可以的。”

“就是的就是的，许之一肯定很快就好了。到时候啊兰菲，你可别吃醋，我可是要给许之一介绍个更好的对象了。”

“许之一才不稀罕呢……等他好了，我先带他去香港转一圈。”

“谁稀罕去香港啊，去尼泊尔，绝对净化心灵。而且那里可是拍摄婚纱照的好地方，只要小心游击队就行……”

“行了，你们不用操心了。”张晓蛟似乎缓了过来，又换上了那副天不怕地不怕的语气说，“一个一个都什么主意，压根儿没抓到重点。我跟你们明说啊，等许之一好了，我们还是做动画片，还是去皮克斯拿奖。到时候啊，咱们公平起见，按照你们今天的捐款金额排名，先后出现在我们的感谢名单里。成不成？”

哎呀，这段话你从大一起就说，你们还记得吗？

记得记得，独立动画，知名制片人。

结果就人家许之一被你忽悠了，自个儿天天干活。

张晓蛟你知道不知道你就是一个学动画编导的破编导啊。

啊？编导和导演不是一码事吗？不都是导吗……

你白上了四年大学，这个都闹不清？

哦，对了，说起来学校里的铺子，今年真的拆了，改成日租房了。

完蛋！都没怎么去拍照……我们创业的第一步啊，以后记者问起来，我们连个故居都没有了……

深圳的房子也可以当故居吧？

不行不行，太没有特色，也没有那种时代感！

时代感是什么玩意儿……

你不是说在北京也租了办公室吗？

那是用来骗许之一让他安心的……其实我就租了一张桌子。

我靠，你真行。

而且那桌子最后还被人给弄走了半张……哈哈哈，真对不起许之一。

许之一到最后也没发现？

没有！他还以为公司遇到困难了，困难到要把桌子租给别人一半。

也就许之一好骗，哈哈。

没错，俗话说傻人有傻福嘛……

哎，你们不许说许之一傻。

哎哟呵，还挺护着自己的小媳妇。

说真的张晓蛟，我早就觉得你和许之一肯定有一腿。

嗯嗯，我也这么觉得，所以他才追不上兰菲，心不诚啊。

拉倒吧。

等人家好了，快放他去自由飞翔得了。你可别祸害人家了。

就是就是，有点儿良心，别老可着一个人坑。

你们真是，对我一点儿信心都没有吗？

哟，张晓蛟，话说到这里，你敢发誓吗？

怎么不敢？

发毒誓敢不敢？

行啊，你们说，是五雷轰顶啊还是碎尸万段？

别整那些个虚的……来点儿实际的。

对啊，你的摩托车不是回来了吗？就用摩托车起誓好了。

我靠，不至于吧，祸不及妻儿懂不懂？

别，就用你的破摩托车来起誓，不然怎么叫毒誓呢？

就是的就是的。

得，冲你们这句话……

"我，张晓蛟发誓，等许之一好起来以后，一定给你们看一部我们自己做的动画片。如若不然，我就再也不骑我的摩托车了！"

张晓蛟胆战心惊地说完这番话，抬头看着远处明亮的灯光。

许之一，你可一定得好起来啊……

你和梦想，必须一起活下去。

尾声

≈

几年之后，张晓蛟再一次来北京看尹琪。

这一次，张晓蛟选择坐火车，没有了他天天骑着的大摩托车；同样，也没有了始终都会坐在摩托车后座的许之一。张晓蛟觉得，没有人坐在自己的后座上，有点儿重心不稳，所以自己也不敢骑摩托车了。

尹琪亲自去火车站接了张晓蛟，说："咋样，累吗？"

张晓蛟回头看了看高铁，忍不住说："还真比摩托车舒服多了。"

尹琪哈哈大笑，说："早就跟你说了，你不信。"说着递过去一支烟。

张晓蛟摆摆手："我戒烟了，大哥。"

尹琪愣了一下，自顾自点上，嘟囔道："好端端的怎么戒烟了呢？"

"前一段时间不是一直在医院里照顾许之一嘛。"张晓蛟笑着说，"医院里抽烟不方便，每次躲在厕所里都能被人发现，索性不抽了。而且，他又不太喜欢闻到烟味。"

尹琪说："哦。"

"前几天还在电视上看到兰菲了，采访那个谁的时候……瞥见了一眼。"张晓蛟说道，"本来说先去找她的，但是她现在这么忙，就往后推了推。”

“艾玛和多多她们怎么样了？”尹琪问道。

“艾玛好久都没联系了。”张晓蛟轻描淡写地说，“来你这里之前刚去找了多多。多多觉得我应该先来找你。其实啊，先找她也不是别的原因，因为我比较懒，而她又近嘛……”

说着，张晓蛟和尹琪都笑了。

张晓蛟搔搔头皮，说道：“我这次一是来看你，二是打算顺便办签证，过几天去找冯小白……结果好像不需要签证。来得这么唐突，没给你添麻烦吧大哥。”

尹琪说：“哪的话，走吧。”

晚上，在尹琪的公寓里，张晓蛟摸索了半天，从包里掏出一个U盘，递给了尹琪。

“插上看看……”张晓蛟有点儿兴奋地说道，“片子。”

尹琪就很豁达，说：“都这么熟了，还带这东西来干什么。而且现在网络这么发达，想看片子的话直接上草榴不就得了。来，你看我还是会员呢……”

张晓蛟愣了愣，觉得是自己话没有说清楚，赶紧补充道：“我和许之一做的那个片子，动画片。”

一盆冷水直接浇灭了尹琪的热情，他只能尴尬地停住准备打开网页的手。

“哦，我早就知道了。”尹琪说道，插上了U盘。

张晓蛟看着U盘，忍不住笑了笑，说：“当年怎么就不开窍呢，明明有 U 盘，还非得从学校抱着电脑跑到深圳去，然后又抱着电脑从深圳跑到北京……”

尹琪说：“因为你们傻呗。”

“哈哈。”

屏幕亮了起来。

一个大概三分钟的小动画，前面的开头和后面的大半段明显画风不同。前面的制作粗糙但是很有灵气，后面的部分虽然制作精致，但是稍显笨拙……

故事描述了一只小老鼠安稳地生活在大草原里。偶尔的一个晚上，它看到不远处有一点点的星光，于是蹦蹦跳跳地出发，向着朦胧的光亮前进。其间，小老鼠翻山越岭，还靠一个后空翻打败了堵在桥上的大灰狼。功夫不负有心老鼠，小老鼠最终抵达了星光的位置，星光洋洋洒洒，隐隐约约形成了“DRAEM”的字样。

最后是一个特别华丽的 THE END。

张晓蛟有些忐忑地问道：“怎么样大哥，能拿奖吗？我自己弄的，独立动画噢。”

尹琪看完后愣了一会儿，说：“为什么是老鼠？”

张晓蛟解释说：“啊，因为他属鼠啊……”

尹琪又愣了一会儿，说：“最后的那个画面，应该是DREAM吧，梦想。”

张晓蛟急忙俯下身快退了一会儿动画，然后盯紧屏幕，也愣了一会儿，说：“我操，还真是……”

尹琪皱眉，说：“不好好学英语，丢人了吧。”

张晓蛟说："哎呀妈呀完了完了，一失足成千古恨啊！辛辛苦苦干了两年最后整出个这玩意儿，丢人丢大了！哎呀哈哈，让大哥你看笑话啦，哈哈！"

尹琪回头看去，然后看到笑成了傻逼的张晓蛟，眼泪一滴一滴落在桌子上。

尹琪没有说话，起身去拿了几瓶啤酒。

"喝点儿吧。"

时针一直在陪着时间不断转动。张晓蛟举起啤酒瓶子一饮而尽，然后和二十岁的自己一起烂醉如泥。

第二天一大早，张晓蛟就要出发了。他还要去下一个城市，给下一个人看他手里的这部动画片。

站台上，尹琪递过去了一支烟。

张晓蛟整个人都没什么生气，似乎已经忘记了自己戒烟的事情，吐着烟圈忍不住打了个哈欠："大哥，人生还挺无聊的。"

火车要开动了，乘务员已经开始招呼着没有上车的旅客赶紧上车。张晓蛟回头看了看，掐灭了香烟，丢进了垃圾桶里。

"说真的，这才过了多久啊，我感觉我都快把之前的事情忘光了。"张晓蛟难得说出了这么一个文艺的句子，"时光要是能倒流的话，会不会好很多？"

尹琪说："这好办，回头你把你心里的那些故事做个动画，采用倒叙的手法来一遍，就不会忘记了。"

张晓蛟吐吐舌头，说："倒叙这么文艺的东西我可驾驭不了，还不如大哥你去拍个片子呢。”

尹琪愣了愣，说：“倒也不是不行……”

“要是真做这么一个片子的话，想想还挺好玩的。就写写你和许之一。哦，不对，说不定，把你们都写写。兰菲啊，多多啊，艾玛啊，冯小白啊……你们都是挺有意思的人。从你们互相不认识开始，到最后你们一起走进幸福的殿堂。”尹琪哈哈大笑，拍着张晓蛟的肩膀，“是不是挺好的啊听着？”

“那你得做喜剧，不然我不看。”张晓蛟虽然知道尹琪这是句玩笑话，但是还是有点儿不好意思，“而且，写别人就行了，我俩有什么可写的。大哥你也知道，我和许之一吧……干啥啥不行，吃啥啥不够。事业上没建树，姑娘也没追上……完全是屌丝中的战斗机。而且你要写我俩的话，唯一的亮点也就是涉黑涉黄打打擦边球什么的。”

“别啊，你和许之一这么多年发生了这么多事，绝对是好题材。”尹琪说完这句话后，忍不住也慨叹了一下，“真要做的话，名字都是现成的，就叫‘傻逼兄弟’怎么样？”

张晓蛟听完以后觉得，我靠……

火车就要开了，张晓蛟跳上了火车，堵在车门口，大声问道：“大哥，有没有委婉点儿的名字？”

“呃……”尹琪想了想，“那叫‘废柴兄弟’呢？”

车门开始缓缓关闭。

“名字还不错，那这个故事，从哪儿讲起啊？”张晓蛟探着脑袋，大声地喊着。

“如果真做的话，不如这个故事就从……”尹琪目送着火车抖动了一下，然后开始缓缓启动。后面的话，张晓蛟估计已经听不到了。最起码，张晓蛟脸上的表情不再失落，他已经充满期待地开始向下一个远方前进了。

“不如……”尹琪挥着手，大声地喊着。

不如，《废柴兄弟》的故事，就从你们把办公桌租出去这件事讲起吧……

图书在版编目（CIP）数据

废柴兄弟：你和梦想必须一起活下去 / 有时右逝著
. —北京：北京联合出版公司，2015.12
ISBN 978-7-5502-6739-8

Ⅰ. ①废… Ⅱ. ①有… Ⅲ. ①长篇小说—中国—当代
Ⅳ. ① I247.5

中国版本图书馆 CIP 数据核字 (2015) 第 286101 号

废柴兄弟：你和梦想必须一起活下去
作　　者：有时右逝
出 品 人：唐学雷
责任编辑：孙志文

北京联合出版公司出版
（北京市西城区德外大街 83 号楼 9 层　100088）
北京盛通印刷股份有限公司印刷　　新华书店经销
字数：200 千字　　880 毫米 ×1230 毫米　　1/32　　印张：9.5
2016 年 1 月第 1 版　　2016 年 1 月第 1 次印刷
ISBN 978-7-5502-6739-8
定价：36.00 元
